中国散文 100 强

凌翔　主编

云上的村庄

葛取兵 / 著

北方文艺出版社

哈尔滨

图书在版编目（CIP）数据

云上的村庄 / 葛取兵著. -- 哈尔滨：北方文艺出

版社，2024.7. -- (中国散文100强 / 凌翔主编).

ISBN 978-7-5317-6274-4

Ⅰ. I267

中国国家版本馆CIP数据核字第 20248W01M9 号

云上的村庄

YUNSHANG DE CUNZHUANG

作　者 / 葛取兵

责任编辑 / 富翔强　　　　　　　　　封面设计 / 邓小林

出版发行 / 北方文艺出版社　　　　　邮　编 / 150008

发行电话 / (0451) 86825533　　　　经　销 / 新华书店

地　址 / 哈尔滨市南岗区宣庆小区 1 号楼　　网　址 / www.bfwy.com

印　刷 / 三河市同力彩印有限公司　　开　本 / 710毫米 × 1000毫米　　1/16

字　数 / 150 千　　　　　　　　　　印　张 / 15

版　次 / 2024 年 7 月第 1 版　　　　印　次 / 2024 年 7 月第 1 次印刷

书　号 / ISBN 978-7-5317-6274-4　　定　价 / 69.80 元

目 录

第三辑 乡俗，村庄的记忆

第一辑

乡人，村庄的灵魂

■ 乡野的温度

纵然你行走在城市，但你却依然充满乡愁。

1

乡下老家，是乡愁的根。一个漂泊在外的人可能一辈子回不了老家，但他的脑海永远盛着老家的山山水水，或贫瘠，或富裕；在他的心田中永远生长着老家的花花草草，有芬芳，有丰茂。乡愁是一把刻刀，不经意就在记忆里铭刻上那些故乡的浮雕，即便距离久远，抑或岁月冲蚀，始终磨灭不去，擦拭不尽。

对乡下老家的印象，总留存着一份林木掩映、炊烟袅袅的悠闲。其实，每个人心中都有一个故乡，不一定是小桥流水，不一定是古镇幽深，即便是再破落再偏远的村舍，都会有曾经生活过的残迹和割舍不断的念想。确实，对于我的乡下老家，回去的日子屈指可数，即使在每年的春节或清明节，也只是在天气晴好的日子，才踏上回乡的路途，半是归程，半是旅行。

老家，对于我来说是陌生的。在爷爷的手中，就举家从那个叫云伏冲的山沟沟里搬到位于湘北丘陵依山傍水的小镇 —— 临湘桃林镇，虽然小，但毕竟是一条街，一条有包子铺，有剧院，有医院有，学校的长街，林立的大小店铺却是小镇繁荣的表述，抑扬顿挫，娓娓道来。我是出生在镇上的娃崽，说是城里人，却又出生在这么一个小镇上，数千米的长街，铺着亮锃锃的青石板，街两旁是青砖瓦房。街分上街、中街、下街。上街多半住着菜农，一天到晚经营着自己的三分菜地，春收菠菜，夏收茄子，秋天更是瓜果遍地，即使寒冬腊月也是萝卜、白菜，一片绿意盎然。中街全是商铺，供销社、菜市场、肉食站、包子铺，均在此街，所以中街最是繁华，逢年过节，更是水泄不通，人挤人。而下街却是铁匠铺、家具厂、鞭炮厂等手工作坊，自然冷清些，但却很火热，叮叮当当，此起彼伏。我家的对面就是铁匠铺，当时叫铁业社，是20世纪60年代实行集体制组建的乡办企业，后来改革开放又演变成了私人铁匠铺。爷爷是铁匠，父亲、叔叔、二舅也是铁匠。我的童年时代就是在叮叮当当的锤声中远去。

离我家不到百步，便是大片大片的庄稼，竟是如此熟稔；对于我来说，我是农村娃，家里吃国家粮，没有一亩田，一分地，又从没有干过农活，栽稻打谷，一无所知，有时连韭菜与小麦也不分。因此还是落了一个街上娃崽，让出生在山村的老表们十分羡慕。但是从小对于老家却又多了一份情愫，扯不断，舍不去。小时，牛高马大的伯伯总是在正月初一上午，带上我们去老家拜年，热热闹闹，一路上笑声不断。那时，老家还没有修通公路，全靠步行，我们自称是11路车。路程并不遥远，一个小时，就到了。至今记得回老家的场景，阳光环绕着山峦、树木，鸟声悠扬，伯伯大踏步走在山间小径，行如风，常常把我们甩得远远的，让我们望其背影。

去老家，每次我都是自告奋勇。因为老家有许多街上没有的乐趣。春节去老家，有炒得喷香的豌豆、米泡，还有谷糖、花生。上午一到老家，先到后山上的祖父祖母的坟前，放一挂鞭炮，磕几个响头，嘴里念念有词，拜年了，您要保佑我们全家平安，或是发财，或是金榜题名，等等，一年的幸福平安就在逝去的亲人前求个万福。上山拜年后，然后再到亲朋家里拜年，最后确定在哪位叔伯家吃午饭。堂屋落座，烧一堆旺旺的柴火，喝茶，聊天。叔娘、伯娘就忙着到厨房弄饭，大锅大灶。老家的人好客，从火塘的上方取下熏得黝黑的腊肉，洗净，切成大块，煮上一锅油豆腐，抑或是干豆角、干萝卜，香呀！那个香飘了四十年，还在我的脑海中飘着，至今不肯散去。一定得杀一只土鸡，拜年的炮声在山上响起，院子里有人已经在磨刀霍霍了，不晓得哪一只鸡成了宴席上的佳肴。冬天的菜园子，白菜长势喜人，还有竹林里的冬笋，一并摆上了餐桌。大人忙着喝茶，我们这帮小崽子却闲不下来，与老家同龄的孩子们在晒谷场上放鞭炮，要不到山上找野果子，虽然是寒冬腊月，但山上有不少的"饭泡里"、毛栗子、"鸡洋里"，酸酸的，甜甜的，别有风味。有时在田野里疯耍，收割完的田地，空旷松软，只有一堆堆稻草，再就是跑不完的乐趣。

老家的记忆删不掉，洗不净。乡间的生活，是我人生的第一堂课。见识了稻田、瓜棚、油菜花，还有耕地或收割的场景，抚摸了水牛的弯角。

去老家，总是匆匆地来，又匆匆地去。一晃几十年，我也从一个少不更事的小孩子，人到中年，满头青丝灰飞烟灭。几十年光阴，快如闪电，"嗖"的一声，已不见踪影，遍寻不着。爷爷奶奶相继过世，曾经带我们去老家的伯伯也因病去世，他们长眠于老家的山上，听鸟叫虫鸣，看花开花落，享受着老家的清静与安闲，把一份乡愁几多亲情全融化在老家的泥土中，长成草，开出花，变成树，在春夏秋冬的四季中温暖着远处的亲人。

2

前不久，老家的一个堂叔父去世。堂叔父一生漂泊，膝下仅抚育一子。我至今记得年少时的堂叔，穿一身中山装，尽管洗得有些发白了，但干净整洁，左边的口袋里还插了一支钢笔，像一个乡政府的小干部，抑或是一名乡中学的老师。堂叔年轻不愿意在家乡务农，又不想学一门手艺养身，虽然没有读多少书，还是很决绝地离开了乡村，就连分到他名下的三分水田，也被拒绝了（因为一年要缴一百多元的上交款），义无反顾地走向了城市。我曾经或多或少地听到大家对堂叔的非议，少不更事的我难以断定事物的正确与错误。但我知晓堂叔的抉择没有得到乡人的支持。事实上，几十年风风雨雨，堂叔在城市里打拼，并没有为自己争下一片安居的弹丸之地。虽然结过婚，有过一段幸福的时光，但曾经属于他的女人却选择离开了他，究其原因，我们已无法考证，但贫穷一定是不需要去解释的注脚。

幸好留有一子，或许是他一生奋斗的最好结果。城市终究没有收容他日益老去的步履，在他五十岁的时候，让他赖以生存的双目，在城市的森林中失去了光明，城市的屋檐，已找不到支撑的残墙了，堂叔选择了回乡。那时，我在县人事部门爬格子，虽然权不重，位不高，但和尚不亲帽子亲，我给乡政府的电话竟然起了作用，堂叔最终被安置在乡敬老院，了却余生。

母亲叮嘱我与老兄一定要前往老家奔丧。正值五月，天气晴好，去老家的山路并不难走，村组公路已修通，铺了水泥，虽然窄点，又弯弯曲曲，但走起来舒服安稳。赶到老家，已是下午，进屋，放一挂鞭炮、几个冲天礼炮，再磕上三个响头，表示向逝者告别。按老家的规矩，晚辈得当孝子。穿上白色的孝服，一根白布缠在脑袋上，心就沉重起来，在呜咽的乐声中，一种悲怆的情绪在缓缓地流淌，再硬的心肠也难免让泪水湿润。

吃过晚餐，天色尚有些明朗。

其间刚好有段时间休憩。我与老兄去老屋看看。老家人不多，才二十多户人家，与山外的屋场不同，老屋的人家多是零散地住在山脚的边缘，东一户，西一家，随意，更有点像雨后的山林里冒出的蘑菇。唯有老屋的祠堂正好处在一个山谷间，坐北朝南，有五户人家，呈凹字形，算是老家的中心地域了。

来到老屋的祠堂，时光无形的刻刀竟然摧垮了祖屋，唯有东边的一家尚在，居住着一户说不出名字的亲戚，其他几间房屋竟然只剩下几堵残墙断壁，遍地是断砖碎瓦。荒草没膝，缠缠绕绕，牵绊着我的脚步，正如我思乡的情绪。曾经是我们无数次歇脚的堂屋，短短十多年，已化成一片荒地，长满了丰硕的白莲草、商陆、黄荆等，更多的是不知名的野草，蓬蓬勃勃，热热闹闹，仿佛就是不肯消散的思绪，生长了，荒芜，荒芜了，再生长，不断提醒着后人，去寻找发现感悟。繁盛的野草，与这寂寞残缺的老屋形成了鲜明的对比。大部分墙壁已倒塌，被荒草覆盖，有一角墙结实一点，颓然立着，倒像是一个巨大的叹号，表达出一种沉重的叹息。要不是残存的大门，已无法确认了。幸好门楣是石头刻出来的，门牌依旧，字体依旧清晰可见，"横铺乡谢塘村仁伏组8号"。像是一页残存的竹简，记录着岁月的沧桑，让我们去阅读、冥想、回味。忍不住伸出手，去触摸斑驳的门楣，在手掌下是那么真切，就像是触摸一位老人的肌肤，粗糙却感到有些温暖。那是阳光的照拂，还是老屋的灵魂仍在呼吸。

老屋，曾经住着我的祖父、伯伯和叔叔，我的父亲就出生在老屋中，如今父亲已是七十高龄，在岁月的末梢中享受着不多的幸福，而其他人已相继去世，就在屋后的山上安静地守着这片山水，他的后代都已走出这个山村，在山外的世界安居乐业，繁衍生息，只是在清明时节雨纷纷的日子才或远或近地赶回来，只为了却一个内心隐秘的愿望，给那些隐在浅草丛间的矮小坟墓挂几束清明吊，放一挂鞭炮。抑或是在春节，一家团圆的佳日，也不忘了来给他们的坟茔清理杂草 —— 那些覆盖在坟头上疯长的茅草与锯锯藤，唯有那棵柏树站成一生一世的眺望。

老屋东边尚有人烟的房子，还有几许生气。门口有三五只鸡在地上刨食，一只黑狗在我们周边游荡，似乎知晓是老家的人，并没有做凶恶状，甚至没有叫两声以示警告，只是一味地盯着我们，疑惑的目光有些陌生和好奇，又似乎有一丝残存的相熟。一只老鼠从土墙中窜出来，又迅猛地消失在老屋中，好像走进了一个历史的更深处。有一两只乌鸦"哇"的一声飞来，站在老屋后面靠山的苦树上，又蓦然升起，哇的一声飞走了，阳光似乎颤抖了一下，从枝头掉下来。浓重的暮色中，唯有那不甘寂寞的小虫，唧唧复唧唧地叫着，潮润的夜色，有一种寒冷，自泥土深处溢出，钻进我的骨头，不由打了一个冷战。

3

夜色四合，老屋的灯亮起，在这黝黑的夜色中，如一盏豆灯，忽明忽暗。有些聒噪的唢呐声又在叔父的灵堂响起，急促的锣鼓声是在催促孝子们前往孝堂坐夜。按照乡间的习俗，老了人要坐夜，是"坐"整整的一个"夜"晚。一个"坐"字是有讲究的，大年三十晚上叫守夜，守着旧年一点一点地溜去，守来新年的第一个钟声。坐夜一般是选择在最后的一个晚上，逝者将入棺，这预示一个人真正意义上告别了这个世界。乡下老了人，首先就要请来乡下的风水师，选好出殡日，这是大事，怕犯重殇，对后代不利。一般是放三个晚上，供亲人凭吊。但也有稍长的，因为日子不空，也就是没有吉日，只能往后择日，长则四五天，甚至一个月。我在乡镇政府工作期间，乡长的老娘享了福，风水师掐指一看，竟然要一个月之后才有吉日，乡长无奈硬是用冰块冷藏了老娘三十天，才出殡，惊动一地。只是乡长依旧难逃一劫，虽然没有生命之忧，但在当年的换届选举中高票落选，同样惊动一地。

　　丧事办理的高潮是在死者停留家中的最后一晚上。这个夜晚，是死者在家中停留的最后一夜，也是活着的人为死者送行仪式的聚会。

　　老家屋场小，人少，只有二十多户人家，一百多号人。不少乡人出外漂泊打工，本来就少的人就更加稀少了。留守在屋里的多为一些孱弱的老人，或是年幼的儿童。灵堂不免有些冷落，幸好唱夜歌的师傅很是卖力，那种特有的诉说，絮絮地，把悲伤塞满了灵堂。我默然坐着，夜歌在耳边绕来绕去，硬是一句也没有钻进耳朵。歌者为一中年男子，穿一身皱巴巴的西服，如乡下村小的老教师，看神情却有点像文工队员。燃香烧符备置停当后，便操起话筒吟唱起来，时而似咏叹，时而如哀泣，歌声高低起伏，脸上的表情却平静如水，没有一丝波纹。夜歌者身边还有三个老年男子，好像是他的乐队，击鼓、鸣锣、吹唢呐，虽有些章法，但明显只是一个草台班子的水平，凌乱，也正如他们本人。他们面无表情，闭着眼，似乎是在打瞌睡，但不管到哪个师傅的节点上，他会熟稔地打一下鼓或锣，如此一直咏唱吹打到天亮。

　　十二点，逝者入棺。谓之"入殓"。入殓时，家属及亲朋皆于棺材两侧相送。这时儿媳和女儿们抚棺痛哭，因为棺材一合，亲人将再也无法相见。她们肝肠寸断的哭诉声，令前来拜祭的人伤感不已，眼圈也红了，甚至流下泪来。

乡间有太多的隐喻，渗透于乡村的日常生活。乡下无处不在的习俗，隐含着一些神秘的事物让你无法窥探其间的秘密。但总能左右乡村的秩序，成为平衡乡村世界的重要准则。

坐夜是艰辛的过程。对于我而言真有点力不从心，但无处可睡，只能躲在屋外的晒场，一把木椅，稍做休息。与其说是休息，不如说是静坐，夜的沉默，如一滴浓墨，是一种无法散开的美，分外朴拙和不容惊扰。黑暗处，依旧能分出山的轮廓，各种鸣声此起彼伏，似乎没有受到夜歌的影响，各自唱着自己的腔调。偶尔有狗吠声，划破夜空，却增添更加深厚的寂静。哭声在黑夜里，像无线电波，一波一波地传递着，凄婉、悲凉，能刺痛人的心。有人说婚庆是大喜中露大悲（哭嫁），是真悲；那么丧事则于大悲中生大喜，是真喜。大喜大悲，蕴含着民间的人生哲学。丧葬的过程，是一幕悲喜剧。亲人逝去，如何不悲，而人生走到尽头，一切恩怨消散了，又何尝不是喜事。

晨曦初起，逝去的亲人走向曾经熟稔的土地，在开阔的田地尽头，一座生长着树木的山坎下面，与泥土为伴，与植物为邻，永远相守着山水，聆听着风雨，阳光依然会升起，照耀着那一方小小的土包。

故乡是记忆的底色，是感情的酵母。在城市走了一程，再回望乡村，竟然发现有许多值得记忆的人和事。回望乡村，一边浓烈地向往城市文明带来的喧嚣，一边因循着旧有的生活方式和精神传统。生即为农民的乡村人义无反顾地逃离乡村，走向城市中的喧哗，哪怕无处落脚。在乡村坚守的人越来越少，已经呈现出一幅萧条与衰败的沦陷景象。而对久居城市的人来说，田园牧歌式的乡村，又是一处世外桃源，是他们潜意识里"诗意的栖居地"。他们迷恋着乡村，时常在梦中长久地凝望着那片土地。离别后，才知城市喧嚣繁华只是陌生的浮云，正如我。

　　我想，当我花甲之年，在老家觅一份归隐的宁静，在屋角背风处晒着太阳，小黄狗眯着眼在脚边打盹，偶尔的几声鸡鸣撩拨着村庄的静寂，没有异乡奔波的艰辛，没有客居他乡的不安，在属于自己的村落里，住有居，食无忧，乐有友，只有这样的安宁，才是心底最终的归属。

■ 穿越尘埃的光

越是微弱的光，越是可爱。

1

神说，要有光，就有了光。

"光"在古老的甲骨文中，又是如此一种景象。上面是一蓬火，下面像一个跪坐的人，整体看又有点像顶着矿灯的矿工。原本如此简约的字，却又令人十分不解，为什么是一个人顶着一蓬火呢？细细探究，这可能是古代的一个侍女顶着火烛给主人照亮，也可能是形象地让火长出四肢，成为一个火精灵，它停驻哪里，哪里就有光明，或者说，这个字本身画的是一盏灯。

是的，光就一盏灯。

在我的生命中记忆最深的一束光，它是来自一盏煤油灯。那是一束微弱的光，细微，琐碎，却洞穿了我的前半生，照亮着并温暖着我的人生。

2

一盏残旧的煤油灯。

是我在一堆遗弃的垃圾中发现的。

岳父岳母离开家乡二十多年，已经七十高龄了，叶落归根，这是中国人内心无法泯灭的宿命，"金窝银窝不如自己的狗窝"，一句看似简单的俗语，却隐含着乡下人厚重的生存哲理。再繁华再富裕的地方也不及自己老家的好，虽然简朴，甚至是贫瘠，也阻不住归家的心。其实是担心终老异乡，让灵魂找不到回乡的路。回乡终究有个让灵魂安息的土堆，有麻雀、八哥、斑鸠的鸣叫，有野菊花、黄荆、映山红的草木花香，也有鸡鸣狗吠声，再庸俗的灵魂也不再落寞。在当今中国农村，无数人年轻时总是摁不住驿动的心，义无反顾地走出村子，在那个叫城市的森林中四处闯荡，把光鲜的岁月一路抛洒，却找不到一片落脚的屋檐，老了还是心甘情愿抑或是心存不甘地回到自己的老窝。我的亲人亦是如此，在改革开放的岁月里，沿着这样的轨迹或远或近地绕了一个圈子，终于又归家了。岳父老家是湘北的一个普通的村落，叫骆坪村。村名究竟有什么意思，无从探究，倒是村边有一条河，古称微水，学名叫游港的河，竟然在《水经注》中可觅到蛛丝马迹，但村人叫骆坪河。在村人的眼中，河流到哪里就得随乡就俗，他们不管读书人的称呼，到了他的地盘就得服他管辖。如娶回来的女人，进了门就没有她的原姓了，在村子里女人都用男人的姓氏称呼，比如我的岳母，本姓杜，岳父姓汪，村人都叫她汪婉姆。村子四周是大片大片的水田，所以这里被称为畈，而山村则被叫作冲。大抵畈里的人瞧不起冲里的人。

老家的那幢二层砖房还在，只是形同一个满脸沧桑的老人，在村口守望着漂泊在外的游子。岳父曾几次千里迢迢回乡，整葺老屋。无人居住的房屋格外容易衰败，没有温度，就如生命孱弱的老树，风一吹，雨一淋，似乎就有摇摇欲坠的感觉。有一年刮大风，屋顶上小小的瓦片被吹烂了不少，岳父回来将老屋的木檩进行了更换。又一年，再次回乡把屋檐用水泥浇注了，老屋才显得结实些。可是，不管怎么修葺，老屋也愈发地老了。正如正在老去的岳父岳母。

岳父三十多岁的时候，从村子里外出办厂，后来又去了远在湘西怀化的小儿子家，帮助照顾孙子。去年春节，在怀化生活了十多年的岳母说，想回老家住。已在怀化扎根安家的舅哥舅弟没有附和母亲的话语。或许是舍不得老母，抑或是有其他的什么想法，只是一时找不到表达的方式。

八月，夏季正浓。身为小学教师的妻子放了暑假，我陪妻来到怀化。

舅弟曾与我商量过装修老屋一事，为父母重归故里做些准备。舅弟的言语中，饱含了浓浓的依依不舍。男儿多为孝子，总是希望父母在身边。有时父母待在身边久了不觉得，一旦离开，却是"咯噔"一下，恍若从白昼中陡然间掉进了黑暗中，找不到眼光落到之处，无所适从。当我曾经从父母身边只身一人来到一座城市时，夜深人静之时，看到满窗的灯火，我就想起我的父母，眼泪总是奋不顾身地冲出来，从眼眶里直扑向脚下的土地。

想不到，岳父说回就回了，月底竟然回到了老家。思乡心切呀！

老屋已经很老了，所有的门窗基本都腐烂了，电线上满是蛛网，地板上是堆砌的渣土，好像容不得人落脚，苔藓泰然自若地爬上了墙脚。

回家第一件事就是清除垃圾。一堆又一堆的垃圾，曾经是父母使用过的物品，时间久远了，原本有用的东西，也已变成了废物。

这个煤油灯不例外地被扔进了垃圾堆，等待运走。我无意瞥了一眼，余光中有一股熟悉的感觉，定神，在尘埃中发现了它。

这是一个普通的玻璃灯盏。外形如细腰大肚的葫芦，沾满了尘泥。上面应该有一个形如张嘴蛤蟆的灯头，灯头一侧有个可把灯芯调进调出的旋钮，以控制灯的亮度。灯头上还有一个高高的玻璃灯罩。而现在，灯头已经找不到了，抑或是锈蚀成粉尘了，毕竟是二十多年的光阴。曾经在老屋呱呱落地的舅侄，在这一段光阴中也长成了青皮小伙子了。或许，曾经在这个煤油灯下吮过母亲的奶汁。如今这个铁皮制成的煤油灯头在这漫长的二十几年，一点点地锈成了粉尘，随着岁月一同淹入了历史，只是无人知晓或无人记录。

煤油灯，曾经是20世纪六七十年代中国农村的照明工具。我至今记得小时的梦想，电灯电话，楼上楼下。三十年光阴，这一个梦想已成为中国农村的现实。在岳父的老家，已耸立起一片三楼四楼，甚至是五楼的房屋了，外墙是光洁的瓷砖，不锈钢的防盗网。农村到处可见城市的碎片。曾经家家户户必备的煤油灯，势不可挡地退出历史舞台。在这样的高楼里怎么也找不到它的身影。它成为乡亲嗤之以鼻的用具，他们早已毫不吝啬地将它扔进了垃圾堆中。如果不是岳父外出二十多年，我可以料想到这个煤油灯的命运，它怎么也不会出现在我的眼前。

我将这个煤油灯带回了城里的家，用清水洗净了它身上的污泥。它圆形的肚子里竟然闻不到半点煤油的味道。我细细地闻了又闻，我是想找寻那曾经熟稔的那种气味。岁月真的是一把刮骨钢刀，甚至连一点点气味都削得干干净净。

我至今非常奇怪，小时候，对煤油味有着一种偏爱。那种煤油的独特芳香，淡淡的如空气。吮着它，感觉一股温暖存在，感觉它静静抚摸我们周身，每一个细胞都含着它的体温。几十年了，从离开家乡，就再没有闻到过煤油味。这个煤油灯，让我自然触摸到那些情节，那些温暖的夜晚。

洗净的煤油灯，被我摆放在书房中的书柜。妻子说，灯与书格格不入吧。而我想，灯是黑暗中的光明，书更是照亮人生前行的灯。

怀念一盏乡村的煤油灯，照在乡村的生活场景中，照在一间间温暖的房屋内，在黑夜即将来临时，总给我们光明和镇定。

3

然而岳母的煤油灯却是一盏有故事的灯。

那时村庄里的每一个家庭都是一种模式，一样的泥砖屋，一样的棉布衣，甚至脸色也是一样的，如煤油灯的光亮，浅黄浅黄的。晚上村里一户人家一盏灯，全家人凑在灯下，各自做事，一起说话。此刻，静夜无边。而岳母是村里唯一有两盏灯的。岳母说她是村里最奢侈的人。

那时岳母是村庄里的妇女主任，这并不重要，重要的是岳母还是一名赤脚医生，更重要的是肩负着接生的重任，用村人的话说就是接生婆。岳母最识得村子的痛痒，在她的眼里，没有识不得的人，没有识不得的声，没有识不得的路。那时农村就医条件差，赤脚医生作为改善农民看病难曾在全国各地蜂拥而起，成为新中国一段无法抹去的历史，岳母就是这段历史的亲历者、见证者。所谓赤脚医生，其实就是公社卫生院组织一批没有受过专门培训，只是简单进行学习后，足以招架日常小病，便抽身返村，旗鼓开张，摸索上岗的那群医生。严格地说，赤脚医生就是半农半医，是半个庄稼人，一只脚带泥，一只脚穿鞋的人，时常还要捋起裤管打着赤脚下田忙农活，插秧、种菜、割谷子，赤脚医生时常是在田里把活干到一半的时候被人寻到田里来，急匆匆地去治病，一把谷子扔在田埂上，或是摘了半篓子的猪菜，等着家人寻去，甚至第二天又接着忙碌。

岳母是在二十几岁时开始行医，当时还是一个小媳妇。大队要配备一名赤脚医生。年轻又读了点书的岳母，被选送到离家五六里远的公社卫生院进行了断断续续的半年学习，居然学得一招半式，比如，量体温、测血压、听脉搏，比如，包扎伤口，还有最重要的一招就是打针，打屁股针。不过那时不像现在的街头门诊，一点头痛发热，动不动就给你来两瓶吊针，只有在重病情况下，才能输液。俗称打吊针。乡人说，某某不得了，打吊针了。言下之意就是病危了。那个年代西药十分稀贵，抗生素几乎是救命药。在农村更多的是中草药当家。艾蒿、鱼腥草、蛤蟆叶、金银花等遍地生长的野草，是赤脚医生行医的硬通货。村子里谁有点感冒发烧，岳母到田间地头扯几把草药，洗净，让患者煎水喝，就会有浓郁的中药香遍及每个角落。事实上岳母更多的时间是荷锄采药。

初为赤脚医生的岳母，对于医生的职业在她的眼中格外崇高神圣。她说，她渴望成为一名穿白大褂的行医者。但作为赤脚医生，她同样感到满足，有一股重担在肩的感觉。每一次接诊，她是那么细致认真，安静地听取患者的诉求，细细地了解病情的症状，为他们号脉听诊，慎重地开出处方，总希望早日解除他们的痛苦。我想象那些日子，岳母常常背着一个画有红"十"字标志的白色药箱，里面摆置针管、针尖、葡萄糖、感冒药、酒精、棉团等物品，进东家，出西家，穿田过畈，为村民看病。打针最令人发怵。打针时，医生将硬币大的小砂轮在注射液的瓶颈旋一圈，再用铁夹将它敲脱。用酒精或开水将针头进行简易消毒。让病人略微褪下裤头，医生左手捏着棉球，蘸了酒精，在屁股涂抹二圈，右手执着针管。只听得"噗"的一声闷响，患者本能地"哎哟"一声。医生往肉里推药水时，患者往往忍不住"咝咝"地倒抽凉气，眉头紧蹙。我最怕打针，小时候生病感冒，宁肯吃小而苦的各色药丸，也不愿意打针。人到中年都不敢看医生给别人打针。

岳母不仅是一名赤脚医生，还是一名接生婆，远近都有名。方圆十里，凡是有人家要生孩子的，都请岳母去接生。特别是难产，非叫岳母不可。作为接生婆，同样是一名女人，对于生育充满血腥的痛苦，她感受尤其深切。岳母生育三胎，我的妻子是她的第二个孩子，也是唯一的女儿。

我曾经试探性地问过岳母，是否有过失误的经历。岳母没有直接地回答我。她停顿了一会儿，也就是分把钟的时光，但我明显感到岳母的情绪上有一丝波动，像是一条直线，抖动了下，旋即回到原状。岳母缓缓地给我讲述了一次经历，那是一个夏季的夜晚，电闪雷鸣，雨下得像有人用盆往外倒水，一盆盆往下倒，咬牙切齿的样子。已是夜半时分。突然大门被敲得山响，有人在喊，撕扯着的嗓音里有一种近于绝望的呐喊。岳母没有睡，她隐隐闻到了空气中的血腥味。她随着绝望的呼喊声，披风破雨来到产妇身边。晚了，一切都晚了，胎儿也没有生命的迹象了，产妇也命悬一线。当时她也顾不了换衣，立马抢救产妇。黑暗中，煤油灯在风雨中飘摇，时间也在风雨中飘摇。当东方露出鱼肚白，雨停了，产妇的呼吸也平稳了，惨白的脸终于有了一丝血色。只是孩子还没有来到这个世界看一眼，就消失在无边的黑夜中。他走得肯定一点也不心甘，他来不及啼哭，他把一切抱怨交给电闪雷鸣。孩子的父亲蹲在门槛上，抽着旱烟，烟雾中的脸上隐藏着巨大的失子之痛。看不到眼泪，看到的只是黑夜中的平静。

岳母说，那天早上当她提着煤油灯走在回家的路上，虽然下了暴雨，但田间的小路并不泥泞，岳母走得很稳当。刚走出村口，岳母恍若被谁绊了一下，抑或是有人在背后狠狠地推了一下，岳母甚至来不及喊一声，就跌入草丛，煤油灯从手中飞出，在空中飞了一个漂亮的弧线，然后奋不顾身地扑向地面，甚至有一丝决绝的味道，然后粉碎了，成了一堆玻璃碴。一股浓浓的煤油味，挣扎在清晨的空气中。难道是那个尚未来到人世的胎儿在发泄对人间的不满。岳母眼中满是泪水，是愧疚，也是遗憾。岳母的讲述戛然而止。她站起来，走向屋外，静静地坐在院子里半截树桩上。这时正是黄昏，看着岳母的背影，我恍若看到那个早晨，田野里长满了庄稼，骨碌骨碌拔节的水稻，赛跑似的往上蹿的玉米，到处洋溢着清脆的馨香。岳母走在乡间的小路，是一种怎么样的心情，我听见乡村在晨曦中渐渐热闹起来。母亲回乡，我得以揣摩这方水土，有时在周末闲暇的时候，回乡，闲散地走在纵横交错的田埂上，像岳母一样，来来去去，听野草与庄稼絮絮碎语，看狗与鸡相亲相爱。

这次出诊后，更加改变了岳母行医的态度。对于村子里的孕妇，她主动上门了解产情，随时给予关注。其实岳母是一个热心肠的人，只要哪家产妇要生了，接到通知，不管白天黑夜，随喊随到，即使屋外是凄风苦雨，岳母也立马放下手中的活计，哪怕是刚刚端起饭碗，她也二话不说，背起药箱，就冲进雨幕中。白天还好，最怕的是晚上，没有灯，岳母一手执着煤油灯，一手打着一把油纸伞，在黑夜中前行。那个年代，煤油灯的命运跟乡村的命运一样，贫瘠，清苦。每到夜晚，煤油灯在桌子和窗台上微弱地闪动着，露出它温暖的面容，照亮一个清贫相依的家庭，是平常而朴素的事。我常常想，那一个煤油灯，就是一个光明的使者，每一次出行，都是迎接一个新的生命。当哇哇的叫声划破夜空，村庄又多了一个新生命，他睁开来到人世的第一眼，看到的是一抹明亮温暖的煤油灯光，虽然简单，但充满了神奇与温馨，足以让幼小的心灵盈满希望。小小的煤油灯燃亮了整个童年的夜空，让童年在它摇曳的光中温暖前行。

在乡村，煤油灯是温暖和光明的代名词，因为有了它，才不至于被一个个固定轮回的黑夜像河水一样淹没，才不会在黑暗中丢失自己的身体和灵魂，直到天亮，睁开惺忪的睡眼，在穿进窗棂的阳光下寻找到自己。

岳母用了多少煤油灯，她已记不清。究竟自己把多少孩子带到了人世间，也不记得了，胖的，瘦的，美的，丑的，聪明的，愚蠢的，富贵的，苦命的都有。但她记得谁家的孩子身上有胎记。记得许多孩子出生时，是5斤，6斤，还是8斤。她像一个女神，提着接生的小箱子，行走在有风有雨，有鸡鸣狗吠，有月光和闪电的大地上，一次次迎接生命的诞生，为村庄平添一次又一次的喜悦。现在有很多村人儿女绕膝了，碰到母亲都是毕恭毕敬的，原因就是母亲把他们接到了这个世界。

随着农村医疗基础设施的改善，赤脚医生渐行渐远，最终退出了时代的舞台，"赤脚医生"的称呼已成为一段历史的记忆。正如煤油灯，已经成为一个乡村的老黄历。煤油灯的退隐是电的光芒闪亮而来。电灯刺破了黑夜的坚韧，煤油灯决然退去，把这个戏台留给新的物质。退去不代表空白，煤油灯的存在无法被抹杀，因为它温暖了一个时代，温暖着一辈人的记忆。是的，灯下的那份温暖、安静的氛围不会消失，它永远会点燃乡村回忆的空间。

4

20世纪80年代，岳父与人合伙从事茯砖茶生意，举家外出，到县城办起了一家小模小样的茶叶加工厂。岳母也追随照顾岳父，一出就是二十多年，曾经的中年，虽然不是少小离乡，回乡时却是两鬓斑白的老人。母亲说，刚离开家乡，每到晚上或是清晨，她总是举头遥望远方，眼窝里全是泪水。只是时间久了，渐渐习以为常了。再后来子女成家立业，她又远赴千里之外的城市带孙子，竟然融入了城市的生活，会打麻将，会说塑料普通话，也会跳广场舞。

如今岳母已老，曾经满头的青丝中闪耀着刺眼的白发，岁月沧桑张扬在脸上，浮华初现。对作为赤脚医生的日子，岳母却是念念不忘，又如何能忘，十七年的赤脚医生生涯，那股熟稔的来苏水味道，弥漫着厚厚的日子。第一个接生的孩子，都即将走向成人之旅。有一次岳母拿出一个证件给我，是当年赤脚医生的证书，正是一个时代的坐标。证书上有一张一寸的黑白照，记录着岳母的青春印记，那时岳母二十四岁，刚刚为人妻，为人母，年轻的面庞注满对生活的期待。在微笑的背后，是母亲对一个时代的注解。

岳母说，要是赤脚医生也能办养老保险退休，就好了。说完就是一声沉重的叹息，砸下来，仿若能把日子砸出一圈火花来。她的眼睛里分明隐忍着泪水，这不仅仅是心酸，更是一个时代特征被遗忘的泪。

返乡的岳母生活并不宽裕，甚至有些拮据。农村老人除了子女的救济，没有更为宽广的路径，虽然每个月可以领取 55 元钱农村退休金，但在当下物价飞涨的社会，55 元钱仅能买到一壶色拉油，而且只能是最差的调和油。尤其是乡下人情费用疯涨，结婚嫁女，生子满月，当兵入学，六十做寿，一张张红色请柬，甚至一声吆喝，掏空老人那并不厚的荷包。岳母又开始乡下生活的模式，种菜、喂猪、养鸡，却难以改变窘困的生活，就像一盏微弱的煤油灯，总是无法照亮乡村的夜空。原本急躁的岳母，甚至埋怨岳父的无能。已经七十高龄的岳父竟然在村里一家私营企业当上了搬运工，厚重的包包足以摧毁老人弯曲的肩膀。这让我的妻子伤心不已，竟在夜深人静之际，痛哭流泪。我知道她是心痛年老体弱的父亲，何以承受如此重压。

我知道，岳母期盼着一张证件能温暖她的晚年生活，而我却无能为力。

母亲的期盼终于有了些许结果。在我行将结束这篇文章之时，岳母打来电话，她刚刚接到通知，赤脚医生可以到政府领取每月 120 元的困难补助。她正忙着去乡政府办手续。突然间，我仿佛看到那盏煤油灯的光芒，在灯光暗淡之时，母亲从发髻取下别针捻高了一下灯芯，灯光陡然亮了许多，浅黄中闪出白光，在黑暗中洇开，水雾一般，涂抹在岳母的脸上，一闪一闪地无声地跳跃。

煤油灯渐行渐远，但记忆却不漫漶。小小的煤油灯，在母亲的记忆里，那是一段幸福又辛酸的日子，一段温暖又温馨的日子，一段单纯又美丽的日子，忘不掉，擦不去，几十年来隐藏在心中的某一个角落，时不时蹦出来，让她感动与怀想。

夕阳融在西边的山色中。黑暗铺天盖地涌入我的村庄。山峦将在黑暗中隐去，绿树在黑暗中隐去，老牛也如一位乡间的隐士在黑暗中咀嚼寂寞。母亲在堂屋点燃煤油灯，灯花在黑暗中燃起，温暖中远远隐去了恐惧。尽管灯光微弱，跳动，闪烁，我们能够看见屋子里的一切，能够在熟悉的屋子里行动自如，并且找到自己在灯光中的身影和位置。我弱小的内心终于在一朵灯花中得以安定。一阵微风吹来，让灯花晃动，摇摆，灯下所有事物的影子也跟着晃动，但它的温暖不会散去，不会被风吹去。即使灯熄灭，也可以重新燃起，灯的生命掌握在我们的手中。

■ 花开的痛楚与隐秘

父亲一生唯一的嗜好 —— 喝酒。如今八十高龄的父亲每餐仍然可以喝二两白酒。我想，父亲这一生如果离开了酒，将是多么的孤独。

父亲幼时家贫，他的父亲，也就是我的祖父去世得早，后来随母改嫁，继父是铁匠，父亲自然操起了铁锤。父亲没有读过书，没有什么高尚的爱好，唯一让他开心的是喝酒。父亲不喜欢喝瓶装酒，其实是家庭拮据，那时全家七口人，全凭父亲的一把铁锤，叮叮当当地填饱。人言世上有三苦，打铁、撑船、磨豆腐。所以父亲只能选择廉价的谷酒或苕丝酒，我时常承担父亲买酒的差使，因为可以落一两分零花钱。父亲喜欢用草木泡酒，一些野外植物的叶和果实，如杨梅、桂花、菟丝子、五味子、桑葚。还有一种乡下很平凡的野果子 —— 鸡洋里，学名叫金樱子，我们也叫糖罐子、刺梨子，也有地方称呼山石榴。它有一点儿甜味，绵长幽香，甜涩相间。因为那一点甜的诱惑，成为少年时代不可多得的零食之一。至今记忆犹存，霜降过后，金樱子变成了橙黄色，烙于季节的深处，在萧瑟的深秋中，显出它的好来。草木总是喜欢用黄色或红色来炫耀它的果实，苹果、桃子、枣子是红色，橘子、梨子、柿子是黄色，其间的秘密是草木用鲜艳的色彩吸引大自然鸟兽来光顾，成为它们的食物，并随它们走向四方，那一枚果核将在另外一个地方扎根，萌芽，生长成一棵树，一株草，再开花结果，红的果，黄的果，如此往复。

金樱子其实是一种野刺。枝上有刺，叶上有刺，果上也有披针刺。故乡人常用它来筑篱笆。年少时关注的是它的果子。金樱子的果实，比任何一种果实生存的时间要长。三月开花，四月结果，要到十二月才能成熟，历经三个季节的跨度，把夏的酷热，秋的丰厚，冬的寒霜，一并揉进果实里，催生出金樱子的甜蜜，在霜雪的冷寂中，显出恬静淡泊的沧桑味道来。金樱子的果小，形状酷似如一粒枣子，要吃它并不容易，枝上有刺，锋芒毕露，而果子上也布满了细小的刺，一不小心扎你一下，有点痛。但刺抵挡不住少年时代饥渴的嘴，我们用剪刀剪下果子，扔到草地上，用脚轻轻一搓，遍布的刺就断了。确实，一场风霜早已摧毁了刺的内骨，貌似坚强的外表已霜化成一枚果实。在衣服上稍稍擦拭尘土与残刺屑，剥开，里面满满的种子，如麦粒，又像极了鸡菌子（鸡胗），怪不得村人叫鸡洋里，那是湘北地区农村对鸡菌子的俗称。剔除种子，金樱子就只剩下一层薄薄的果肉，放进口中细细咀嚼，美美地品尝，有着蜂蜜的味道，幽香萦齿。这是少年时代难得的美味，这一点甜温暖了少年的冬季。

其实，金樱子远不只是童年时代的零食。古代医书上写道：益气生血，补肾固精，有壮筋骨，暖腰膝的功效。李时珍称赞其是无故而服之，以取决欲则不可。若精气不固者服之，何咎之有？在中药铺中，金樱子就是一味中草药，配山茱萸、熟地、山药等用于治疗遗精滑精、遗尿尿频、久泻久痢、肺虚喘咳、自汗盗汗等症，而与鸡头实（芡实）制作水陆丹，益气补肾甚佳。一个生长在温柔水乡，一个成长在荒野山坡。就这么互不相干的两个，跋山涉水，不辞劳苦，跌跌撞撞地结合成一个小丸子，这是宋代的洪遵老先生诠释的娇嫩与结实，细腻与粗犷。在村人的心中，金樱子的真实作用在于它的壮阳之功效。正是这一功效，让这原本只是乡野平常简单之物变得金贵起来，连它的名字都扣了一个"金"字，不容易呀。金樱子凭着这一功效击败了众多的草木，登堂入室，步入寻常百姓家，被高高摆放在木柜子上，格外引人注目。一坛浅黄的药酒背后隐喻着农家满满的幸福。

秋天是最美的魔法师，一场风过，叶子橙黄，果子醇香。霜降过后，金樱子的叶枯了，只剩下果子在凛冽的风中守望。因为有刺，鸟雀不敢啄食，唯有少年蜂拥而至，它们终会找到最佳的去处。

　　假日时分，少年起了早床，呼朋引伴，提篮携篓去山野摘金樱子。其实在每一个少年心中早就有了心仪已久的地方。金樱子喜生长在田塍山坡，一蓬蓬地蛰伏于土地上，粗壮肥硕，满身硬刺，如荆似棘，生命力又极其顽强，春生叶，夏结果，到了冬天，成了一蓬刺，如果不是浑身是刺的果实，金樱子早成了农人锄头下的杂木。一上午的付出，换来一篮子的收获，正午时分，少年提着沉甸甸的果实回家。此时，太阳当顶，暖暖地照耀在村庄每一个农家。母亲正在厨房里忙碌，有炊烟从烟囱里逸出，融入蓝天，香味弥漫了整个院落。少年的鼻子尖哟，早就嗅到了煎鸡蛋的香味，那一定是母亲对他的犒劳。进入冬季，父亲也从忙碌的劳作稍稍闲适下来，收了稻子，挖了红薯，油菜籽已落了地，正在泥土中躁动不安。老牛正卧在牛棚咀嚼着稻草的芬芳。父亲睡了个懒觉。一年四季父亲也难得赖一次床，做不完的农活，让父亲难以休息。即使在冬天，一个上午，父亲就蹲在院子里收拾农具，松了锄头肩，给铁锹换了一个新木柄，将犁铧打磨锋利，上好油，挂在杂屋的墙壁，只等春风的召唤。少年的归家，父亲原本平静的脸多了一层厚厚的笑容，阳光下仿若秋天绽开的菊花。平时父亲一脸严谨，言语又不多，有时少年犯了错，少不了要挨一下父亲粗砺的手掌。今天，父亲脸上的笑让少年顿觉阳光的美妙。父亲没有说话，一手接过少年的竹篮，一只手摸了摸少年的头，不重不轻，却让少年的心更加贴近了父亲。少年进屋捧了一碗凉茶"咕噜，咕噜"猛喝，坐在门槛上，看父亲挑选一个个颜色橙黄，饱满胀实的果子。母亲早就去村东头卖酒的吴爹家，打回了十斤粮食酒。父亲把选好的金樱子用手掌搓掉刺，洗净，沥干水放入酒瓶。那是一个大玻璃瓶，透明清爽，浸泡的金樱子历历在目。最后玻璃瓶被父亲放到内屋的木柜顶上，少年清楚地看到果子安详宁静，只是他年少的心并不懂得瓶子背后的隐喻。十年后，少年终于领悟了金樱子蕴藏的芬芳。历经七七四十九天，纯白的粮食酒变成了金黄色，如霜后金樱子的橙黄，成为父亲饭桌上的佳酿，温暖着父亲每一个艰辛的日子。

在乡村，每一个农家都会泡一瓶酒，主要是自己喝，客人来了，也会像宝贝一样拿出来，显示出酒的珍贵。酒是农家待客不可或缺的礼仪，也是农家汉子款待自己的最好方式。为了泡一瓶药酒，家里没有小孩的，男人亲自上阵去采摘。如村西头的细良，高中毕业，人如其名，长得瘦弱纤细，像一根豆芽菜，幸好戴一副眼镜，又会吹笛子，拉二胡，像一个知识分子，可惜复读三年，棒槌终未钻穿牛皮，跳跃龙门的念想始终跨不过去，无奈认命回乡务农，后择邻村一大龄女子结为夫妻。婚后好几年了，妻的肚子总是不显山露水，安静得让人心慌。细良急了，总是埋怨妻的土地不够肥沃，可是到医院一检查，细良耷拉着瘦小的脑袋回了村，不说话，倒是妻子却昂起了头，时不时在院子里骂那只打鸣的公鸡，骂得公鸡整天也耷拉着头。从医院回来的那年深秋，一场寒霜，天未亮，细良就背着星光早早地出了村，太阳刚刚跑到山尖上，细良就摘了一背篓金樱子回了家，结果害得少年跑到山里好远才采回一篮子。先前不喝酒的细良开始一日三餐抿一口小酒，当然是浸泡了金樱子的酒。两年后，细良的妻子挺起了肚子，着实让细良昂起头，尽管生了一个女儿，也让细良看到光明，摆脱了羞愧。女娃取名叫樱子。抑或是对草木的一种感激之情。其实是乡村对大自然的敬仰。一林质朴的草木有时也成为人类心目中的图腾。女娃在岁月中努力生长，村人说咋看也不像细良，像村长，像极了村长外八字走路的模样。那一晚，村子里弥漫着唢呐声，把村子压抑得半晌未醒过神。第二天，细良的影子消失在村口的苦楝树下，正是春末夏初，苦楝树花正艳，却有一股浓厚的苦味。父亲一大早起床，站在院子里，翕动着鼻翼，说，一坛好酒呀，陈酿的金樱子酒。果然，少年发现，在细良的屋檐下，有一摊酒的残痕，玻璃碴子凌乱在尘土中。可以想象那坛父亲说的好酒已浸入到泥土深处。后来听人说，细良跑到最南边的城市打工去了。不知他是否还在喝金樱子酒。

花开无心，草木无情。少年心中的金樱子花却是有情也有心。金樱子属蔷薇科，花朵大，像山野中的栀子花，洁白、素雅，五个花瓣，近乎圆形，纯粹的白色，中间是花蕊，颇有些像小朵的莲。在一大片绿中特别清澈明亮。四月，暮春时节，繁花盛开，山上的花该开的都开过了，蔷薇属的植物开始默默登场，赶趟儿似的开在春天最后的日子。在那个时节，金樱子是极不起眼的。各种野草莓都已成熟，是对孩子们最大的蛊惑。农人忙着春耕，对金樱子开花无顾忌，少年们却格外关注。少年的心事当拏云，谁念幽寒坐呜呃。少年不再是单纯的少年，图画中多了一些色泽。

金樱子花，好漂亮的一种叫法，顾名思义，像一个青春萌动的少女，令少年怦然心动。每年花开，花成为一种表示爱情的信物。相当于现代的玫瑰。金樱子枝丫上有刺，玫瑰亦是如此。只是玫瑰大红，喻示着爱情的火热，而金樱子花洁白，正是反映了20世纪七八十年代早恋的纯洁。十四五岁的少年正在进入青春期。那个年代，少年对心里喜欢的女同学，也会采几朵金樱子花，找一个机会放到女同学的抽屉或者书包。收到花的女生，先是恐慌，心怦怦乱跳，似乎有一只小白兔藏在胸前，脸色绯红，眼睛不敢与人对视。过后，才偷偷地巡视，究竟是哪个男生。哪个少女不怀春。感情有时就是那么奇妙，一逡巡，一个男生的眼神，犹如无线电波，悄然间对接。暗号如此简单。一旦是心仪已久，自然顿觉海阔天空。陌上花开，可缓缓归来。一朵乡下简洁的花也是一段初恋的见证。十年，二十年，三十年，再见那朵金樱子花，记忆中幸福依然。

但是金樱子花的背后却隐藏一位纯朴女生苦恋的一生。这是少年班上的女生，宁静淡雅，干净利落，言语极少，长长头发扎着一根大麻花辫，随着季节的变换，发梢上变换着栀子花、茉莉花，身上飘逸着香味。那一年，学校来了几个师范学校的实习生，其中一个男实习生教少年的英语，实习生温文尔雅，不仅英语说得流利，而且教学活泼，一下震住全班，尤其是女同学。实习生深深吸引住班上那个女生，只要是英语课，她积极回答问题，而且常常利用课间休息主动找实习生请教。可惜时光短暂，实习生即将回校，女生采了一束竹丫，抽掉竹梢上的叶子，再把金樱子插进去，俨然一束盛开的花朵，送给实习生。车消失在路的尽端，女生也是泪流满面。后来女生偷偷地给实习生写信。鸿雁传书，让老师发现了端倪。老师偷拆了一封信，有一句话打消了批评女生的念头 —— 我在师范学校的大门口等你。那一年正是初三，离中考只有一个多月了。那个年代，初中的佼佼者可以报考中专，主要是师范、卫校、农校等学校。那可是改变命运的学校。跨进那个学校的门，你的整个人生从此改变。正是这封信推动了女生的学业，中考前夕，女生以第一名的成绩获得报考中专的资格。那一刻，女生的心里一定绽放着那一幅幸福的场景，心仪的人儿正站立在师范学校的门口，他的背后是蓝天白云，有鸽子画着弧线，那一定是个心的形状。

命运有时过于诡秘。中考如期而至，正逢女生的生理期，而偏偏女生又痛经，她是忍受怎样的痛楚参加完考试的。少年无法想象。女生的命运从此刻出现裂痕。成绩出来，女生以一分之差与师范失之交臂。那一段日子呀，对于女生是怎样的煎熬。女生似乎不愿意服从命运的安排。她决意从头再来。可偏偏有政策规定，复读生不准报考中专。她铤而走险，隐姓改名，转到另外一个乡中学求学。一年之后，她如愿以偿，超过分数线几十分，成为县里的中考状元。却又印证了"树大招风"。这是古人的哲学。千真万确。一纸告状书，将她从巅峰中狠狠地抛向地狱。她的中考成绩作废。命运的魔手撕扯着一个还只有十六岁的小女生。她小小的身体无法抵御如此巨大的冲击力。她开始面壁而立，喃喃自语，似乎在忏悔，更是宣泄。她时常游荡于荒郊野外，时哭时笑。每年春天，她竟然不会忘掉那一束金樱子花。花让她平静，让她安宁。花谢了，她的生活也就谢了。

少年为她惋惜呀，却只能眼睁睁地看她在身边走过。少年的心在滴血，因为这是他曾经偷偷地送过金樱子花的少女。少年曾将一束金樱子花放到女生的抽屉。不料，女生休了两天病假。渴盼的少年呆呆地望着那个熟悉的座位，却没有熟悉的人打开抽屉，然后张望，他的眼睛曾经是苦苦地等待着那一个回眸。这就是缘，如此简单。

几年后少年金榜题名，辞别山村，进城求学。后来栖居城市一隅，娶妻生子，渐被岁月的刀锋削成中年。时光匆匆，一晃三十多年。那一天回乡，路边金樱子花开得正艳，曾经的少年突然想到了细良，那个叫樱子的女娃，当然最为牵挂的是那个女生。他拨通同学的电话，同学淡淡地说，她疯了几年后，离家出走，生死未卜。几十年，音信全无。

少年没有说话，只是手中的金樱子花被捏成碎片，飘落在尘土间，很快成泥。

中午，母亲格外开心，炒了几个少年喜欢的菜。父亲也打开浸泡的金樱子酒，金黄金黄的。能陪父亲喝酒的日子是多么幸福呀，可是那天的少年浅浅地抿一口，满嘴都是辛辣味。

仲春的午后，洞庭湖的草木正摇曳葳蕤。空山无人，水流花开。

■ 我隔壁的君姐

苦楝。楝子，一如它的名字，苦涩。花名是苦味的，花香却是甜腻的。

人间四月，已是暮春。

黄昏，我照例在这个生活了十多年城市散步，看天空西边的云霞由浅变深，再隐藏到黑暗中俯视人间，鸽子归家的弧影消失在错乱的屋顶上，大街上行色匆匆的归人或左右或东西，一定向着家的方向前行，即使家在远方。我的老家在乡下，我停步驻足，向家的方向望去，天色已暗，老家隐藏在黑夜中，挂念着远离她的孩子。此刻，忽然一棵树的影子在黑夜中明晰起来，乡下的苦楝树正是花开灿烂的时候。

在乡下，树很多，村前村后，山上山上，树无处不在，有梧桐、香樟、喜树、水杉，更多的是枣、橘、桃、李等果树，随处可见，它们大多三三两两，甚至毗连成林，拥挤的样子像冬天的孩子玩着游戏。唯独那树干斑驳，叶子细碎的苦楝树，在房前屋后，田头阡陌，或者在偏僻的某个角落，总是孤独地生长着。苦楝树不成林，一切皆自由生长，不经意间与人辞别，多成了人家灶台的烟火。它不是自由的，可它的成长，却在自由中。它们安静地坚守在阳光里、风雨中，迎朝阳挽落日，苍劲的枝丫茫然地对着低矮的天空，自有一种树中隐士的风范。

苦楝树叶细小，不浓郁，不像叶子密集的柳树、槐树，有风也潇潇，无风也潇潇。苦楝花多，多得有点琐碎，密密麻麻的，有一树繁华的意味。苦楝花不好看。村人说，苦楝树苦，连花的味道也是苦的，弥漫开来，整个村子的空气就是苦的，怪不得村人不喜欢苦楝树。试想，春末夏初，正是青黄不接的日子，本来就在为稻粱而发愁，苦楝花一开，更是有了趁火打劫的意象。于是苦楝树只能远远地站在村口村尾，甚至远离村落的山坡上、河岸边，张望着村子里的人和事，不动声色。

我喜欢苦楝花。其实不是花苦，而是花香太浓，甜到浓时会变苦，苦到浓处心无力。初夏时节，桃花谢了，苦楝树浅紫的小花悄悄地萌动。因为花小，树又高，如果路过不是闻到一阵又一阵浮动的暗香，促使你蓦然抬首，你是不会发现那一棵寂寞的苦楝树。这时春天已经走远，只剩下一片模糊的背影，它没有赶上繁花似锦的盛世，却在春的末尾独自芬芳。开一树花，有风，落花一地，零落成泥。

这样想着，心里陡地生出了几许失落。心里似有某种记忆在渐渐地被唤醒。正在这种情绪中，接到乡下母亲打来的电话。母亲并没有像往常一样，零碎地说着乡下见闻，而是直接告诉我一个悲悯的消息。

隔壁的君姐死了，死得很突然，一场不大不小的病竟然扼走了她蓬勃的生命，因为她还不到 40 岁。此时夏季的气氛正渐浓，但君姐怎么也止不住疾驰的步伐，匆匆与生机勃勃的人间失之交臂了，永远，永远……

此刻乡下的苦楝树正在绽放，只是没了花开四月天的绚烂与轰烈。

母亲长叹一声："多好的姑娘哟，怎么这么早就走了呢？"我恍若看到了一大滴晶莹的泪水从母亲的眼角涌出，那么义不容辞，是想告诉我什么？悲哀，或是怜悯。

会剪一手窗花的她，怎么就走了呢？我觉着她就是一棵苦楝树，她的生命开着酸楚的美丽，像碎花飘零在脚下的土地，使我心震动漫溢。

我隐约记得君姐嫁到镇上来的情景。正是五月初，是花都已开过，是叶都已深绿。唯独苦楝，此时正开得浓烈，繁密的树叶间紫白相间的小花，一簇簇，一串串，挤挤挨挨，密密匝匝，满树可观。依旧记得她光鲜的脸庞在热热闹闹的鞭炮声中亮丽，新婚的她像一只美丽的百灵鸟在生活的每一个日子幸福地鸣叫着，她憧憬着未来。

记忆是湿润、青涩的。一张红纸，一把剪刀，眨眼工夫就从她的手中吐出鸡、鱼、莲之类的图案，一股喜庆味就弥漫开来。剪窗花是她的拿手戏。树有阴凉，草有灵气，花有香味，牛会吃草、鱼会游水、鸟会飞翔，剪什么像什么，我新婚时她剪出的窗纸还在老屋的玻璃窗上炫耀，只是褪去了光泽。纳鞋垫更是她拿手的好戏哩，左邻右舍谁都穿过她纳的鞋垫，我至今都会感到那股柔柔的乡情。弄农家味极浓的小吃，也是她的绝活，紫苏姜梅、西瓜皮蜜饯……正是心灵手巧的她，十多年来，硬是把拮据的生活，剪辑得有了些许生机。

其实，也不应走得那么匆忙。据我所知，那种病是不足以剥夺她的生命。然而贫困和劳累，使得病魔如阴雨连绵的细菌，在阴暗的角落生长得蓬蓬勃勃。其实她的幸福生活尚未开始啊！三个如花似玉的女儿此刻是不是长跪在母亲的坟茔旁痛哭呢，她们的生命如此灿烂，不正是她们母亲沉重的付出吗？挥之不绝的泪水拉不回君姐柔弱的身躯，可永恒的记忆又怎么能抹去君姐一生的辛勤与操劳。我不知道为什么故乡一些女人的命运如此多舛，而且我所知道的最朴素、最善良的女人，成了记忆中青涩而潮湿的一部分。

其实她的幸福早就应该开始。可是当站在幸福与痛苦交叉口时，她选择了后者。依旧记得刚为人母的她，光洁的脸庞竟夹杂一丝凝重。年幼的我从母亲的言谈中悟出了些什么。那个哇哇叫喊着的女娃没有为她带来幸福。丈夫的指责，公婆的冷漠，如呼啸的北风，冰冷了她初为人母的笑容。或许是为了追求幸福的源头，或许是为了化解封建世俗的冰霜。她又选择生育。然而第二个幼小的生命来到人世时，带给她的不仅仅是身体的痛楚，还有心灵的痛苦。第二朵鲜花般的女儿又怎么知道自己的降临，给母亲带来的是痛苦呢？第三个女儿终于彻底断送了她的幸福前程，丈夫被开除公职迁怒于她，公婆指桑骂槐。或许这就是她悲剧的开始。

　　一次回乡，我看到有些痴呆的她，寂寞地带着小女儿若有所思地坐在村口的楝树下纳鞋垫，无言无语，或抬头仰望，目光里满是哀怨，或又低了头，若有所思。此时，我怎么能看懂她的心事。我只是远远地站着，甚至不想靠近，远远地看着。孩子就在她身旁，小一点的已睡着了，大一点的在萝卜开花的地头，瞅准卧在花丛中的蜜蜂，脱下鞋子，用力一扣，就捂住了，然后把这小小的精灵放飞；有时她赤脚站在渠边，耐心地将被水冲跑的蚂蚁捞起来，放在长满青草的田埂。她们知道母亲的苦吗？苦到极处休言苦。或许将来，她们会感恩母亲给予的生命与一切。

　　她们是一粒苦楝子，再苦也自有她们的甜美。

　　苦楝树到了秋天，结满一串串的果子，椭圆，指头蛋儿大，自然叫苦楝子。果把儿很老，一兜一兜地在风里摇曳。苦楝子的确苦，小时候曾试着偷尝了一口苦楝子，结果眉头半天舒不开。难怪人们常说，再苦不过苦楝子。但在孩子的眼中苦楝子是童年最好的玩具，年少的我们几乎每人都有一把自制弹弓，就用苦楝子做子弹，打麻雀，练靶子，玩得不亦乐乎。少年不知苦滋味。

　　我记得奶奶那时唱过一首关于苦楝树的歌。"抬头望见苦楝树，苦楝开花球对球"。唱的大概是一个出嫁后的女子，婚后忙碌，没法回娘家，将这女子比作苦楝树，一生皆苦。用的是我们家乡话，调子很容易记住。

　　苦楝子再苦，有女人的心苦吗？

　　君姐真的就是乡下的一棵苦楝树。

　　我想，假设当初她生的是一个男孩，她的命运就不致如此悲哀。假如她生育第一个女孩后，坚决与封建世俗观念挑战，勇敢地闯出自己的一片新天地，她的幸福生活也会一天天走过来。但是生活中没有假设，没有退路，发生的事情又怎么能够更改呢？其实我只是期望用假设来为她的悲哀中掺杂一些幸福的气氛而已。我只是不愿意让她成为苦楝的隐喻。

其实她渴求幸福。她把一生的寄托注入三个女儿的身上，二十年的岁月眨眼就过去了，女儿一个个如花似玉，幸福的日子正在向她温柔地笑。我听到过她一次次地说，"女儿大了，就好啦！"可她等到这一天时，却又慷慨地把生命交给泥土，难道泥土中的生活是幸福的生活吗？是呀，泥土中有酽酽的稻香，有典雅的宁静，有从容的平凡，不然，她怎么会选择泥土？

生命有时竟然这般凝重，生命有时又是这么轻灵，我乡下的君姐在黝黑的泥土中是否真的很幸福地长眠呢？远处田野传来老牛沉重的叫声……

我望向苦楝树，看它枝丫分明的轮廓在苍白的天空下兀自落寞。苦楝花在风中摇晃，一片片的碎花在空中一闪，掉入草地就不见了，如同幽幽的一声叹息，轻轻的，小得如同乡间女人的心事，像是一双双紧握着的手，在无语凝咽中渐渐散开。

如今走过那棵苦楝树，不曾消失的仍是心底那细碎无声的情怀。曾经湿润、明亮、久远的记忆，仿佛还在昨天。20多年来，发生了太多我需要用更长时间才可以承载的事情，而每次回到故乡，手抚那棵干净利落的苦楝树，时时忆起那远去的人和事，与苦楝树浪漫的紫、琐碎的忧郁一起营造了一个热爱寂静者隐忍的极致境界。

苦楝树是苦的。"苦者，良药也"。据医书记载，苦楝树的树皮和果子均可入药，只是味道极苦。但是，我真切地知道，比苦楝树更苦的却是乡下的一些苦难的人！

苦楝树有毒，皮、籽、叶、花都具有微毒。乡里人却没有在乎这些，除了孩子闹蛔虫，偶尔用一点苦楝树皮煎水之外，几乎都不怎么动它。苦楝树就是这样落寞地站在乡间，无人问津。有时回乡，远远地看着村口的苦楝树，树影佝偻，犹如孤独的老人，守望着残余的岁月一点点地销蚀。

故乡就是一棵苦楝树，微毒，让几多在异乡里守望的人寝食难安，不知能否想到苦楝树忧郁的身影。

已是深夜，无意读到一首诗：雨过溪头鸟篆沙，溪山深处野人家。门前桃李都飞尽，又见春光到楝花。想不到诗人笔下苦楝树纤弱而淡雅，自有一种朴素清新，温婉脱俗之美。苦楝原本也有它的另一副面容。

其实草木并无高贵与卑微之分，苦楝树也不例外。

■ 五朵云或猫眼草

我还是喜欢叫它——五朵云。

我一念到它的名字，似乎就想到了高远而蔚蓝的天空，纯净如大湖丰盈的水，五朵洁白的云，抑或更多，像外婆在秋天采摘的棉花，只是它们在天空上自由地飘荡。而外婆的棉花却纺成了棉布，温暖着我的童年。我恣意地躺在大地上，姿势绝对奇特，但眼睛却仰望着天空，看云，看天，思绪却已飘散得很远很远。

我想起了少年时的一株造型奇特的草——五朵云，准确地说是一种野草，遍生郊外，而无人问津。后来，我知道它的学名叫泽漆。过完春分，再下一场小雨，又到清明，泽漆就蓬勃了。"泽"——"春天的光泽"。我坐在堤坡上想，在春天中享受太阳的光泽，多好啊。在乡下，没有这么多的诗情画意，乡人总是把身边的草木叫作猫儿刺、狗骨草、牛舌头……与乡间的家畜相关联，足以说明乡人内心深处对草木的喜爱，这是一种昵称，无比温暖。正如我们年少时多被喊成牛丫、狗婆、猫婆……其实我们也是一株草，在自然中茁壮生长。

泽漆，如果你静下心来，细细揣摩它的名字，格外有意思。泽漆，颇有乡村女子的柔媚与泼辣，其实乡下的娃最喜欢叫它猫眼草，因为它开花时的花苞更像猫的眼睛，像闺中老伴，更似居家好友。而我更喜欢叫它五朵云，充满诗意和禅趣，路边多"绿云"，自有一种浪漫的意境。并且，五朵一伙，结伴而行，多么温馨感人！或许年少时，我的思维就多了一份文艺情绪。

泽漆正如乡下人的特质与秉性，好生好长，不择土壤，多生长在荒郊野外的河堤、山坡，成片生长，气势不凡。春生苗，一株草分枝成丛，茎干红色，宛如菜园子蓬勃的马齿苋，叶子又像苜蓿，叶圆而黄绿。泽漆的造型有些独特，外表很萌，同其他的野草有些不同。细细观察，它暗红色的柔茎顶端，有 5 片轮生的叶状苞，杯状聚伞花序顶生，形状像一把把纸伞。每一株撑出 5 支伞柄，每枝伞柄又分出 3 枝，每个短枝都像一束包装精美的花。一簇簇，精巧而细致，分不清哪是花，哪是叶。俯视它，好像一朵朵小小的卷心菜。全盛时，五根小伞柄升高撑开，就像五把小伞，又像杂技演员在玩顶碗游戏。这就是大自然的神奇之处。

泽漆的绿比翡翠还别致，让人看一眼就觉得心旷神怡，有豁然开朗的意味，这是上帝倾倒泼洒下来的绿意。泽漆的叶片层层叠叠的，宛如幽深神秘的森林，而且，拥有一种绿色的魔法，让人深深迷恋，我看着看着，感觉自己正慢慢地变成一片新生的绿叶，随着春风摇曳起舞。

我喜欢长久地盯着，直至有点眩晕，有一种走进新绿森林里的幻觉。这就是我喜欢的感觉。有时盯久了，甚至让其他的人产生疑惑，有人悄悄告诉我的父母，我或许病了，病得不轻。有时我从野外回到家中，父母用一种异样的目光看我。甚至用手从头到脚仔细摸一遍，又问我，哪里不舒服？我对父母的怪异行为有些反感。但我还是告诉他们，我一切都好。

这样迷离的草，如何让一个少年的心抵挡得住？

记得有一天，我遇上了一群猫眼草，可爱得让我居然摘了一把捧在手心，左看右看，上闻下闻，浸润在草色沉寂的思维之中，一副自我陶醉的样子。

村子里的际爹，一生喜酒，整天都背着手，歪着头，斜着眼，他的头发像家中的鸡窝，一辈子都没有整理过。他就是在村子里、在野外四处闲逛，漫无目的，嘴里永远都哼着什么，有人说是《汤头歌》，这是民间中医行医的要诀。有时又好像哼着哪一段戏曲中的几句台词，却又听不分明，而他却永远沉醉其中。但他是乡下的土郎中，对草木格外熟悉，如数家珍。没有无用的草，只有你不认识的草。这是他说的最多的一句话。

　　际爹不知什么时候居然出现在我面前，喊道："崽，这草玩不得，瞎眼睛。"确实在乡下，有句俗语："猫眼草，抹抹眼，明儿早使个大黑碗。"不是真的大黑碗，是眼睛肿得跟扣了半边鸡蛋壳一样，看不见碗了。乡下的语言饱含智慧，值得玩味。

　　我一听，猛地吓了一跳，立马把草扔在地上。这时，际爹抓起我的手看了看，又观察了我的脸，随即带我在路边沟渠反复洗了手。一会儿，际爹又采了几种野草，告知我，若晚上手肿发痒，就用这草煎水洗手。果不其然，晚上手肿又痒，母亲将草煎水反复帮我清洗。第二天，晨起，发现手恢复如初。

　　想不到这么可爱的草却是一株毒草。际爹说泽漆有毒，它的茎容易折断，折断之后有白色的乳汁流出来，这就是毒液。我对它甚至有了一种畏惧之心。

　　不过它是一味很不错的中药，际爹说。关键看我们怎么运用它。譬如牙齿疼痛，际爹总会寻几株猫眼儿草研烂，泡水，取汁，让你含漱吐涎，如此反复几次，牙还真的不痛了。苦有苦的道理，清我的热，解我的毒，再苦亦值得。有一段时间村子里娃崽患上"抱耳朵风"，医术上叫流行性腮腺炎，际爹的方子很简单：取泽漆1两（干的5钱），加水300毫升，浓煎至150毫升，每次50毫升，日服3次。不到一个星期，太平无事。药对方，一碗汤。我不得不佩服这株草的神奇。其实对于一株草，无所谓残忍，生命的呈现纯属自然现象。

　　想不到的是际爹竟然成了我的初中老师，教生物。原本是一名乡村赤脚医生，因为没有行医资格证，居然被取缔。阴差阳错，乡办中学差一名生物老师，他又变成一名中学老师——代课，因为他也没有教师资格证。没有教师资格证丝毫不影响他的教师威望。他对待学生无比严格，谁如果不好好念书，他就会用戒尺处罚。不打不成材，棍子底下出好人。际爹打你的时候一定会说上这句话。每天上生物课，他请四名同学上台回答问题。

回答不上的，打板子。考试不及格的，差一分打一下。际爹打板子也有讲究，不打头不打背，也不打屁股，打手掌，而且只打左手，不打右手。我曾经挨过几板子，第一、二、三板重而有力，痛呀！刻骨铭心。后面的板子却是蜻蜓点水，应付了事。际爹的严格，让我们的生物会考在全县拿到了第一名。也让我认识很多自然中的草木，黄精、枸骨、虎杖、车前草、益母草……当然都是中药材，这是际爹的拿手好戏。

乡间无闲草。每一棵草的背后都隐藏着神奇与诡秘。一枝花、一叶草、一段根、一粒籽，都是入口入血脉的良药，肩负着神圣的使命。一棵荒野生长的草被盛入一个古朴简约的陶罐，同时盛入风霜、雨雪，还有阳光、月色，再用忧伤和深情作引子。煎熬出来的药汁，有经年的暗香，直抵痛点。我想到泽漆，在药典中如此深刻。一株小草，让世界变得温馨，亦可以改变人的命运；一缕药香，如一盏灯穿越千年，照亮尘世的路。

可是并不是所有的药方都可以抵挡病魔。泽漆，对于乡下的三舅却是一种深深的痛。

三舅生得牛高马大，年轻时是个不折不扣的美男子，虽未能进学校饱读诗书，却能说会道，有条有理，说话不紧不慢，俨然有领导的派头。也罢，他还是乡间种田的高手，垦田、耘田、播种、插秧、割禾、打谷，样样都行。种田之余，还要种黄豆、绿豆、豌豆、百合等，忙忙碌碌一年四季，安身立命，维持一家人的生计和温饱。但我始终相信天地间总有一双看不见的手，掌握着每一个人的命运，三舅并不是命运关注的人，所有的智慧都抵挡不住命运之手。纵观他的一生，却是人乖命不乖。他命运多舛，一生走得坎坎坷坷、跟跟跄跄。婚姻不如意也罢，虽有一女二子，大女幼时不慎落入火塘，烫伤了半边脸，注定了她一生命运坎坷。大儿子华华六岁时莫名地咳嗽，白天咳，晚上咳，咳得昏天黑地。三舅带着他，从乡村卫生室，到镇上卫生所，再到县市人民医院，最终跑到省医院，未果。无奈又遍寻民间偏方：猫眼草可用以止咳。三舅用猫眼草在石臼里捣碎的汁液与蟾蜍一起熬药。汁液干后，变成血一般的颜色，仿佛三舅的泪痕或伤痛。

有一次回乡下看望华华，他特意带我去河边看泽漆草。他说："这就是猫眼草，它可以挽救我，是神草。"我说："它还有一个好听的名字，五朵云。"他说："猫有九条命，云，风一吹就跑了。"说完他的脸上洋溢着一种幸福的笑容。他望着泽漆草笑，而我却仰着头，望着天上的白云。"对，就叫它猫眼草。"我对华华说。华华牵着我的手说："等我病好了，还要去读书，考大学，到省城里去生活。"他的眼中充满了希冀与期待。事实上，他从没有悲伤过，他始终坚信总有一天他会在这个世界上正常地生活、劳作。一个人，在无边苦难之中，踉跄前行，迎接雨打风吹，因为对生命有着强烈的热爱。我觉得，这才是活着的力量。

也许是它的功效，华华一直拖到十五岁，还是无力回天。泽漆，虽没有挽救华华的生命，但确实延缓了他离世的脚步。听说他走时，正是初夏，勉勉强强读完了小学。他硬是把老师带过来的小升初试卷认认真真写完了，说："我终于小学毕业了。"他瞳孔里的光亮仿佛进入黑暗深长的隧道渐渐熄灭。在三舅的怀中，一张一合地吐完了尘世间的最后一口气，如此安宁而又平静。他在生命的最后一刻，脸上浮现着笑容，那笑容的来源，不是解脱，而是喜悦。但对于生者而言，这是怎么样的一种人间悲剧，中年丧子是人间的惨痛。我至今记得那个晚上的阴沉与黑暗。雷鸣电闪，却没有落下一滴雨水。也记得华华如白纸的脸，还有一身的药味，浓郁，像化不开的结。如今，三舅老了，只是他在野外看到蓬勃的泽漆，是否触痛他年老的心。

今年清明，我回乡给外祖父上坟。下到山洼，居然偶遇到一群五朵云，它们仰着翠绿的眼，与我相对而视，彼此的熟稔仿若前世今生的约定。我在它们的眼中，看到了那个叫华华的老表，瘦削苍白的脸庞，清秀，却有一种倔强的精气神，那叫坚韧。我知道华华已去了另外一个世界。那里一定是没有伤痛的世外桃源，不然，有那么多病魔缠身的人了无牵挂，义无反顾，毅然抛妻离子，去了那里哩。我相信。那个世界让他们幸福安宁。我不知道他们的世界是否也有春夏秋冬，是否也有春分、小满、芒种、立秋？但愿一切都有。我想，他一定遇到了心仪的女子，成家立业，子女成群。那个世界是否也有五朵云呢？不，华华叫它为猫眼草，学名泽漆。他是否告诉孩子们认识它们。

时光在草木的花开花落中一一走远。每一棵草木的背后都隐藏着一个故事。

泽漆，是不折不扣的一味中药，每年夏季，暑假期间，正是泽漆生长最旺盛的时候，也是收获它的最佳时节，我们小心翼翼地收割植株地上的部分，剔除杂质，洗干净，晒干，送到镇上的供销社，当作中草药来售卖，赚取一点点微薄的学费。当然也采摘其他中药，如青蒿、苍术、半夏、鱼腥草……采回来的中药，洗净，晾晒在院子里，晒干后，再送到供销社。如今回想少年时光，虽然艰辛，却是那么温馨而美好，盈满了草药的芳香，是满满的怀恋。

时光匆匆，人事迢递，岁月如长河，把每个人的青春带走。当年的少年已是中年，那个叫际爹的土郎中，还有叫华华的老表，早已在岁月的深处定格成一帧回忆，波澜不惊。乡下的三舅已老矣，总有一天他会去另外一个世界与他的儿子团聚。而泽漆却是年年春生，夏壮，秋收，冬藏，一岁一枯荣，来了，去了，用它的特质温暖着大地，也温暖着人间。虽有毒，却只要发挥到另一种极致，同样是一种药香。一草一木一灵魂，草根自有草根的韧性。

又是春天，我居然在烟尘纷嚣的小区里发现了一株泽漆，骨子里涌起莫名的亲切感，仿佛是遇见了故知。俯身细看，它还是缕缕繁繁绿绿，不负春光，与生俱来的气质还在，尽管进了城，却没有改变它初生的模样，非常乡村情调，还是在山巅水湄的模样。只是我不晓得它是春天的风吹来的，还是常在小区里走动的斑鸠或白头翁捎来的？这不重要，重要的是它从乡下来到了城市，它似乎还有一股怯意。正如当初进城时的我。我想。

　　我要把它介绍给院子城里的孩子们，它叫泽漆，小名叫猫眼草，还有一个很好听的名字 —— 五朵云。很诗意吧。虽然它有毒，但只要我们相互尊重，相互包容，也一定能平安相处，皆为自然。

　　是的，我相信城里的孩子一定会喜欢它。

■ 一棵老去的树

　　正月初三，雨水。

　　一场雨如约而至，说来就来。说走就走，阳光随后而至。这样的天，这样的节气，自然要去乡下看望老舅。转过一处山洼，远远地看到了乡下三舅的老屋，老屋侧边有一棵树，依然站立。那是一棵棕树——只是青春不再，一幅垂垂老矣的沧桑容颜，正如乡下的三舅。

　　其实不仅是三舅老了，还有我，曾经的青皮少年，不知不觉间，竟已是年过半百，忽然想到了1800多年东汉名士孔融的"岁月不居,时节如流"，真的是"五十之年,忽焉已至"。我惊叹时光的倏忽，就像抓在手心的细沙，再怎么用力，也总是在指缝间溜走，不打招呼，决然而去，留下来是一地落花。

　　棕树亦是如此。站在棕树面前，苍黑色的枝干，周身刻满岁月，那是曾经的刀痕——乡下幸福的印记。如伞的树顶呢？那一柄柄青色的棕叶，如巨人之手，向天空努力地伸展，恰如农人向上索求的心。

　　少年时的每一次回乡，我总是喜欢擎一柄棕叶，在手中乱舞，模仿《西游记》铁扇公主的宝器——芭蕉扇。确实，棕叶是制扇的原料。乡间农人，就地取材，把棕叶砍下，剪成圆形的，用土布包上边，一把简单的蒲扇就成了。用久了，青翠不再，成了枯黄色，树的清香却尚在。蒲扇是人类最为密切的器物，为人类提供一种春风般的生活，在夏季的酷热中方能凸现，及时传达春天的旨意。蒲扇本身具有生命，能够以它的嗅觉或触觉感受四时的变化。一到夏天，酷热难耐，唯有一扇在手方能消暑度夏，这是平民的专利。拉车的、挑担的、做鞋的、卖西瓜的，人手一把。蒲扇皮实经使，能用几个夏天，一天到晚，"呼哒呼哒"，没个消停。"扇子有风，拿在手中；有人来借，待到立冬。"民间早就流传的俚语，就是扇子作用的注脚。老舍笔下的祥子拉了一天的车，一身臭汗回家，四脚蹬地倒在铺板下，摇一把蒲扇。这是民间最常见的场景。济公活佛，衣衫破烂、疯疯癫癫，却是一位活神仙，一把破蒲扇，承载着千百年来家喻户晓的一个传说人物的传奇，简洁，质朴，无须修饰，无须多言，它的魅力尽在其中。那首脍炙人口的歌词"鞋儿破，帽儿破，身上的袈裟破，你笑我，他笑我，一把扇儿破"，成为心中无法磨灭的经典，如今也明白了那句：别人笑我太疯癫，我笑他人看不穿。

少年时光，每年的夏季，也是农民的"双抢"季节——收割早稻，抢插晚稻秧苗。我总会来到乡下的外婆家帮忙，虽然不是主劳力，但也可以帮着割早稻、抱禾把、晒谷、插秧。至今左手的小手指上还留有镰刀的痕迹，那一刻的场景至今历历在目。那时没有电扇，消夏就是一把扇子在手，可以扇风，可以赶蚊子。到了夜晚，外婆摇着蒲扇，为我们扇风驱蚊。三舅是种田能手，虽然识字不多，却能说会道，一肚子的故事，牛郎织女，岳飞精忠报国，聊斋里的鬼怪……

老百姓消夏多用蒲扇，文人雅士偏爱折扇，文气十足。折扇，竹为骨架，纸作扇面，一面空白，一面钤印题诗作画，印着各种图案——山川草木、禽兽鱼虫，都是寻常目所接触之物，却饱含匠人精神与文人情怀。执扇在手，食指和中指一搓，一甩，"哗"的一声，开了，潇洒至极。一扇在手，张合有度，轻摇扇骨，飞舞于指间，自是说不出的风雅淡然。在古代，折扇就是一种身份象征。可三舅不喜欢折扇，他说，文绉绉的，经不得他的粗手一搓，只怕散了架。

三舅不知晓，折扇曾经是岳阳的宝贝。南方多水，尤其是八百里洞庭湖浩浩汤汤，催生了一茬茬文人，而洞庭湖以北又多丘陵，遍山楠竹，竹节长，纤维细腻，是绝佳的扇骨，自然与扇结下了不解之缘，便成就了岳阳扇的佳话。制扇始于明清，时间只有一百多年，却与苏扇、杭扇比肩齐名，跻身全国三大名扇之列。一柄小小的折扇，从选材到制扇，几十道繁复工艺里，无处不彰显着匠人的骄傲。

时间的尘沙在无情地掩埋物事，折扇也成了平常之物，又渐渐被电扇代替。就像其他的很多东西，风车、水车、打谷机等，这些民间的器具，与蒲扇、折扇一样，无可挽回地湮没在岁月的尘埃里，抑或成为工艺品，插在书架，挂在墙壁，无人问津，一眼望去，遍身尘埃。只是时常怀想，我的奶奶，抑或是外婆，摇着蒲扇，独坐安静的村口，身后是古老的窗棂，古朴的木门，还有带着温度的铜门环，在落日的余晖里渐行渐远。

事实上，蒲扇的用处不仅是扇风，太阳刺眼的时候遮阳，阵雨骤来时又可代伞，劳作间歇还可当坐垫，甚至可以成为训子的工具，小孩子不听话，伸手一蒲扇，不伤骨不伤皮。棕叶在民间，远不是一柄蒲扇，最常见的就是扎扫把，结实耐用，可用上几年。乡下的院落随处可见几把棕扫把，一副贤惠女人的模样，不纤秀，却实用。裹粽子，离不开箬竹叶，而捆扎之物，非棕叶条莫属。端午佳节，母亲忙着包粽子，两张箬叶叶尖相叠，弯成斗状，抓一把米，用筷子插紧，再把宽些的箬叶向里折，盖住盛米的"斗"，多余部分顺势往下折靠，用棕叶扯成细绺，绕两圈打转，用力打结抽紧。一只青衣粽子，就做好了。母亲裹的粽子特别紧实，好吃！如今包粽子已无处可觅棕叶了，只能用棉线取而代之。

最让少年对棕叶的怀念，还在于棕叶是制作玩具的载体。一片片随手可摘的棕叶在民间艺人的手中，赋予了鲜活的生命力，一双貌似笨拙的手，三下两下，就能编织出惟妙惟肖的动物世界：青蛇、翠鸟、苍狗、老鸡、蝴蝶、蚱蜢……简单而又美好，温暖了少年的旧时光。棕编艺术，截取刚长成而尚未展开的嫩叶为原料，以一根叶茎为筋架，采用结、辫、捻、搓、拧、串、盘等技法，做工精致，朴素雅致。只可惜，很多年未能看到棕编的物件了。有些民间的艺术因无人继承，正在淡出人们的视野。那是一个时代独特的记忆。名不见经传的棕叶，传承着中华千年文明，被誉为是灵巧的指尖艺术。

前天，陪同妻去集贸市场买菜，竟然遇见了一位老人，在街头展示棕编艺术。或许是常年走街串巷，老人被太阳晒得黝黑，他的摊子"极简"，小捆撕成条的棕叶，一把矮凳，一把剪刀，一瓶水和一辆自行车，车来车往的路边一坐就是一天。老人编织很认真，细心，神情专注。只见他信手捻起两片棕叶，灵活的手指在叶间快速穿梭，三五分钟后，变成了一只活灵活现的青蛙、栩栩如生的蝴蝶，黄中带青、清新朴实，在艺人手中微微颤动。他魔术师般的手，让围观的群众惊叹不已，驻足围观。抑或是现代高科技的玩具，棕编在现代的孩子眼中已没有了我们年少时的吸引力。正好女儿回家，女儿属狗，我欣然要老人编了一只小狗。十元钱，远不是这个艺术的价值。如今，这只小狗还守在书柜中，只是褪了色，但形在，神在，仿佛如活的一般。所谓匠心，或许就是，哪怕只是一件小事儿，也能不厌其烦地将它做到极致。

棕树的价值远不能体现在一柄蒲扇或一把扫帚，即使让孩子们欣喜的棕编，在曾经的年代也只是乡下艺人流浪江湖的讨生工具。棕树的精髓在于树干上裹着的层层棕片，与百姓生活息息相关。"千棵棕，万棵桐，一世吃不穷"的民谣诠释着棕树曾经的辉煌。大雪纷飞的日子里，棕树更是有它特别的作用，把棕树皮捶软，贴在木板上，成了鞋底壳子，你的千层底鞋子，就有它的踪迹，让你的寒冬有了些许暖意。从棕树上割下棕块，再把棕块撕成棕毛，搓棕绳、做床垫、编蓑衣、制鞋垫。这其中就有许多的"学问"：怎样培育棕树，怎样割棕块，怎样撕棕毛。而这些细节在我年少时却没有在意过，只知道它们曾经的存在，至于会存在到什么时候，根本没有去想过。存在的细节在被忽略之后，现在能看见被一层层割去棕片的，高高的，笔直笔直的棕树已经不再可能。棕树正在时光中渐渐老去。

听母亲说，三舅曾经有过学棕编的念想，但外祖父却没有同意。外祖父一生育三子四女。老大，也就是我的大舅，是命运的宠儿，读了书，进了县城，成为一名吃公家饭的人。老二是我母亲。女子无才便是德。母亲没有进过一天学堂。至今母亲都在埋怨已长眠在地下的外祖父没有送她读书识字，让她睁眼瞎了一辈子。我的二舅跟随我的爷爷打铁，当了一名铁匠。最终，三舅当上地地道道的农民。原本聪颖的三舅，确实成为村子里最能干的种田能手，犁田、育秧、施肥、收割不在话下。无论是水稻、苞谷、苗、豌豆、黄豆等，一切田地的作物，在他的调教下，服服帖帖，该绿的时候绿，该红的时候红。三舅俨然魔术师，用他的智慧和勤劳，在大地上演绎神奇。每年的秋天，三舅的门前，堆满了金子般色泽的稻谷，那股清香永远在我脑海里飘荡。

虽然没有学艺，但三舅对棕树情有独钟。比如制棕绳。制棕绳在乡下被称为"搓棕绳"。三舅那双比棕毛更粗糙的手，把棕毛正倒交替一前一后，像是在重复着洗手的动作，这手中搓着的棕绳像是一眼泉水，汩汩地流出来，又流进乡村生活，把乡村的温暖系得紧匝、结实。在乡村，一根绳子的作用非常巨大。稍稍静下心来，梳理一下，乡村生活，绳子无所不在。农事中牛绳、马缰绳、纤绳、网绳、井绳、晾衣绳。正因为如此，绳子的要求在农民的眼中就比较苛刻了，稻草搓的绳韧劲不足，棉绳成本太高，而用棕皮制作成的绳子结实，不怕日晒雨淋，甚至能耐海水的侵蚀，在海水里泡几年也不烂。少年时，对放牛记忆最深刻。再暴烈的牛，只要被棕绳牵住，就变得温顺了，仿佛棕绳是它前世的缘。

当然棕绳的价值曾经得到百姓人家的垂青，"棕绷床"一度是乡村奢侈的寝具。以木框为架，串编棕绳为床面，软硬适度，睡卧舒服，修理方便。我清楚记得，20世纪80年代父亲为老兄添置的婚床就是"棕绷床"。一老一少——两个棕师傅在家里制作了一个星期。那个一脸沧海茫茫的老师傅说，乾隆皇帝睡的就是棕绷床，他的爷爷就是宫廷里的御用匠人，为皇亲国戚制作了不少的棕绷床。我曾一度深信不疑，那时我热衷于阅读梁羽生的武侠传奇小说。正因为他说的一切其实无从考证，也无须考证。只是后来的席梦思彻底改变了棕绷床的命运。我曾经杞人忧天地想到了曾经的棕床师傅，一老一少，他们是否安好，曾经祖传的手艺又如何在多变的世俗上寻找自己的立足之地。

我对蓑衣充满好奇。头戴斗笠，身披蓑衣，仿佛一个神秘的隐者，抑或是漂泊江湖的侠客。事实上蓑衣只是乡下人家必备的雨具，防水又保暖，赶集、下田、看庄稼，雨水淋不透。南方多雨，蓑衣更是不可少。有一帧画面至今清晰。一场雨疾驰而来。早稻收了，晚稻秧苗刚被插进水田。雨时歇，三舅便戴上斗笠，披上蓑衣，手提锄头，到田间放水。水太满，就会淹死秧苗。我站在屋檐下，看雨滴成线般从屋檐落下，远远地看着三舅，一如神秘的侠客，在雨雾中漂移。如今回想，又为自己少年不识愁滋味的幻想掩嘴而笑。

编蓑衣是个手工活，工序复杂。选棕、拆棕、梳棕、洗棕、甩棕、绞绳、搓绳、编制。用钉耙梳理成片的棕丝，抽丝，搓成棕丝绳备用。先做领子，将片状的棕丝按衣领的形状叠起，用棕丝绳细细缝起来。衣领制成后再一片片拓展成肩部、背部。然后制作棕衣下摆，最后拼接成一件棕蓑衣。然而祖先几千年传下来的手艺，在80年代化纤产品的出现后，结草为衣的生活成为过去，蓑衣结束了它的历史使命。青箬笠、绿蓑衣的江南渔家生活情景，慢慢成为历史画面，古老而又遥远，模糊成记忆，弥足珍贵。

在南方的乡下，村前屋后一定会有两三棵棕树，在少年的眼里，远没有桃树、李树可亲，但我对棕树依旧充满敬畏，成年后常常感动于棕树的生存能力和坚韧品行。寻一处空地，肥也罢，瘦也罢，管它山坡还是洼地，无须整理，从不挑剔，即可生长，甚至自己破土而出，独自面对风雨，独自生长。我固执地认为，一棵棕树就是一个乡村朴素而平凡的人，野性十足，又耐风，也耐雨，给点阳光就灿烂，给点水分就疯长。正如我的三舅。

时光永远不会老去，每一天日子都是新鲜的，每一天的阳光都是清新的。但是时光中的生灵终会老去。正如草木一秋。能干的三舅，终于抵挡不住时光的侵蚀。三舅老了，老了的三舅偏偏又患上老年痴呆，身体慢慢变得干瘪，眼神变得虚无，动作日益迟缓，一副老态龙钟的模样。三舅老了，疾病终于可以在他曾经健壮的身体上肆虐。不怨天，不怨地。每一个人的一生都是命中注定。冥冥之中在命运的牵引下，走进了一个历史的片段，或许险象环生而又惊心动魄，或许庸碌一生而又平淡无奇。命中只有八角米，走遍天下不满升。这是三舅经常挂在嘴边的口头语。这也许是乡村对命运最不情愿屈服的托词。三舅育有二子一女，大儿子从小被肺炎折磨，跑了无数次医院，看了无数的医生，吃了无数的中药、西药。十四岁，正是如花般的年龄，却被病魔扼杀，走到了生命的尽头。我一直记得他的那双大黑眼，怯怯、自卑的眼神。三舅的命运被"绊"了一下，人生完全发生了改变，坎坷与忧伤伴随他的一生。这或许是老年痴呆最大的注脚。唯一的女儿不慎落入火塘，毁了容，试想女人如一朵花，残缺了的花朵又如何在世俗的社会上找到幸福的落脚点。他的小儿子虽然读书不多，但凭着乡下人的聪颖，穿越丛林，在城市的天空下寻到了立足之地，可惜他不安于某种境遇，居然离婚独居，成为故乡的叛徒。此时的三舅已无力回天，他拖着虚空的身体，在苍茫的大地上守望余生。他时常于田野的一隅，无语独坐，我料想，那些说不出的怨怼，直抵喉咙，却又说不出郁积于心的隐痛。有时又穿行在曾经谙熟于心的乡村阡陌中，却分不清东西南北，找不到归家的路。

　　我无意让三舅的人生与棕树牵扯。事实上棕树与三舅也没有任何瓜葛。一棵老去的树，又何尝不是一个人的老去？棕树，只是三舅生活中的一棵卑微的草木，正如山坡的枞树，池塘边的柳树，小溪畔的苦槠，当然棕树曾经给三舅的生活些许情味，棕叶是他手中的一柄蒲扇，棕皮搓成了一节棕绳，甚至棕树的花也成为一道菜肴。乡下的人如棕树诸般草木繁荣生息。

　　告别三舅，舅母从灶膛的上面取下一刀腊肉，黯黑的腊肉上端是一节棕绳，落满烟尘，仿佛是一根颇有些历史的棕绳，沾染了时光的灰尘。车子行将转过山坳，我回头一望，三舅依旧在守望，他佝偻的身影，在落日的余晖中，更像老去的棕树，在民间已然式微。

　　那棵老棕树还能在风中寂寞而立多久？

■ 时光深处的女人

人总是这么奇怪，有时无缘无故地想起另外一个人，甚至是无法遏制自己去想一个人，一个女人——与自己没有半点关系的女人——一个疯女人。用现代医学语言，应该是患有精神分裂症的女人。就是这样一个女人，她曾经活生生地在我的周边游离，就像一棵树一株草，不动声色。

当然只是回望，不是怀恋。

因为她只是我生活中的一个过客，陌生而又简朴。至今不知道她的真实名字，也许有人知道，因为对她无端的恨，抑或是她的卑微屡弱，她的名字绝不重要。重要的是，她是那个时代人们的谈资。原谅我把她当作一种谈资，因为在一个特定的年代，注定了她人生的卑微。乡人在背后很乐意对她谈论，甚至有丝丝宣泄，事实上每一次谈论，都会赋予一种新的词语，比如淫妇、妖妇、狐狸精等，这样的词语太多了，它带给人的感觉几乎都是出于贬义的本意。

其实对于她很多的物，均是出于母亲不经意的絮说。母亲是一个心底极为柔软的人，那些原本与她毫无关联的人和事，因为弱小怜悯，成为母亲心中的一个牵挂，时不时出现在母亲的叹息中，时重时轻，时急时缓。

那个可怜的人是旧社会的一个女人，何处来，不知道；何处去，也不知道。但大家都知道她是一个国民党军官的女人——人们深恶痛绝的反动派的女人，将会陷入什么样的境地。有人猜测，她是从北方一路溃退到南方，过了长江，来到了我们这个小村镇，或许是一路流浪，颠沛流离，甚至我可以想象行程的狼狈。母亲的记忆犹新，一个女人，蓬头散发，满面烟尘，却穿着一件墨绿色的旗袍，虽然沾染了污迹，却掩不尽身材的袅娜。母亲揣想，她应该是富贵人家的小姐，从她落魄的蛛丝马迹中流露出的高贵即使尘土也掩饰不住。我也固执地以为。当然对她的猜测，更多的是她的男人（对于反动派是不能称呼爱人，少年时总认为反动派是冷血动物，没有爱，更没有情），有人说是师长，有人说是团长，也有人说是连长。在战火纷飞、硝烟四起的年代，能一路相随，应该是男人的百般宠爱，可惜，她生不逢时，也许正是应准了女人的红颜薄命。在她如花似玉的年纪，一个政权的崩溃，断送了她的前程。败退长江天堑之后，她的男人呢？那个戎马一身的军官，战死沙场？还是仓皇逃离？无从揣测。但至少把她抛弃在长江之南了。抑或是战争的残酷，抑或是情感的失落，她的人生向着没有光的地方一路滑翔，无人能够阻挡。她的精神在沤烂发酵，外表却是平静漠然，有时自言自语，自问自答，却又声若蚊蝇，无人能懂。还好在我生活的小镇，还是有更多的温情与怜悯，终于有一间废弃的小屋，成了她的栖身之地。有好心人给她送来了简易的木床、木桌椅，那些最容易被抛弃的废品，却成了她一生的收藏品。

安顿下来容易，生存却难。原本是衣来伸手，饭来张口的弱女子，流落民间，又无缚鸡之力，找不到一点事可做，也找不到一粒谷子可食，这个妇人最终选择了乞讨——沿街要饭（湘北地区以此称呼，乞讨只是书面语言而已）。乞讨成了她唯一的谋生方式。沿着每一条街道，沿着每一条河流，沿着每个有生灵居住的地方，去乞讨，那些无足轻重的残羹冷炙，对于她来说，那是无比丰富的大餐。活着就是生命的全部意义。每个人都有一段不为人知的过去，活着，生活便是根本。或许对于她这是一种等待，一种守望。念想，坚硬起来就是信仰。

行乞也是需要讲究方式的，比如类似拦截一样的纠缠。但她总是小心翼翼地站在人家大门口，细声细说地乞求，不在于多少，不在于荤素，甚至面对冷嘲热讽。很多的乞讨者衣衫褴褛，蓬头垢面，蓬乱的头发遮住眼睛，身上散发出难闻的气味儿，给人一种恶心和同情之感。那是利用人类的同情心博取别人的施舍。作为一个乞讨者，她却始终收拾得干净整洁。譬如，她的头发始终挽着，像一个小媳妇。她的衣服虽然补过无数次，补丁叠补丁，每一个补痕，针脚细密，可以看出她的女红功夫了得，出自一个心灵手巧、兰心聪慧的女子之手。甚至她那张面无表情的脸，也不像叫花子。许多的乞讨者，总是拿着一个残缺的瓷碗，一双长短不一的筷子，甚至只是两根不规则的树枝。但她不一样，似乎刻意保存着曾经的高贵。她一手提着一个竹篮子，篮子上居然蒙着一块印染的蓝花布，虽然陈旧，但很整洁。另一只手拄着一根竹棍子，一定是用来防狗的。她走路轻巧无声，但从不低头弯腰，单薄的背影里隐藏着悲屈。每到一家人乞讨，说话细声细语，她两片薄薄的嘴唇一开一合，几乎让人不知道她在说些什么。但这不重要，重要的是人家早已知道她只是一个乞讨者。对于一个乞讨者，狼吞虎咽是最好的表述，但凡疯子讨饭，从不在路上吃饭，一定要回到自己的小屋，像一个正常人一样，坐在小桌上，细细地咀嚼起来。吃完饭后，慢慢将筷子放在碗上，拿起手绢擦了擦嘴，微微一笑，离开饭桌。少年时吃饭时总是喜欢满屋跑。吃有吃相，坐有坐相。母亲总会拿凡疯子斥责我们。

乞讨并不是一件轻松的事。

那条古街原本就不长，两三里长，一百多户人家，我家住在街尾，至今记得门牌号码是 195 号，倒数第三家。再过去隔几块菜地，就是永丰村喻家组。原本不多的人家，一天三餐饭，一家家去讨，去早了，人家的饭没熟，自己的肚子都没有填饱，哪里有让你先行一步的，自然是空城计；去晚了，饭空菜净，即使有点残渣剩汁，又喂了猪狗，讨一顿饱饭还真不是一件容易事。我记事起，已是 20 世纪 70 年代中期了。凡疯子已是面容枯槁的中年人了。记得有一天中午，她悄无声息来到我家门前，饿得无精打采，嘴唇干裂，以一种虔诚祈望的姿态。我家刚吃完饭，母亲正在洗碗。她掀开蒙在篮子上的花布，里面一只碗，果然是空的。母亲生性善良，拿出剩饭菜倒给她，开玩笑说，跑遍了一条街，饭都搞到一碗。凡疯子道一声谢，低头迅疾地往回走了，有些逃离的味道。

　　有时凡疯子也到镇上附近的村子里要饭。上街有方家，下街有喻家，南面河对岸有渡头村，北面有杨家。但实在没有办法了，她才选择去村子里。农村喜养狗，一则防盗，二来到了年关打了可以吃狗肉。乡下的狗，是一种势利的动物。对畏首畏尾，穿着破烂不堪者穷追不舍。一声狗叫，会招来整个村子里的群吠，气势汹汹，让人胆战心惊。一个弱女子，一根小小的竹棍，恶狗是无所畏惧的，最多只能充当摆设而已，凶狠的叫声让她只能退避三舍，总试图远远地绕开那种凶猛的动物。奇怪，凡疯子穿着齐整，可总免不了狗的追逐。是狗鼻子的灵动，还是另有原因？细想一下，一定是狗眼，补得再整齐的衣物，也是破衣，哪有狗咬光鲜而又精神的人呢？狗眼看人低。

　　生理上的生存容易，但精神的生存却是更加艰难。一个弱女子独居一隅，自然少不了心怀不轨之人的觊觎。郑屠夫就是其中之一，一个满脸横肉、身材短粗的鳏夫。郑屠夫生性懒惰，性格暴躁，又好酒贪杯，他的妻子就是被他活活打死的，只是那时没有家暴一说，老婆是面锣，有事无事敲几下，是男人司空见惯的事。这样的男人，哪个女人愿跟随相伴哩，无异于飞蛾扑火。残留在童年记忆中的他便是这样一位鳏夫。郑屠夫盯上了凡疯子。面对他的软硬兼施，凡疯子最好的武器就是一把剪刀。母亲说，好像是一个下午，正在堂屋里做针线活，缝补衣物，凡疯子来了。"午餐已过，晚饭尚未下锅。"母亲笑着说。凡疯子怯怯地说，想讨母亲手中的那把剪刀。母亲欣然应允。凡疯子一脸满足地离去。正是这把小小的铁器，成为她的护身之物。这把简单、冰冷的铁器见证了她无数的隐痛和屈辱。正如它剪开柔弱的布，布的断裂声就是反抗与呐喊，埋藏在结痂的痛里，甚至更深处。仇恨在心底，从未消失，哪怕是一个精神失常的人。凡疯子讨饭，从不进他的家门，甚至是绕道而过，一直终老。

　　曾经有一段时期，她被当作潜伏的特务分子，传说她的老公已逃往台湾。装疯只是巧妙地伪装而已。她一度受到审讯监控，甚至抄家，那个巴掌大的房子被掘土三尺，除了泥土还是泥土，唯一搜出的是一件旗袍。那是一件刺绣的旗袍，墨绿色的，缀着白色的牡丹花，压在破旧的箱子底，应该好多年没有翻过，像冷宫里一位花容月貌的娘娘，兀自看那香炉里的冷香，一点一点燃尽，薄凉，薄凉！

旗袍原本是中国女性的传统服装，淋漓尽致地演绎着中国女性的特质，传承了古韵丰盈的中国情结，它是中国女装古典美的精华，是千年历史的另一种氤氲。正如女作家张爱玲所言，旗袍是暧昧的。喜欢这样的画面：江南的春天，撑着油伞的婀娜女子，着一袭素色旗袍，缓缓走在江南的烟雨里。但在一段特定的年代，却被视为"封建糟粕"，甚至是资产阶级情调的典型器具，如洪水猛兽，甚至在家庭中消失殆尽，无处寻觅。其实母亲的内心也有一个小小的秘密，年轻时拥有一件绣花旗袍，我知道那是母亲内心的结。如今母亲已近八十高龄了，我曾开玩笑，帮她做一件旗袍，已是轻而易举的事。母亲讪笑，背驼了，腰弯了，再漂亮的服饰也是浪费。她的笑容背后有更多的无奈遗憾。而凡疯子的旗袍，一定是爱情的信物，遥想当年也曾恩宠叠加，无限芬芳，沾染的是细细密密的心事，是层层叠叠的故事，如今却成为她灾难的见证，夹杂着战火的尘灰，诽谤，攻讦，怀疑，舆论如利箭穿透了她那一身丝滑华贵的旗袍——反动派夫人，隐藏的特务，攀龙附凤，她的精神深处洇出殷红的鲜血。一袭华丽的旗袍，里面滴满了眼泪。

当我上小学之时，对世事略知一二，疯女人已是韶华已逝，流年殆尽，像一把风干的木材，岁月的风霜已经逐渐抽干了她生命中的血脉。曾经对于小孩来说，她是妖魔鬼怪的化身。三岁娃娃不听话，父母会说，凡疯子来了，立马悄然声息，不哭不闹。年纪稍大一点儿的孩子，就不再畏惧，甚至在她背后，喊："疯子，疯子。"我们曾偷偷到河边戏水，曾经看过她的小屋，门前竟然有一排女贞树，是野生的，还是她刻意种植的，不得而知，也无从考究。

后来听说凡疯子死了，应该是无疾而终，平静地结束了她沧桑晦暗的尘世之旅。乡人说，昨天她还在下街办喜事的喻爹家讨了好饭菜哩。真的，一个人说没就没了，没有家人，没有亲朋，无人痛惜。或许，她压根就没有存在过，只是一个虚构。村里几个热心肠的老人帮她料理后事，居然发现了一张相片，泛黄，但掩饰不了靓女的芳华。在相片的背后却是一个人对世间永恒不变的爱情的痴心妄想，有一个知心恋人，可以相濡以沫，相伴到老。可惜，所有的以为终究只是梦境一场，经历了，沉寂了，已是性情凉薄，甘苦自知。曾经被作为特务证据的旗袍，被撕碎了，还在，压在一口破旧的木箱底，居然用细细的线缝上了，不细看，还以为是一件完美的服饰。这件见证一段青春的饰物，也终将老去，留下的只是一段苍凉的记忆。老人帮她穿上，只是再也找不回曾经的丰采与美好。旗袍曾经是一种美的代名词，如今还是，因为青春永远一代又一代传承。在清理房间时，又发现了几千元现金，全是零碎的角票，整整齐齐叠放在她的枕头下。抑或她已料到了自己的归去，希望这一点点钱有人为她处理一下后事，让自己风风光光地奔赴阴间。乡人便用这些钱为她置了一具薄薄的棺材，停放了一个晚上，第二天在镇上后山一个乱坟堆像种一棵树一样埋葬了，除了阳光和树木，什么都没有。人来了终究会走，歌响起又会熄灭，万物依旧静默如初。我原本想去看看，一个小土堆，无墓碑在荒野中是一种怎样的凄凉。但终究未去。有时，一点念想，片刻被风吹了去，什么也没有留下，没有痕迹和气味，这也就是事物消失的最后底线。时光如水，一个小小的坟堆因为无人打理而将渐渐消失，野草会覆盖，会开出野花，甚至结出野果，采野花野果的孩子绝对想到脚底下掩盖的枯骨。

　　一次回乡，无意中经过那座小屋，已经坍塌，萋萋芳草，苍凉落寞。屋旁边的女贞树竟然有碗口粗，长势茂盛。树上竟隐藏着一个鸟窝，一只黑色的乌鸦，站在树的顶端，两三声鸣叫，叫声凄凉，让人心如冷水。忧伤，潮湿了便格外浓、深。

■ 怀念芒草

我相信，草木像人一样，有灵魂，也有喜怒哀乐。

芒草是一种遍生江南极为普通的野草，俗名芭茅。与荻、芦苇、白茅极为相似，芦苇以水为邻，而芒草却是扎根于丘陵山峦，沟坎坡梁，悬崖石缝，随处可见。春也罢，秋也罢，它奔走于山地，张扬喧哗。到了秋日，芒花如雪，秋风拂动，满目苍茫。可声势再盛大，也改变不了卑微的命运。有时，卑微也是一种生命存在的方式。

看到芒草，常让我想起舅爷爷，似乎谈不上怀念，但念想总冷不丁地把他拉在芒草的背后，向着原野张望。张望，是乡村一种最好的坚守。应该是我十来岁的时候，也就是 20 世纪 70 年代末期，离我家二十多里路程的舅爷爷每年会来我家一两次。双目失明的他全靠一根细小的竹竿探路前行，至今我无法理解，他是如何一步一步摸索前行抵达他选择的终点。弯弯曲曲的山间小路，有沟壑，有泥泞，有乡村嫌贫爱富的恶狗，有酷暑的暴雨，寒冬的冰雪，更有人情冷漠，世态炎凉。

舅爷爷来时总会抖抖索索地摸出一小包山上的野果，最多的是秋天的毛栗子、饭泡子、山梨等。当然还有几小节清甜的芒草根。舅爷爷的每次来临，不仅仅带来了山果，让我惊喜，更让我惊喜的是，舅爷爷总会带来三五把用芒草花穗扎的扫帚，斜绑在背上，仿佛演老戏的武生背后高插的旌旗，手中的竹竿就是那根穿越历史的长矛，在人间金戈铁马。这是我的想象，很有趣，常常在梦中一遍遍地把舅爷爷演绎成武艺高超的侠客，抑或是神秘的丐帮帮主。传奇总是无法穿越梦境，现实的铁面却是如此苍茫。

一把芒草编的扫帚又隐藏着什么让我动心呢？

那时农村的扫帚不外乎几种，一种用竹枝丫做成的竹扫帚，大而笨重，主要是父亲用来打扫晒坪、院落；第二种是棕扫把，乡下的农舍前后都会长一两棵棕树，大大的棕叶像张牙舞爪的魔掌，棕树，在我的童年边缘找不到位置，因为它除了扎成棕扫把，似乎毫无用处，用棕叶扎成的扫帚，笨重，不受我们欢迎。第三种铁扫帚，是农家园子边生长的一种植物，应该是野生的，学名叫地肤，到秋天，枝条硬扎了，父亲会把它们砍下来扎成扫帚，一般用来扫室内，轻便，但不容易清扫地面的尘土。最受我们欢迎的是舅爷爷带来的扫帚，用芒草花的穗扎成的，又软又轻，扫地时寂然无声，扫完的地面洁净，很容易得到父母亲的表扬。小时候，我们兄弟姐妹会帮着父母干一些家务活，哥哥主要是负责挑水，农忙时也会帮父亲挑谷、搬草垛，姐姐会帮母亲洗洗衣服、煮饭、洗碗。我与妹妹的艰巨任务就是扫地。

其实，喜欢芒草扫帚对于我们来说，不仅仅是扫地称手，还有一个小小的秘密。我小时虽不顽皮淘气，但少不更事，一不小心做错了事，自然免不了要挨父母的呵斥，甚至动用"家法"。父母的家法手段不一，母亲常常会用言语来表达对我们的不满。但母亲生性善良，不像村里的泼妇，骂起街来，词汇丰富多彩，言语尖酸刻薄，如一颗颗锐利的子弹呼啸着射向她的敌人。而母亲唯一的一句是"短命鬼仔哩"，气急了，会连骂几声，有时，母亲也会打我们屁股，惩罚我们。而父亲的家法则不同，不善言辞的父亲用实实在在的行动让我们领略错误带来的后果，父亲的家法一是"敲叮当"，我们背后叫"吃豌豆"，一般来得出其不意，父亲随手一扔，一记响亮的叮当敲在额头上，如吃炒脆的豌豆，但品尝不到豌豆的香味。另一种打法是用荆条或竹枝打屁股或手，这是最严厉的家法，轻易不会用，在我的印象中好像仅领教过一回。第三种家法就与芒草有关了。跪扫帚，面壁思过，自我反省，直到自认为已反思彻底，表示认错。竹扫帚、铁扫帚、棕扫帚，枝条硬，膝盖跪在上边，硌得生疼，唯有芒草柔软。所以我们犯错，首先要找的就是芒草扫帚。可芒草扫把有限，每年舅爷爷才背三五把过来，而芒草扫帚最大的缺点，不耐用，个把月，就体无完肤，只余一节手柄了，成为母亲灶膛里的柴火。正因为如此，我们舍不得用芒草扫把扫地，也时时盼望舅爷爷到来。肩背扫帚，挥动竹杖，如得胜的武将策马而来……

人就是这么奇怪，一个小小的细节却成就一生的记忆。其实我至今不知晓舅爷爷的身世，我也无心去打听他的今生前世，我甚至记不起他的名字，也不知他的年龄，唯一知晓的是他无儿无女，一生未娶，孤独成为他最好的伴侣，寂寂地陪伴他屈指可数的岁月。最终，老了，无依无靠，全靠村人和亲人救济，那个年代穷啊，乡亲们都吃不饱肚子，何况一个老人呢？听父亲说，每年夏天，漫山遍野的芒草开花扬穗，舅爷爷总会在山上采芒花，扎扫帚，送给村里的乡亲，有时也会送到供销社，换一点酱醋盐之类的生活用品。但是卑微的芒草无法丰实舅爷爷的肚皮，手无缚鸡之力的他选择了乞讨，虽然不体面，这对于一个双目失明的老人，又几乎是他最佳的选择。在我的印象里，舅爷爷言语极少，有点吐词不清，裹舌头的味道抑或就是孤独。一个人的生活让他沉默寡言。如今的盲人可以搞按摩，可以上街算命，当假神仙，可惜舅爷爷没有赶上这个时代，我有时想，如果舅爷爷当街一坐，擎起了算命的杏黄旗，真的如一位下凡人间的活神仙，为人间凡人指点迷津，道破天机。无奈，舅爷爷选择了乞讨，而且总是在秋天出门。秋天是一个收获的季节，村民或多或少收了几担粮食入仓，总会施舍。至今，我十分诧异舅爷爷凭一根竹棍，如何外出乞讨，出村，回家，一个标点符号的距离，对于一个盲人又是怎样的遥远。我后来明白，每年秋季，舅爷爷来我家小歇一晚，只是他沿途乞讨的一个小小驿站。

其实，舅爷爷只是我家的远方亲戚。他的到来，母亲从未把他当作一个乞丐，在她的心目中，再远的亲人，也是亲人，这就是亲情，亲情无价啊！母亲总是想方设法弄两个菜，割几两肉，斩细，搓成肉丸子，做一个粉丝肉丸汤。又从鸡窝里掏两个蛋，还是温热的，放点紫苏，抑或从菜园子摘几个青椒，炒蛋。舅爷爷看不到，但能闻其香，我能观察到舅爷爷的鼻翼有些颤动。舅爷爷总会吃两小碗米饭，细细地咀嚼肉丸子，吃粉丝时慢慢地吸，不像我们"哧溜"一下，粉丝吸进了喉。吃完饭，舅爷爷的山羊须上总会沾上几粒米饭，甚至会挂上一两滴肉汤，母亲掏出手帕，帮舅爷爷擦拭干净。饭后，舅爷爷眯着眼，坐在院子里，很满足的样子，阳光从树叶的缝隙间泻下，落在他的脸上，梦一样飘忽。

苦难并没有压倒舅爷爷生存的信念，他总是以一种纤弱的努力来对抗生活的多难和命运的不公，譬如用芒草扎扫帚，譬如外出乞讨。一根竹竿，一个斜挂身上的布袋，支撑着他孤独的岁月。

终于，在一个喧闹的秋天，舅爷爷又拄着拐杖外出乞讨，这一次远行他再也没能从秋天的深处抽身回来。也许是冥冥之中的某种暗合，他出生在一个秋意萧条的季节。丰硕时光的背后，是寒流逼人的冬季。那一次的离开，他的背影一定随着村口的雾气消融，随着飘逝的芒絮，遁入大地无处寻觅。尘世的漏洞就是这样叫人防不胜防呀！

我依稀记得那一年的秋雨下得十分绵密。舅爷爷这一出杳无音信。寻找和失踪交织成一种密闭的网。找了一个多月，杳无音信，眼看着冬来了，一场雪劈头盖脸地落下来，把这个季节凝固了。但时光凝固不住，再厚的冰雪也要消融，再寒冷的冬天也要走远，春来了，花会开。季节依旧轮换，如一茬茬的芒草。

若干年后，城市的喧嚣掩蔽了乡村风景，但在我的记忆里，还晃动着芒草，萎了，枯了，凝固了，但芒草的落寞、怅惘，却永远被贮存。深秋，芒草的那种情状，永远成为我内心一种残败、荒冷的风景。

人生一世，草木一春。春天总是如约而至，芒草在春风春雨中一定会发芽、生长、扬花，那如雪的芒花是否会守望这个失明的老人——我熟悉却又陌生的舅爷爷，与我有着一脉血缘的亲人，能再回来吗？

■ 乡下的小名

　　每个人都有自己的姓名，或高雅，或俗气，但每个名字都蕴含着一种意义，抑或是希望。乡下人叫对方名字，不像城里人，开口："请问尊姓大名？"在老家，乡亲问的是："你叫'么里'名字呀？"很亲切，如泡上的一杯洗水茶，没有咖啡的浓香，没有果汁的甜蜜，但有一种泥土的温暖。

　　我的老家在湘北，幕阜山余脉的丘陵地带，老家有一个好听的名字，叫云雾组，属临湘市横铺乡谢塘村。可是村子太偏太小，如一粒芝麻，在地图上绝对是找不到的，老家就塞在馒头山的一个山洼里，有树，有竹子，也有斑鸠、野兔。但我对老家印象不是很深，童年的记忆里实在是难以找到几帧影像了。后来我的祖父迁居到一条叫游港河边上的古镇——桃林镇，河又称微水，一直流向洞庭湖，明清时期是有名的码头。我的父亲是乡下的铁匠，乡亲们都叫他葛师傅。我的名字很普通，姓葛，名取兵，兄弟间排名老四。听我的母亲讲，我出生时正是早上八点多钟，是一个冬季，太阳初升，温暖着我到世界上的第一个时刻。当我呱呱落地时，屋外正响着欢天喜地的锣鼓，当然不是庆祝我的出生，我家只是一个手工匠，还没有这样高规格的仪式。这锣鼓是村里送兵到乡政府。20 世纪六七十年代，当兵是何等的荣耀，"一人当兵全家光荣"。谁家出了当兵的人，家里人走路都是昂着头，挺着胸，说话的嗓门都提高了几个分贝。那高兴劲，20 世纪八九十年代出生的人是想象不到的。正如 20 世纪 80 年代考取了师范、农校，20 世纪 90 年代考了个大专，现在就是考上重本了。我一身泥土味的爷爷、奶奶、父母均不识字，睁眼瞎，肚子里没有墨水，取不了什么高雅的名字，也没有余钱剩米请村里的"秀才"取名。一合计，给我取了名字"取兵"，"取"

是派行，"成大取先"，父亲常这样念，这是家谱上的排名。在农村，是必须按派行取名的，不然的话会被视为大逆不孝的。在农村按"字辈谱"命名的方式，饱含着一种浓厚的宗族观念，如一根长长的瓜藤串联着几代人，甚至数十代人之间的血缘亲情，人的个体生命延续意识和家族亲缘关系就这样传承下去，一茬茬如割不完的稻穗，让家族坚不可摧的亲和力和凝聚力年年岁岁在那块熟稔的土地上生根发芽，开花结果。名字，其实就是泥土中的一粒种子。

姓是父亲给你带来的，从娘肚子出来，你呱呱落地之时，就注定你姓什么了，没有商量更改的余地，不管是贫穷，还是富裕，你再穷一生下来就拥了一个姓，再富，你也只能是一个姓，不能说我家有钱，多买几个姓来，天下的美姓统统挂在名下。出生在朱家，你就只能姓朱，出生王家，你就姓王了。当然以后你过继别家，改姓是另当别论了。乡下人不止一个名字，除一个书面语，成为上族谱、写契约、办婚书的名字，正正规规，如大写的正楷字，一笔一画。但是乡下人从出生到死，还有很多的称谓，也叫乳名、奶名、小名，如乡下老家的俗语。我从穿开裆裤，一直到青皮小伙子，乡人都喊我"兵婆"。在乡下老家，男孩都带一个"婆"字，女孩子哩，则是"丫"，比如，什么"建婆""国婆""伟丫""艳丫"之类，有时也有动物的名字，说是动物名，贵人命，如狗婆、鸡婆、鸭婆等；也有按兄弟排行喊的。我家隔壁的赵爹，有五个儿子，就叫大跎子、二跎子、三跎子、五鸡婆、六鸡婆。偏偏没有四跎子，不晓得为什么，也没有好事者来探究此事。直到前两年，突然冒出了一个女儿来，是别人的老婆生的，大家才恍然大悟，要是当年只怕要炸掉半条街，只不过现在这样的事多了，大家习惯了，没当回事，赵爹已不在人世，看来他还是留了一个玄机。还有一种叫法，就是按你的外形取号的。听说，我小时候长得有蛮黑，全身黑不溜秋的，邻居逗笑我是"放在煤炭里寻不到手"，哈哈，精彩的比喻，怪不得别人就叫我"黑皮"。我玩得最要好的一个伙伴，睡觉时头未枕好，有点扁，乡人叫他"扁脑壳"。还有一个伙伴，说话有点口吃，就叫他"结巴里"。这些名字一叫就是一二十年，非要等你娶了媳妇，生了娃崽，乡亲们才不叫了。有时还要逗你的孩子们叫。当自己的娃崽，用脆脆的童音喊着自己的小名，心里也是别有一番风味。既是爷爷奶奶，你的小名也要让左邻右舍，拿出来给孙辈们当作茶余饭后的笑料。小名叫惯了，大名竟也让人给忘了。到乡下找人，一般不要用大名，一定要用小名，才找得到。我记得我家隔壁的三罗子后来找工作进了岳阳城，成了城里人。有次他的一个同事到我们这个地方出差，他委托带点儿东西回家，他到我们镇子里打听，"喻朝阳"的家，一连问了几个人，都摇头说不知道。更为可笑的是，他竟然问到了他的爹老子，他爷老子说，好像没有这个人。后来这个故事成为一时笑谈。有时乡下亲戚跑到我的办公室，大呼小叫，"兵婆""兵婆"，搞得我一脸尴尬，但不管怎么样，绝对是不能有一丝挂脸，不然的话，乡下的爷们会说摆架子，下次回老家，你的耳根就不能清静了，保准装满风凉话，让你满脸赔笑，心中却呼呼地刮着北风，好不凉快。

对于我的名字，当我读到初中时，我总觉得太土气，不仅是"兵"，还要带个派行，人家都不晓得是啥意思，于是，擅自做主，把名字改成了"彬""斌""宾""冰"。最为可笑的是，读高中时竟改成"麴彬"，搞得不少同学老把我读成了"鞠彬"。不管怎么改，父母还是用这个名字，他们只认得这个字。1988年国家开始办第一代身份证。居委会的干部来我家登记，父母报的名字就是"取兵"。后来我参加工作，发现名字与居民身份证对不上，由此吃了不少苦头。我那时爱上写作，写了一些狗屁文章，还向报纸杂志投稿。想不到真的发了一篇豆腐块，报社寄来了10元钱，乐呵呵地跑到邮局，结果汇款单上的名字与身份证上的不同，不能取。要到单位打个证明才能领。那时我工作的单位是一家水泥厂，是在郊区，又不通公交车，也没有像现在到处有出租车或摩托车，刚参加工作，又没钱买单车，上一趟街跑好几里路。没办法，只好又跑到厂子里，打了证明。哎呀，一想，其实名字也只是一个证明，一个符号而已，就像商品的编号，1、2、3、4号而已，于是就把名字改过来了，还是叫葛取兵。如今，我不仅写文章用的是这个名字，上网聊天，博客昵称，我通通用的是真名。真的有"坐不更名，行不改姓"的大侠风范。

我的女儿出生后，我也没有刻意去翻书查字典，取什么动听的名字，我老婆说，孩子有一半的功劳是她的，名字一定要包含进去。我一想，很简单，就用我们的姓氏吧。老婆说行。我的女儿就叫葛汪。没有什么深刻的意义，只是一个个体生命的简单代号而已。

姓名就是一个人独特的代表符号。

俗话说："雁过留声，人过留名。"很多人很珍惜自己的姓名，但一个人在人生中的分量如何举足轻重，不是简单的一个名字所赋予的。构成一个人最重要的人生价值载体，应该是一个人一生中为人的道德内涵，不管生命的长与短。

有一首诗是这样写的：

我总想行得正坐得端

磊落一生

谁都不欺骗

所以我想做个说明

我的这个名字

与感情有关

与诗歌有关

与人品有关

与其他无关

其实，每个人死后能留下的只有姓名，唯其能超越时间，甚至永恒。有的人活着，挖空心思想"不朽"，到头却落一个"名字比尸首烂得更早"的下场，而心中永远装着"德才"二字的人，他们的英名则永远活在人民心中。

■ 一棵树与姐姐的怀恋

时光并不久远。

这一帧画面记忆犹新。暮春的菜园，满眼新绿。一排香樟树已有父亲手中的锄把粗了。春天是开花的季节，香樟也不例外。菜园子满满的樟树香味。父亲在锄地，母亲在除草。远方有牛哞声响起。两个小孩在菜园玩蚯蚓。不知何时，他们被香樟树引起了话题。"这两株树是我的。妈妈说，我长大了，树也长得好高好大。"小女孩边说边用手比画，甚至努力地踮起脚尖。"找了婆家，用它打漂亮的家具，香着哩。"男孩一脸不屑地说："臭美。"内心却掠过一丝嫉妒。

时光真快。那个男孩是我，行将年过半百。而那女孩就是我姐，也是为人妇，为人母了。只是那一排香樟树还在。足有小水桶粗了。每一次回家，远远地看到它，心中就升起了归家的温暖。

香樟，是南方最常见的树种，树冠舒展，树叶繁茂，树干苍劲，是江南所有乔木中的"美男子"。在南方，尤其是在洞庭湖边的水城岳阳，无论是大街小巷，还是乡村阡陌，遇到最多的树就是香樟。南湖边、群山中、湿地里，随处可见的百年樟树让人惊叹。香樟就像一个贴心贴肺的人，你在哪儿，它就相守在哪儿。天晴，它为你撑起树荫，让你享受清凉；下雨，它密集的树叶，为你撑起一方晴空。人到中年，讲究修身养性，每天早晨和晚上，一定要去王家河散散步，出门碰到的第一棵树是香樟，夜晚归家挥手告别的也是香樟。只是见得多了，就像老朋友，无声胜有声，相视一笑，一世情缘。

樟树叶椭圆，类似桂树、杜英的叶子，只是樟树的叶子上有层亮晶晶的油质，恍若是给树叶打了一层蜡。樟树一年四季常青，冬天也不掉叶，依然青翠依人。但是一入春，正值清明时节，老叶换红妆，风一吹，便群舞而下，簌簌有声，煞是壮观。老叶落，新叶出，朝气与暮气并存，衰退与新生共现，樟树却是愈加生机勃勃。五月，这个小城因它而绿。蓝天阳光下，抬头仰望，每一片叶子的脉络都是那么清晰，恍若阳光点亮了樟树，一刹那间，仿佛感觉到了什么是岁月静好。

其实对于樟树叶，我还有一种浓浓的情结。因为它与一味大餐有着密切的关联。春江水暖鸭先知。洞庭湖是水乡泽国，不仅多湖鲜，还有一样就是湖鸭多。湖鸭又称麻鸭。麻鸭是湖乡人的一道美味佳肴，做法颇多，如君山怪味鸭、钱粮湖特色鸭、茶油鸭、菱角煨老鸭，还有九哥酱板鸭。在岳阳吃鸭蔚然成风，大街小巷随处可见鸭店，君山怪味鸭更是声名震全国。做啤酒鸭是老婆的拿手菜。每次做菜，除了大蒜、草果、八角、桂皮、花椒，一定要用晒干了的樟树叶 —— 除腥增香。一枚小小的樟树叶，为一道重情重义重口味的鸭子活色生香。我喜欢樟树的叶子，时常把它放在手心里，感知它的柔性、温度与气息，每一片叶子都蓄满了阳光和风。

樟树也开花，只是太低调了。花细小，小得可以忽略不计。再小也是花，而且花多繁密。小小的、浅白色的花朵，如粟米粒一般微小，开在每片叶腋下。细细地看，樟花竟如此美丽，鹅黄的雄蕊，重重叠叠，坐于白色的花瓣上，宛若白玉盘上的金莲。每一朵花是如此精致，优雅，每一朵花都似乎蕴含着不可思议的温柔与情意。春末夏初，是香樟树开花的季节。远看，香樟，就是一棵树。走近，一树繁花，点点滴滴。要是站在高处，看开花的香樟，有一股震撼的气势。花虽然小，一朵花的香味可能不足以让你与自然相拥，但是整片香樟树的花香是旖旎的，悄然的，弥漫得无处不在的。站在香樟树下，有一股浓浓的樟树香味，扑面而来，仿佛是一大把一大把的香水灌进你的鼻腔。我喜欢樟树的味道。每次走过樟树总喜欢扯一片叶子，摘一束小花，抑或采一粒香樟果，放在鼻子前闭眼闻，细细地闻，亦有香，清清幽幽的。如同碰上了可爱的小孩，摸摸头，捏捏他的小脸，心里充满一种喜爱。正是这微小的、香气微弱的、不起眼的花，使得整株树被人注目，使得整座城都醒了神经。

再细小的花也结果。一朵花是一粒种子的前世今生。五月花期已近，无数小小的果子已初具，历经春，夏，秋，一直到冬季，一个季节的开始与终结，也让一粒樟树子走向成熟，人类十月怀胎，草木亦如此。再小的种子也是孕育的过程，历经风雨，酷暑煎熬，秋风萧瑟了，一树香樟子终成正果，原来从花到果并不简单。黑不溜秋的小浆果，香樟子类似桂子，青豆般大小，长圆形。抬头看树，在叶底，几颗樟树子，隐藏在密密的树叶间，与碧绿的树叶，相衬着，一如小户人家的孩子，出门就爱躲在妈妈的背后，羞涩的，胆怯的，我见犹怜。成熟的香樟子是黑色的，表层是薄薄的果肉，味道如何？没有尝过，只能问鸟了。此刻，香樟树是鸟的天堂。成群的鸟 —— 灰椋鸟、白头鹎、鹊鸲、乌鸦、喜鹊，在树上觅食，形成城市里少见的群鸟飞舞的景观。南方的冬天虽然不像北方，白雪茫茫，天地浑然一体。但是，稻子归了仓，鱼儿潜了底，即使山上的野果也在秋风中落了地，唯有樟树子，在绿叶的保护下依存于枝叶间，静等鸟儿的到来。这是冬天最后的晚餐，也是一场丰盛的大餐。

当然熟透了的香樟子，也给人类带来了些许的烦恼。走在秋冬的树下，时不时有香樟子掉下来，砸在头上，抑或是衣服上，留下殷红的印迹。起风时，也会看到它们从树上掉下来，一颗一颗黑色的、饱满的，行人走过，踩上了，只听到一声清脆的："啪。"人行道上常常是一滩又一滩的污迹。

樟树的树干挺拔修长，木质细腻韧实，且香味浓郁，是上好的木材。乡下俚语，樟树雕菩萨 —— 稳当，如此简单却又透彻。樟树是打家具的上好木材。樟树生长慢，木质细密，一棵树成材要一二十年。所以在南方农家有一个习俗，生了女儿，一定会在院落栽下几棵樟树。乡下人实在，二十年，樟树成材了，女儿也出落成亭亭玉立的大姑娘，寻了婆家，就得打一套上好的家具陪嫁，可谓是面子、里子都有，风光无限。记忆中大姐定好了婆家，择了吉日，父亲就请来村子里最好的木匠吴师傅，斧、锛、刨、锯、凿、锉……早些时日伐下的几棵樟树，已经干透了，正好。"噼里啪啦"了好些时日，弄得满院子的香樟味——那是农家的喜庆味哩。

三门柜、高低柜、五立柜、小方桌、梳妆台、脚箱，即使一些边角料，也被巧手的木匠打成了小方凳、洗脸盆、洗脸架。个把月工夫，一套完整的家具，摆在堂屋，打灰底，做油漆。大姐看着家具日渐成形，满眼都是亮晶晶的光，走路都是一步一蹦的，轻盈得好像脚底装了弹簧。至今记得一幅场景:正午时分，冬阳暖日，年少的我蹲在门槛上玩蚂蚁，无意中抬头，大姐正在俯身低头闻着家具的清香，沉醉而又迷恋。抑或是我的注视惊扰了大姐的心事，大姐的脸"嗖"地一下，一片绯红，羞涩地一转身扭进了房间，把长长的辫子留在堂屋里左晃右晃。只是心痛了母亲，好几次夜深人静，一弯月亮在云缝中钻进钻出，母亲坐在堂屋的角落，安静地看着家具，眼角里却是泪花。盼着孩子长大，原本就是做娘的心愿。当女儿真的即将离开之时，却又有千般的不舍。是呀，家具再完美，却是女儿的远嫁，启程他乡的载体，从此将离开父母的庇护和照应，从一个有父母遮风挡雨的家进入另一个陌生的境地，这怎么能让做父母的安心？而我感到了家的另一种温暖。

一棵树的生长远远赶不上时代的变化。20世纪90年代广式家具风靡湘北，传统制作逐渐实现了"工厂"化，满街都是流水线生产的组合家具，品种多样，款式新颖，尤其是漆水光洁如镜。虽然价格不菲，但一下子吸引了无数青年男女的眼球。结婚的条件中无一例外地增加新的家具。乡下木匠一下子由繁华到落寞，从被器重到遭受冷落，吴木匠终于没有了用武之地，没有人再请他做家具了，由于年纪大了，就连做棺材也没有人请他了，之后的许多年他无所事事，成了一个无事可做的"闲人"，颤颤巍巍地走进了家乡的后山，与一山樟树相伴相守。老家的传统行当，不仅有木匠，还有铁匠、篾匠、染匠、理发匠，等等，最终由衰败走向消亡。木匠走了，那些精巧的、粗笨的家具在静静地诉说着曾经的荣光。在这个行色匆匆的年代里，中国百姓的生活中独特审美情趣渐渐消失了，比如那些雕花的窗棂，床楣上雕龙刻凤凰的木床，都慢慢地被工业时代的千篇一律、粗糙简单的实用性所取代，再也寻不到一点与艺术相关的趣味和价值符号了。樟树似乎在荒野中寂寞一生。还好，时光总是多变的。一棵树的内蕴终究决定了它的价值所在。樟木用其恰到好处的硬度和韧性延续着精彩的艺术。一度冷落的实木家具再度备受关注，榉木、胡桃木、老榆木、杉木。实木是一种情愫，这种情愫更像是一件家具对生活的陪伴，它让家更有家的味道。

樟木家具的一木难求，抑或是因为樟树的香，这是樟树独有的特质。衣服在樟树家具里面被香味熏染，香气永远也不会丢失。人们把衣服穿在身上时，缭绕着让人心满意足的家的味道。民间一直有用香樟树提取的樟脑丸驱虫的习惯。民俗总有存在的理由。

香樟最迷人的特点是香，是香透一座城的香。香樟的香跟桂花的香不同，它也香得甜蜜，可是更香得醒脑，是混合了药香的那种。樟树的花、叶子、果实、树干都洋溢着浓郁的香味。一朵花，一片叶子，甚至一粒果子潜藏着无限的风光。在岳阳，除了人类，樟树应该是岳阳的第二大生命体，亲切随和、朴素简单，遍布大街小巷、寻常巷陌。排在路边，撑起林荫；密聚时，汇成森林；独立一树，化作风景。在城里，白天的喧嚣与热闹掩盖了香味。清晨，抑或是夜晚，驻足任何一地，大街中心，小巷一隅，河边公园，甚至能够听见风裸足踩过香樟叶片的微声，甚至听到一波又一波的香樟味忽远忽近，忽浓忽淡，汹涌而至。深呼吸，你仿若在香的海洋波澜起伏，这是岳阳的味道。是的，一定是。很多异乡人，尤其是北方人，踏进岳阳的第一个印象应该是樟树。闻到的味道也一定是樟树味。樟树已深深融入了岳阳百姓人家的生活。随意在岳阳行走，街巷、村落，甚至是荒野，每一次前行，踅身，回望，遇见的一定是樟树，好像无论走多远，都走不出它的树荫。

樟树甚至成为许许多多村落的记忆，乡愁的代表，游子精神世界的地标。在南方不少村庄的村口，总是长着一两棵冠盖如云的老樟树，这是村庄的"风水树"，一代代村民对它怀有深深的敬畏。确实，阅尽沧桑的老樟树看惯了岁月的变迁和人世沉浮，风也好，雨也罢，依旧是泰然自若，神情肃穆，守卫着它的村庄，呵护着它的子民，樟树是神性的树。

是呀，每一次离开家乡，我回首一望，村口的樟树是那样高大挺拔，有喜鹊在树丫间忙碌地活动着，阳光恰到好处，一头小牛步履轻盈地从树下走向田野，这是很生动的场景。我深刻地记下了这个画面。

第二辑

乡食，村庄的味道

■ 荸荠在地

冬天是土地喘息的季节，北方如此，南方也不例外。

江南的冬天，远没有北方的落寞，即使繁花落尽，一切草木都独自歇息了，有的以落叶的方式，有的停滞不动，即使那些常绿的樟树杜英，在冬天的风雨中也如隐者，缄默不语。水稻以胜利者的姿态进了谷仓，黄色的苞谷悬在农家屋檐下，红薯也在霜降之前被挖了，摆在堂屋，选择在冬日有阳光的日子化身平常人家的美食佳肴。我却惦记着那种叫"慈米"的植物，扁圆的小身子，顶着一瓣浅黄色的尖芽，如年少时我家小妹扎着的冲天辫，质朴中自有一份俏皮。鲁迅的老弟周作人是一个美食家，虽然生活在北方，对它也有一份关注，说它是"粗水果"，但它却是农家少年的最爱。尖尖的嘴子，褐色的衣皮；身子扁扁的，红润润的，活脱脱一个个顽皮的小子，叠罗汉似的挤在一起。关键是白玉一般的果肉，清甜爽脆，白嫩如脂，爽口无比。在寒冷的冬天里有了一份甜蜜。小红碗，装白饭，埋在土里不得烂。流行在江南的谜语，它的答案就是荸荠。简单质朴的谜语饱含着对荸荠的深情挚爱。

荸荠是南方特有的水生植物。在湖南湘北地区，我的家乡岳阳不知为何叫它慈米，抑或是磁米、池米，无从考证，但可以肯定它与食物有关。一切与米有关的食物，一定是温暖先人日常生活的食材，如菰米、黍米、玉米、薏米。荸荠，被祖辈并入稻米行列，可以窥出它曾经在荆楚之地的重要地位。在古代贫寒的年代，荸荠作为一种食物，充当了贫苦百姓的救荒之物，被冠以慈爱之米。纵使稻谷受灾，同在田里的另一样作物——荸荠，却能结实累累，供人充饥。我国地域辽阔，语言风俗相隔五里都有很大的不同，地区不同，叫法不同。似乎每户农民的水田里都有一个自己的名字。荸荠的别名还有很多，似乎每一个地方都有对它的昵称，在两广一带叫马蹄，是地下的果子的意思。上海、江苏人则叫地栗，还有乌芋、地梨、葧菇、水芋、黑三棱、红慈菇、马薯……古称凫茈，《尔雅》里记载，因凫鸟喜食而得名，到底凫鸟为何物，不得而知，只知道它有了这个文雅的名字，其实别名的背后是对它的喜爱。

荸荠是家乡常见的东西。印象中，荸荠与水稻亲密无间，咫尺为邻，又互不相干。荸荠喜浅水，正好借着水稻田的水。荸荠叶绿，类似水稻，只是水稻是扁平的，荸荠是圆形的，细长如葱，叶中空，一茎直上，不枝蔓，犹如一支支碧玉簪儿，透着秀丽、娴静、婉转。当然，在粮食稀缺的年代，农家人看重的是水稻的收成，而对于荸荠长得再好，也无人问津，无人料理，任由其自生自长。只有在饥荒年代，荸荠才被派上用场。可在孩子的心目中，他们关心的是荸荠成熟时节，这可是他们的美食啊！春有桃李夏摘枣，秋收石榴金橘柑，唯有冬天就只有挖荸荠。

小姨出嫁到桃林畈一个叫油榨的村庄，村名有点奇怪，总觉得应该叫榨油才对，可又找不到一处榨油的作坊。这是少年的自寻烦恼。村庄依河而居，水源丰沛，自然是荸荠生长的理想之地。我记忆最深的是田畈里随处可见一大片的荸荠。时值夏季，荸荠长势正旺，翠色满园，如葱的绿叶努力向上，似乎与这个季节剑拔弩张。在我的少年时代，荸荠还是稀罕之物。而这里成片的荸荠，这里的孩子应该有多好的口福呀，想一想都馋涎欲滴。这个村庄原本有种荸荠、卖荸荠的传统，究其原因是出产的荸荠，个大、皮薄、汁多、蒂矮，清脆甜润。荸荠是他们的摇钱树、钱罐子。

荸荠的生长期跨越一年四季，春播夏种秋蓄冬藏，占尽日月精华、风霜锤炼。春天正是万物萌发的时节，清明前后，农人开始育苗，最好是河塘里挖起来的河泥，又肥又烂，如女人温润的宫床。很快就钻出细细的嫩绿的管状叶子。夏季栽种，移入水田，与水稻相伴。选择排灌方便、地势平坦、阳光充足的田块。盛夏的阳光下，荸荠叶子齐刷刷地，绵延成一片蓊蓊郁郁的浓绿，摇曳生姿。水稻花香之际，它也顺势凑些热闹，开在茎叶的顶部，是穗状的青褐色的小花。花小不足观，花期又短如昙花一现，不像稻花那样恣意铺张，匆匆过客视而不见。一场秋风，老了荷塘，寒蝉凄切。秋分意味着隐居，意味着收敛和避让。人间草木，谙知其味，一旦经霜，便变得内敛、温润、沉稳、朴厚、甘美。尽管荸荠的叶子像荷叶一样慢慢地残败，逐渐变黄，最后变成了赭石色，枯萎，倒伏，贴在淤泥上。但荸荠却进入了结荠期，所有的匍匐茎前端开始膨大，球茎开始形成，积聚内在的能量。像僧人打坐入定，蓄势待发。藏得最深，甜到最久。冬至到小寒，最适宜采收了。荸荠球茎皮色转为红褐色，味道变甜，像演出完毕的演员，把一季的风采都收拢到了泥下。荸荠深藏地下，缓慢地生长充满韧性，似乎就是忍者的化身。一只滴溜溜地凝聚了春夏秋冬之气的暗紫色荸荠，尚不如鸡蛋大小，却拥有沉实的泥土气蕴、白玉一般精纯的内质，一经水洗，犹如灰姑娘蜕变，顿时有了含蓄、静美的光泽，闪烁在寒冬。

怀想年少时，站在田埂上，守望乡野，想象着泥底下荸荠的俏模样。总是选择在黄昏断黑之际，家人在厨房忙着弄晚餐，抑或守在火炉边烤火谈家常。少年呼朋引伴，找到有荸荠可采的稻田，高挽裤管，脱下鞋子，小心翼翼地下去，手脚并用，巡回摸索，探寻泥土中深藏的荸荠，然后从水中把拖泥带水、连根带果的荸荠扯出来，扔到田埂上，岸上等不及的馋嘴孩子麻利地摘下荸荠，清净泥沙，用牙齿一小口一小口地嗑掉薄薄的皮，然后一口吃掉，入口那丝丝甜甜的沁凉，在舌尖跳跃，那是多么享受的事。当父母呼喊"回家吃饭"的声音在黑夜中响起之时，才抹抹嘴，踏歌而归。这样的画面充满温馨，历久弥新，嘴角不觉漾出甜甜的微笑。荸荠实在是具有乡村品格的"水果"，也是上苍对乡村孩子的厚爱与赐予。少年的冬天，因为有了它，而变得格外温暖。

在乡下，荸荠堪称美味，可生吃，也可入菜。生吃有生吃的爽口，热炒有热炒的甜脆，煲汤也有煲汤的滋美。在我的味觉中，荸荠最好是生吃，有其特殊的质朴、新鲜的味道。一股独有的清气，如春天野草之气，吃一口，白的汁，甜甜的，且入口有后味，刺激着敏感的味蕾发出强烈的呐喊，勾引着对田野异常火辣的欲望。荸荠做菜，图的也是它的清甜。最有诗情画意的吃法是和木耳、荷兰豆、肉片同炒，黑的是木耳，鲜的是肉片，绿的是荷兰豆，白的是荸荠，吃起来甜脆恰好，一盘菜又像是一幅画，活色生香，惹人喜爱，简直就是一个明媚的春天啊！荸荠亦可入汤，荸荠莲藕筒骨汤、糖水马蹄。还有一种用荸荠和海蜇相配而成的"雪羹汤"，是中医临床上有一味著名的方剂，用于清热去痰，大便燥结；放几粒枸杞，就会有个很个性的菜名"清白世家见丹心"；如撒几撮糖桂花，那菜名更是文艺"踏花归去马蹄香"。我没见过，只是听说而已。还有"荸荠炒虾仁""荸荠炒鸡丁"。有一次在省城出差，在一家五星级大酒店里看到雪白的荸荠被切成半圆形，配着黑色的香菇、粉红色的鸡柳，装在精美的盘子里，精致高雅，像是美式西点，让你不忍下箸。

原本是乡下泥土中的荸荠，其实也可以进得富丽之厅堂，可以吃得如此高雅。

而更多的乡下平常人家则是把荸荠切碎，包饺子或者做包子吃。每年春节，年是岁月的节点，更是美食的盛宴。父亲一定会做一盘荸荠团子。将荸荠去皮搓碎捣烂，加糯米、肥肉、姜葱做成团子，蒸熟，糯米粒粒晶莹剔透，入口又有荸荠的清香。当然，这个"上上品"的荸荠团子，每年过年才可吃上一次，成了我们忘不掉的水乡月色或江南乡愁。纵使在清贫的日子，父母也会让质朴的生活，也有暖意在怀。

我喜欢喝荸荠粉。荸荠也可制成粉。正如葛粉、藕粉、红薯粉、菱角粉。外祖母在世时，每年都会在冬天，制作一些荸荠粉。外祖母把它们倒进簸箕里放在太阳底下晒一天，让泥土自然脱落，然后洗净，切碎，颗粒如玉米粒大小，加少量清水，用石磨磨成浆状。倒入布袋过滤，边冲少量的清水，边用手摇晃布袋，使浆液流出。搅匀后，沉淀一天一夜。然后，将上面的清水倒出，将荸荠湿粉放在太阳底下晾晒数日，直至干透，此时粉如雪，白得刺眼。这就是洁白的、细细的荸荠粉，与红薯粉、藕粉、葛粉一样，甚至难以分辨。吃法也如出一辙，用温水化开荸荠粉，再用开水快速冲泡，一边冲冲一边急速搅拌，慢慢地，白腻的荸荠粉水渐渐变成一碗半透明、可人的胶质状浓汤，软玉温香，晶莹剔透，滑若凝脂，绵绵密密的，仿若要生出些氤氲的灵气和隽永。散文家车前子谓之"热胶水"，确实十分形象。只是如今好多年未喝过荸荠粉了。曾经在市场上买过一些，却多是红薯粉的替代品，难以买到真正的荸荠粉。一粉难求，也是一丝遗憾。

平常人看来，荸荠貌丑，又一团漆黑，似乎这样的食物，无人偏爱才对，更不能登大雅之堂。海水不可斗量，人不可貌相。草木也是如此。荸荠，一旦剥了皮，白、嫩，晶莹玉透，凝如细脂。荸荠是一种充满慈爱的食物，在孩子眼中，它是一种美食；在厨妇眼中，它又是一道美食，让人间烟火中多了一丝馨香；甚至在中医的眼中，它是一味清热、润燥、治咳的中药。在文人的眼中，荸荠远不是简单的食物。虽然罕见于历代文学作品，但画过的人还是不少。

荸荠看起来虽丑，入画却俏。在元代已出现于画中。画中之荸荠，皆美。几瓣尖芽，如鸟喙突出，意趣横生。晚清花鸟画家居巢和居廉系兄弟，并称"二居"，画有不少的蔬果，其中就有荸荠的身影。"扬州八怪"之一的李鱓是清代画家，其绘画题材之广泛，多样远远超过了前人，无论是北方的大葱、白菜，南方的茭白、慈姑、荸荠、桑之类都能随意点染，惟妙惟肖地入画，大大地丰富了入画的内容。荸荠成为画家的爱物。齐白石老人画过的蔬菜水果里也有荸荠，大师祖籍湘潭，中年壮游天下，晚年定居北京，荸荠是他家乡的一大特产，他以乡村里的白菜、萝卜、桑葚、荸荠等为绘画题材，也许是寄托一种乡思吧。

荸荠不仅入了画，还成了紫砂壶的载体。清初陈鸣远以生活中常见的栗子、核桃、花生、菱角、慈菇、荸荠、荷花、青蛙等造型入壶，精雕细镂，堆花积泥，使传统的紫砂壶变成了有生命力的雕塑艺术品，充满了生机与活力，也成就了一代制壶大师。我曾亲眼所见取荸荠之形，塑造的紫砂壶，憨态可掬，蕴含童趣。尤其是那荸荠芽状的壶钮，让人有想去提一提的冲动。久逝的童年美好时光，就这样被荸荠壶勾起，涌上心间。我是发自内心对中国制壶人佩服，一坨红泥，瓜果梨桃、人物众生，在制壶人手中一跃而出，惟妙惟肖，妙趣天成。远看如是，近看也如是。

荸荠确实是一种神秘又亲民的东西，甚至它的外在色泽，也得到人们的青睐。荸荠表皮紫红乌亮，透着大气和典雅，其古旧色在家具界曾经"红"了一把。以水生植物命名的颜色，除了藕荷色，就是荸荠色了，天生的古韵盎然，一种厚重、自信不张扬的色调，让人安静，弥漫着一种秋天的气息。在乡村，仍有许多老家具都是荸荠色的，很有古典韵味，静立在老房子里，与褐色轩窗相映衬，明暗不定的光线里，透着端庄沉静的气息。年少时似乎并不喜欢这种色泽，总觉得有些老气横秋的味道，随着年龄的增长，愈来愈喜欢这种红色，粗看是黑，细看红中带紫，光滑韵致，是经得起回味和品味的有贵气、好品相的颜色。自此在我的心里就藏下一个秘密，如果重新装修住处，一定会换上一套荸荠色的中式家具。

秋去，冬来，又是品荸荠的季节，年的脚步也近了。穿行在躁动的街巷，常能看到穿着朴素的农人拎着竹篮、攥着杆秤，也不吆喝，端坐一旁卖荸荠。略带泥巴的荸荠，紫黑色的外皮透着一股新鲜劲，十足的乡野范。再冷的日子，因为有一捧荸荠，彻骨的寒意中就有温暖的味道，那是童年的味道，父亲的味道，还有家的味道，都一并浓酽酽地回来了。

幸好，还有那些味道，留住了往日温馨的记忆。其实深藏我心的，不仅是荸荠的清爽和甘甜，更多的是对故乡的守望。

■ 只此青绿

　　我一直坚信那条青绿的丝瓜还在。

　　是的，它就绿油油地缠在老家菜园边的那棵苦楝树上，一条条瘦而长的丝瓜悬挂在家乡的岁月里等我。

　　我奔波在城市的大街小巷，时不时闻到各类菜香从四周的某一角落里弥漫开来，触醒了我的味觉、嗅觉。此刻，自然而然地会让我想起家乡的人和事，当然也有那条青绿的丝瓜。想一想，这就是乡愁——思念和牵挂——正是丝瓜的寓意所在。

　　夏天过去了，秋季已来到，那条曾经青翠饱满的丝瓜在寂寞的秋风中渐渐地老去，黄了，皱了，枯了，所有的青绿在季节的行走中变得虚无，只有空空缭绕的丝络中挤满了种子，黑而扁，却饱满精神，这是明年的希望，也是一个村庄的明亮之处。正是它们，那条青绿的丝瓜才永恒地走在老家的时光里，不紧不慢，一年四季。

　　如今老家也正如这条丝瓜一样，老了，皱了，枯了，独守在乡野村居里，寂寞着一年四季。但我坚信，老家再老，也是一群人的故乡——那是漂泊在外的游子们的思乡情结。

　　丝瓜，是农家人极平常熟稔的蔬菜，就像农家不加修饰的娃崽子，无人特别关注，却又真实地存在，质朴，自然。丝瓜，原本就是一份大众菜肴，凡夫俗子也好，达官贵人也罢，它以鲜嫩、柔软、爽口而惹人喜爱。色彩翠绿，入口柔滑，味道清香、鲜美。试想在炎炎夏日之中，富有如此秉性的丝瓜如何不受大众青睐。尤其是年少时光的我，更喜它的糯糯甜甜。一口顺滑，正是丝瓜轻盈的灵魂所在。

　　乡间土地开阔，房前屋后种瓜架豆是最为常见的景象。只要有块空地，乡下人总会种上各色瓜菜:南瓜、冬瓜、扁豆，诸如此类。年少时的我，每天，眼望着它们发芽、开花、结果，心里自有说不出的畅快。或许它们就是年少的我们。人生一世，草木一秋。清明将至，一夜春风，一场春雨，父亲从牛棚的墙缝中掏出去年留下的丝瓜络，摇出几粒种子，随意地撒在菜园靠南边围墙的空闲角落。南边，阳光正好，瓜菜喜阳，自然长得快。丝瓜易栽，撒下的种子无须去监管守护，任由其生长。很快在雨水的浸润、阳光的呵护下，丝瓜陆续拱出苗来。不消数日，丝瓜沿着围墙努力向上攀缘，分叉，前行，慢慢爬满了围墙，甚至攀上墙边的树干，向着原野张望。日出日落，月缺月圆，瓜秧的枝蔓也变得粗壮起来，日渐蓬勃繁茂。瓜蔓交织，浓荫如盖。丝瓜有着向上的精神。

　　初夏，丝瓜开出一朵朵黄色的小花，在绿生生的叶子间冒出头来，像吹响了前进的号角。花罢，花蒂处就长出小小的青瓜。一天，二天，三天，接二连三地长出细细长长的青丝瓜。一条条小小的生命，经风，历雨，跟随着日子慢慢拉长，不经意间抬头，俨然是绿色的天线。青绿的丝瓜悬在夏日，让炎炎日子有了丝丝清凉，即使有喧嚣的蝉鸣。

　　我喜欢看花，在黄昏时分看丝瓜开花，悄悄地开，清香便弥漫在庭院中，不张扬，是一种低调的味道。丝瓜花原本就是夏季最寻常的风景之一。一藤花开，满院清香。

　　丝瓜要趁嫩吃。熘丝瓜是再寻常不过的吃法了，丝瓜去皮，削成片，锅烧热，放菜籽油，大蒜拍碎，小米椒，爆出香味，下丝瓜，大火翻炒，点水，加盐，丝瓜变白出汤，起锅。一盘清清爽爽的丝瓜摆上了餐桌。每次这道菜，我都是连菜带汁一扫而光。当然更经典的吃法就是丝瓜蛋汤。傍晚，从田间劳作归来的母亲顺手从围墙上摘下两条嫩丝瓜，用碎碗片刨去皮，切成段备用。又从鸡窝里掏出两个还有母鸡体温的鸡蛋，打开，搅拌均匀，倒入锅里摊开，煎熟，用锅铲铲成细长的条，加水，烧开，放进丝瓜，加盐，起锅，用青花大碗装着。青翠的丝瓜，黄色的蛋皮，奶白色的汤，色泽清新，芳香四溢，诗意盎然。丝瓜的清香和鸡蛋的清香，两者完美地结合在一起，味道鲜美，让人味蕾大开。我最喜欢油条炒丝瓜，也是乡下的特色吃法，甚为简单，但做得很少，一根油条，一根丝瓜，油条撕成段，丝瓜切成片，同时入锅翻炒，加水，小火焖到柔软即可。我迫不及待地放进嘴里，清冽的丝瓜，醇厚馨香的油条，瞬间溢满齿间。

一个夏季，丝瓜与茄子、辣椒、豆角俨然是百姓餐桌的主角，清凉这乡下的一季炎热。

丝瓜是画家齐白石老人爱吃的蔬菜之一，老人曾云："小鱼煮丝瓜，只有农家能谙此风味。"他在北京居住的四合院中种满了丝瓜，花落瓜熟，便是老人的快乐时光。怪不得老人的《丝瓜蜜蜂图》，如此诗情画意、盎然活泼。想一想，一院的青绿，是何等赏心悦目。丝瓜，原本是吉祥之物，不管是"长相厮守"，还是"绵延不绝"，这种普通的蔬菜承载着人间非同一般的意义。

立秋，风渐凉。一场秋雨一声寒。丝瓜就开始有点柴了，即使是嫩的，但一炒就成了黑色，色泽不中看便罢了，口味也涩了，难以下咽。再往秋的深处走，丝瓜就老了，纤维遍布，经络贯穿，房隔联属，只能留着，一条条丝瓜吊在树枝上，秋风吹，秋阳晒，沐了风，栉了雨，慢慢褪了青色，成了深秋中一个枯瘦干瘪的老丝瓜，干巴巴的，像极了乡下劳累一生的老妇人，让子女眼烦。还好丝瓜老了，自有它的用处。父亲摘下来，剥落外壳，用力敲打去籽，风干了的丝瓜瓤又成为最好的洗碗布，进了厨房，成为母亲洗涮的好帮手，貌似干枯，却见水柔软。或许，这就是在乡下叫"洗瓜"的来由吧。

父亲说，留种，一定要选最好的。父亲一定会选一条最为壮硕的丝瓜，等到秋后落霜，虽有一种寂寞的味道，但在父亲的眼中却是满满的希望。寒冬将至，用长长的竹篙勾下来，塞进牛栏的墙缝中，作为明年的种子。经风见雪，又与老牛相处一个冬季，春来了，蛙声如潮，老牛的一声"哞"，丝瓜也蠢蠢欲动了。

其实，在民间，丝瓜还真是一味中药，祛火清心，令人清明。丝瓜络汤，可以止鼻血。丝瓜花治咽喉肿痛有特效。不过在乡下，丝瓜并不被庄稼汉子所喜。村里的老人说，丝瓜有消肿之说。言下之意，男人吃了丝瓜会阳痿。料想，丝瓜软软的，自然让中国的男人浮想联翩。然而男人所不喜的，却又被女人格外青睐，并冠以美人水。是福是祸，全凭各心。

秋天，丝瓜枯萎了，干枯的丝瓜藤，却隐藏着少年的一段秘密。少不更事的我们，嘴上无毛，心中却有了长大的冲动，三五成群躲在秋天的深处，剪一截香烟般长的丝瓜藤，又偷出厨房里的火柴，哆哆嗦嗦地点上，模仿着大人们抽烟的模样，你一口，我一口，吞云吐雾，一副云天雾地的神态，却又难免被呛得面红脖子粗。如今，回想那一段年少时光，却有一丝甜蜜的怀想。

丝瓜成为我的年少岁月中不可或缺的一分子。譬如，栽丝瓜，看丝瓜在黄昏开花，泥土的气息如此浓烈。我俯下身子，蹲在壮硕的丝瓜下，长久地看它巨掌般的叶片，还有它如爪子般的卷须，紧攥围墙。四周静寂，竖耳倾听，丝瓜的呼吸分明可辨。我与它相互贴近，感知着它的脉动和体温。我甚至觉得后来的早恋竟有如此的感觉，清晰可见。这一幕，让我至今记忆犹新。

当然更多的记忆是在厨房里细嗅母亲炒丝瓜的袅袅清香。或许这是我一直将丝瓜当作生活中的佳肴一部分的原因吧。夏至，丝瓜长。我隔三岔五地从市场或从乡下摘几根丝瓜，学着母亲的样子，炒一盘滑溜的丝瓜，温暖着自己的胃，身体便有了大地的生机。只是我不喜欢反季的丝瓜。如今，科技让我们的生活中一年四季瓜果飘香。即使北风呼啸，丝瓜也频频出现在大众的视野中，但我固执地认为只吃当季菜，或许这才是对食物最大的尊重。这些都是母亲的理念，也顽强地让我接受。事实上，市场上诸多的反季菜，看起来鲜嫩，炒出来却索然无味。其实生活还是顺应自然更好！

是的，它们同样有一个名字，叫丝瓜，但它们有着各自不同的精神与品质，秘而不宣。时至今天，似乎没有人愿意重视其中的奥秘。我就应该像年少时一样仰望一棵近在咫尺的丝瓜。

我相信，在湘北，老家人对丝瓜的挚爱，他们把丝瓜长久地唤作"喜瓜"，就像叫自己的娃崽，充满爱意。一个简单的"喜"字，却是千年的情怀。而且一定会带上一个尾音，很重——喜瓜哩。在湘北的路南地区，如桃林、横铺、长塘、白羊田等地域，人们在称呼某些物品，总喜欢带上一个哩，如鞋子，叫鞋哩；袜子，叫袜哩；裤子，叫裤哩……这就是乡音，一个地域的特色而已。十里不同音，五里不同俗。正如作家张炜所言，语言，不仅仅是表，而是理；它有自己的生命、质地和色彩，它是幻化了的精气。此言极是。

喜瓜哩，我还是喜欢这样的称谓。正如家乡的老人见到我，总是喜欢叫我一声"兵婆"。充盈了浓郁的乡情。年纪再大，在他们的眼里，我仍旧是行走在老家阳光下的青皮娃崽。正如那条青绿的丝瓜，悬挂在思乡的黄昏里。

我就是一个乡音难改的人。四十不惑的年纪挤进城市里，市声如潮，但乡音难改呀！开口哩，闭口哩，让同事有些愕然。听多了，也就顺耳了。但终究会在大庭广众下，闹出笑话。刚进新单位，在政务中心的食堂吃午餐，数百人用餐，泱泱一片，十多个窗口，大家排队取餐。轮到我时，一看，有丝瓜。特意说来一份"喜瓜哩"。服务员应该不是临湘人，她反问了一句，"什么菜？"我以为她没听清，特意大声又说了一声："喜瓜哩。"对方依旧是一脸茫然，甚至有些恼火的样子。丝瓜！我顿然醒悟。而我的身后却传来几声爆笑，"喜瓜哩"也成了大家时常温故的一个经典笑料。

哈哈，丝瓜。我竟然想到一句古诗：只此青绿！

■ 黄瓜在野

我一直把黄瓜当水果吃。青绿色，挂着晶莹的露珠儿，白色的小刺儿，顶着金黄的小花儿，完全是一副小清新的模样。

五十多年了，童年、少年、青年、中年，黄瓜清香着我前半辈子的光阴岁月。即使今后的老年岁月里，一定也会。我相信。

每年芒种，黄瓜铺天盖地，挤在乡间的菜园子里。年少时，出门上学，我一定要钻进母亲的菜园子，摘一条新鲜的、带着小黄花的青翠黄瓜。我的判断是，瓜蒂有花、身上有刺、皮润光泽，这就是嫩瓜。不用洗，在袖子上擦几下。不干不净，吃了不生病。奶奶说的。然后一口狠狠地咬了下去，黄瓜的清香、清脆、清甜瞬间盈满了口腔，爆炸式地铺开。三下五除二，一条鲜嫩水灵的黄瓜就进了我的肚皮。此刻，上课铃声响起，又进入了一天美好的学习。傍晚，放学回家，先不急着进屋，而是迅疾地穿过禾场，挤进菜园子，蹲在黄瓜藤前，细细地扫描，寻觅一条"胆怯"的黄瓜，绝对没有早上的鲜嫩，但也是黄瓜呀。一条黄瓜下肚，再进家门，扔下书包，拿出作业本，抓紧时间完成家庭作业。此时劳作了一天的父母也回到家中，父亲在院子里收拾农具，抑或是坐在门口望着天青色的原野静思，不时有鸟鸣划过夜空。母亲和大姐、二姐则在厨房里忙碌，搞晚饭，蒸茄子是父亲的最爱，丝瓜蛋汤、清炒豆角、小炒苋菜等时令蔬菜。一定有一盘凉拌黄瓜，加了蒜和紫苏，再滴几滴芝麻油，香着哩。记忆中家庭作业简单，半个小时收工。做完作业，晚饭也熟了。吃完饭，跑出家门，吆三喝四，与小伙伴们在晒谷坪上疯起来嬉戏，玩得最多的游戏是捉小鸡、跳绳、捉迷藏，把乡下的夜晚搅得生机勃发。

黄瓜是年少时最好的能量补充剂，夏季送给少年的小清新。

立了春，又下了一场雨，雨水便到了，很快惊蛰叫醒了大地，春分就站在季节的前沿。春天的六个节气，它们总是不紧不慢地走在时间的大道上，把春天的样子一路撒到大地之上。春来了，是万物苏醒的时节，也是播种万物的时节。黄瓜也不例外。这时，母亲一定会种上两畦黄瓜。父亲早已整理出一块块菜地，每一块土疙瘩都被捻得细细的，撒上一层薄薄的草木灰，又淋了一遍猪尿粪。再从牛棚的墙缝中掏出各类蔬菜种子，那里是父亲的种子储藏室，既遮风又挡雨。关键是有牛的温度。当然一定有黄瓜的种子，细细的，扁扁的，都是父亲上年精挑细选的。种子被一粒粒有序地播入土地中。当然不仅仅只有黄瓜，还有茄子、豆角、辣椒、扁豆、丝瓜等农家平常菜。不久的将来，几场阳光，几夜雨水，还有几场微风，再加上几声鸟鸣，它们会让农家菜园格外热闹而又精彩。是的，夏天来了，一定要有夏天的模样，火热、喧嚣，还有奔跑的姿态。正是草木运动的季节。

那时我格外关注的是黄瓜。每天都要钻进菜园子，观察它们的到来。内心的渴望有些迫不及待。第二天，当我蹲在菜地上，细细地寻找它们的身影，却是一片苍茫的土地。第三天，第四天，终于有小小的苗拱出了土壤，惺惺然地张开了眼，与我对视的刹那，格外亲切而又熟稔。慢慢地，一天一个样，黄瓜终于精神抖擞地站在菜地上张望。每一次我都是如此地分了彼此，不晓得茄子们、豆角们能否心平气和地看待。但我想的是，它们并不在乎我与黄瓜的亲昵，若无其事地在菜园里茁壮生长。

黄瓜终于长出弯弯的瓜藤，努力向四周伸出前进的姿势，更像顽皮小孩的手，努力地想在空中抓住什么。父亲在山坡上砍了一些细细的水竹竿插在黄瓜边上，为它们搭起了向上的瓜架。瓜藤不紧不慢地攀缘上竹竿，直逼天空的高远。这是我的想象。瓜藤到一人多高之时，瓜叶的腋下开出一朵朵小小的黄花，慢慢地长成一条条小小的黄瓜。这是少年的企盼，伸手可握。美味就在眼前，真真切切。

黄瓜，是我最喜爱的蔬菜之一，它是暑热的收藏者。

在乡下黄瓜的吃法并不单一。在很长一段季节，黄瓜是农家餐桌上的主打菜。

黄瓜吃法简单而又质朴。清炒是它唯一的企求。除了盐，所有的调味品都被视若不见。将黄瓜洗净，切成薄片，热锅，放些清油，爆炒，少加些盐，大蒜拍碎，等黄瓜炒到酥软，炒出汁水，出锅装盘。盘子洁白，黄瓜青绿，还没有入口，就让我们心静如水。当是适合夏日被炎热搞到倦怠的胃。农忙时节，凉拌黄瓜的吃法最为简洁明了。拍碎黄瓜，拌上剁椒，加入大蒜，淋几滴香油，撒一丝细盐，搅拌均匀，在瓷碗中静待片刻，让调料充分入味后开吃，是炎炎烈日中下饭的菜肴。黄瓜炒粉丝也颇有风味。将黄瓜刨成细丝，选绿豆粉，剪成小段，用开水烫软，与黄瓜丝一起入锅清炒，也是不错的菜肴。紫苏煎黄瓜是母亲夏天最为经典的菜谱。黄瓜切片，放油煎至微软，紫苏、小米辣、大蒜切碎，入锅小炒，加入适量的水和盐，即可起锅。应时应景，黄瓜的脆爽和紫苏独特的清香搭配在一起，真的是黄瓜的灵魂，简直让少年爱得深入骨髓。

外婆对黄瓜却有另一种吃法，与众不同，却让我怀恋。排骨煮黄瓜。我相信你一定没有听说过，但我吃过很多次。吃一次就有一种念想。每次放暑假，去外婆家小住几天。这时一定会吃上这道菜。将排骨洗净剁成小块，放在柴火灶上煮，煮烂后，将年纪稍大的黄瓜切成厚厚的瓜段，放入锅中同煮。待到黄瓜由脆变软，即可上桌。肉味中有了浓浓的黄瓜香味。吃肉，吃黄瓜，连汤都要喝干净，完了，还要用舌头舔干净。只是外婆离开人世二十多年了，我再也没有吃过她做的排骨煮黄瓜了。但清香尚存，一直在记忆中袅袅不绝。

夏季的阳光铺天盖地，也是黄瓜铺天盖地之时，多了，吃不完。乡下自有乡下的搞法。腌黄瓜。选择个头小，鲜嫩的黄瓜，洗净，沥干水，塞进卤水坛中。一并塞进的还有嫩豆角、辣椒之类的蔬菜。放在院子里阴凉处，卤水充分浸润着卤菜。有阳光的温暖，有星辰的温情，还有晓风的沁凉，连同夜晚的虫鸣，一并浸渍在蔬菜中，入味入情。一个星期后，我们已是迫不及待，所有的配菜与蔬菜的清香涌出，刺激着我们的味蕾、口腔，那是童年时光多么温暖的味道呀！这个时节是村庄最馨香的日子，每一个农家院子里都摆放着几个或大或小的坛子。每一个孩子在村庄里走动时，手上一定会有一根酸黄瓜或酸豆角，相互交换各自带出来的腌菜，品评着谁家的鲜甜，谁家的香脆，让村庄挤满了鲜香。那是年少时最好的零食。

年少时追求的味道，到了成年对黄瓜有了些许的认知，知道了黄瓜的来历，也知晓了它的前世今生。时代在变，科技在变。黄瓜也在改变它的历程。科技是一柄双刃剑。科技的发达正在改变蔬菜的生长史。产量的大幅提高、抗病力的增强，反季菜的出现日趋平常。丰富了现代城市的菜篮子，也丰富了我们的生活。但也改变了植物原有的本质与秉性。黄瓜的口感与香气，再也找不到童年时代的那种味道。我抵触反季的黄瓜进入我的厨房。长长的、刺如刀尖的黄瓜，瓜老了，花蕾却还在绽放，它们如城市街巷里隐秘的女人，涂了脂，抹了粉，又如何掩藏得住岁月的风霜？让我退避三舍。

我有很长一段时间没有在菜市场上购买黄瓜，视而不见。我不知道我的抵触是否有存在的意义或价值。事实上所有的抵触，无法改变残酷的现实。那只是我个人的内心排斥。一个人的战斗能坚守多久，不得而知。我只是固执地认为少年时代的那种黄瓜的味道对我的味蕾刻骨铭心。是的，少年时代的味觉一旦形成终身难以改变。孩子们并不认同我的观念，他们无法想象我们少年时代的餐桌单调、简洁。素净是最好的词汇。尽管那个年代物资贫乏，尤其是我们又大鱼大肉地稀罕与渴求，但是瓜菜当饭，却自有它的朴素和馨香。说到底，美食的背后是生命的情怀，是烟火蒸腾的人间温度。乡愁的味道，其实就是一根黄瓜，一碟酱，一碗妈妈下的面条，香气永恒。

每一次回乡与农人交谈，总会谈到乡下的种植。庄稼是农村田野上的主角。触目惊心的是现在所有的蔬菜都不能自留种子，黄瓜、辣椒、茄子诸如此类。过去在秋季，父亲一定会选择一些壮实的种子，塞进牛棚的墙缝中，留到来年春天的播种竟已成为过往，因为它们已无法完成繁育后代的使命。它们的生命基因被一种叫科技的手涂改了，曾经自然的密码无法复原。

我时常陷入一种莫名的忧郁。不晓得是年老的愁绪，还是自作多情。抑或是我的杞人忧天。但时常听到老农的一声叹息，还有他们密布皱纹的脸上的愁容，那么深，多么厚，是否是对现代农业的一种警醒。

还好，这个春天我去了一趟乡下，看望年老力衰的三舅，三舅娘也是七十多岁的老人，居然种了两畦黄瓜、三畦辣椒，还有豆角、茄子、苋菜、空心菜、红薯叶、玉米。门前的菜园子满满当当的，青葱一片，没有一丝空地。临走时，摘了一大袋乡下的蔬菜。那细小的黄瓜，恍若让我回到了少年时代，洗净，咬上一口，满嘴都是少年时代的味道，清香、清脆、清甜。

我深深感知到了一个春天的味道！

■ 苦瓜的哲学

夏至未至，天气却燥热起来，喉咙似乎堵了一团火，"滋滋"地烧。乡下的老母亲闻讯捎来了一包苦瓜干，清火，祛热。这是去年的陈货，今年的苦瓜正在园子里长着哩。母亲说。我仿若看到了菜园的苦瓜长势正欢，想到疯跑的孩子，与风，与阳光，与蝴蝶。

苦瓜，应该是我少年时代最不喜欢的菜肴了，仅仅是因为它的苦。人到中年，苦瓜又成为我最喜欢的蔬菜之一，正是因为它的苦。

少年时的菜园，五彩斑斓，姹紫嫣红。记忆中，水田是父亲的领地，春种，夏长，秋收，冬藏。而菜园子是母亲的地盘，一年四季春色满园，春夏秋冬，一季一新，尤其是夏季为甚，黄瓜、茄子、豆角、辣椒长势葳蕤蓬勃，居园中正位，而四周则是见缝插针地点上扁豆、丝瓜、南瓜。母亲还会点上几粒苦瓜籽。

苦瓜藤小，叶细，占地并不多。母亲说，选择它们屈居在菜园子周边，因为它们易安家，对肥料要求不苛刻。挖几个坑，点上几粒苦瓜种子，盖一捧鸡粪，静等一场春雨。雨，如约而至，种子迫不及待地从土壤里探出头来，几缕阳光，几丝微风，它们便苗壮成长起来，瓜苗猛长，再给它们几根细细的竹竿，搭一个小小的瓜架，它们就有些声势，蓬勃起来。茎蔓细弱，黄花满藤，千朵万朵，难以计数。其间花香弥漫，招蜂引蝶，穿花绕藤。过些时日，花朵变成了一条条苦瓜，略弯，青皮，皮上满是皱纹，其相貌丑陋。

少年时，我们把苦瓜叫丑瓜，这完全是以貌取名，因为它的外表密布疙瘩。在我幼小的内心，对这种外表有些恐惧，这应该是与生俱来的心理。

譬如，至今行将老年之秋的我，对于癞蛤蟆，我亦是恐惧之至，哪怕是在大白天，看到它们在马路上蹒跚而过，心中不愉骤然而生。一直记得少年时的记忆，最担心的是夏季暴风骤雨之后，总会从菜地、沟渠等地方爬出一只只或大或小的癞蛤蟆，它们在泥泞中缓缓地爬行，不知爬向何处，却让我胆战心惊，鸡皮疙瘩顿起。相比于滑溜溜的蛇，我内心却平静得许多。只是如今的乡下，已很难看到癞蛤蟆，曾经是乡村的平常物，随着工业化的进程竟然成了稀罕之物。大量的除虫剂、除草剂的使用，乡间精细化的整治，小水沟、小水洼、小水塘的消失，让它们失去生存繁殖的栖息地，让那些小蝌蚪无水可居。当人们突然发现它们消失，它们已成为一种少年时的记忆。或许有一天，我们的后辈在看到癞蛤蟆的图片时会不会追问，抑或他们还会有蝌蚪的记忆吗？他们的好奇又到哪里去寻找呢？

苦瓜的外壳，总让我联想起癞蛤蟆，随着年龄的增长，心理承受力的增强，慢慢地淡去了这些不适的想象。反而觉得苦瓜浑身的褶皱更像一个沧桑的老人，尝尽人间百味，饱经尘世风霜，在熙熙攘攘中不急不躁，心性淡然。

苦瓜终于老了，老得咧开了嘴，露出了内核，鲜红的色泽，是果肉，里面包含着苦瓜的种子。软糯清甜，带着苦瓜特有清香。那就是留作种子的苦瓜在藤蔓中慢慢地老去，苦瓜从青到黄，再到红色，其苦瓜酿此时却变得甜蜜。苦尽甘来，先苦后甜。如此香甜与苦涩，浑然一体，源自自然天成。苦瓜原来是悟道最深、最有禅意的菜，瓜亦如此，人何不会？

此时的苦瓜成了少年时代难得的零食。吮吸之后，嘴上脸上满是红色，手上也是红色的果汁，一不小心还会搞到衣服上。完全成了大花猫。其实这是植物的计谋，因为甜美，它们才会被鸟兽带到远方，生根发芽，开启又一片新的天空。

一粒粒种子留下，晒干，父亲用草纸包好，塞进牛棚某处泥砖的缝隙之间。这是父亲的"育种室"，自成一体，大多数的种子都进入期间，度过寒冷的冬季，在泥缝中相依相偎，听风雪，听鸟鸣，听得最多的是牛的咀嚼声。待到来年春天，父亲又从缝隙间找出这些种子，种入菜园，又是一季的开始。草木一秋，自春天开始。时光的反反复复，父亲留种的动作几乎雷同，进进出出，每个缝隙间都变得光滑而又生动。我曾经长时间驻足观看，恍若每一处都是一个温暖的巢，盛放着一粒种子的理想。

少年时代，苦瓜的吃法并不简单。一条苦瓜一刀切成两半，静下心来，细细刮尽中间的软软的瓤，中间包裹的种子。再反扣在砧板上，用刀切成细细的薄片，一定要斜着切，越斜越好。再用盐揉搓，一定要狠心，揉掉青绿的苦水，再放进清水里漂一段时间，沥干水，等待下锅。炒苦瓜，关键是油要重。少年时油水很贵，难得有两次吃肉的机会。最经典的炒法就是切几块肥肉，先榨出油，香味四溢，再放入苦瓜清炒。母亲一定会放几粒豆豉，活色生香。一盘清炒苦瓜，清爽回甘，最是盛夏的佳肴。如今炒苦瓜却简单多了，不揉水，生怕它不苦。也不炒得太老，七分熟，碧绿色最好。图的就是它的一点苦味。只是现在的苦瓜，却变得无味了。状相似，味不同。

我最喜欢苦瓜炒鸡蛋，金黄的色，翠绿的心，淡淡的苦，给夏日带来了盈盈凉意。苦瓜炒肉最好，少年时却十分难得。苦瓜也凉拌，这才是苦瓜最本质的味道。苦瓜甚至可以烧汤——苦瓜排骨汤，这是广东人的嗜好。一碗清凉解毒的苦瓜汤，煲出了广东人的底色——能吃苦。吃不完的苦瓜，切成片，晒干，可煲汤、焖煮，风味更浓郁。苦瓜性格内敛，自身之苦独自消受，还真有君子风范。因为它知道，苦也可以留香。

苦瓜是一味中药。它表面苦涩无比的背后竟有着这么悲天悯人的慈善情怀。母亲六十多岁时患上了糖尿病，苦瓜就成了母亲的主菜，荞麦成了主食，一吃就是二十多年，甚至用苦瓜干代替了茶叶，泡茶喝。如今八十有三了，身体还不错。我想这苦瓜是大功臣。唯有苦瓜，能对她的胃，解她的心。

人也是奇怪，年轻时喜欢甜味，到了年老却又喜欢上了苦。或许一生中吃了太多的苦，反而又爱上了苦。

香港歌星陈奕迅演唱的《苦瓜》，唱尽了人生百态。人生本苦，正像我们年少时面对一盘苦瓜，皱眉头也罢，望而却步也罢，但这碗饭还得吃。如何面对苦，其实是人生一个永恒的课题。大千世界，芸芸众生，无人不恶苦味，亦无人不在苦中。我们20世纪六七十年代出生的这一代人经历了太多的苦，家庭的清贫，少年求学的艰难，好不容易招了工，进了城，赤脚穿上了皮鞋，却又遇上了下岗的浪潮，一个浪头袭来，失了业，丢了饭碗。只好委曲求全，挤进打工大军，几番折腾，几番沉浮，历尽千辛万苦，一杆秃笔，终于上了岸，幸运地进入到体制内，无数个黑夜中奋笔疾书，看到了曙光，却又青丝落尽，两眼昏花。回首身后的路，亦弯，亦曲，终是过往。却也顿悟了人的一生其实就是吃苦的一生，迷离而厚重。苦瓜未必不是内心苦楚的写照。

苦瓜是俗世中一剂不可或缺的良药。

苦瓜，在我的一生中，经历了嫌弃与冷漠，再到欣然接受，最后却成了挚爱。苦中作乐，苦中有乐。这个过程的转变缓慢而又模糊，我无法记清是从哪一天哪一盘苦瓜开始，终究是爱上这清苦的岁月，清苦的味。苦瓜是我人生的见证者、隐藏者。在我的人生中，始终铭记着这句话：吃得苦中苦，方为人上人。这是母亲对我们兄弟几个常说的话，简朴而又饱含哲理。当然这不是母亲的首创，只是万千乡间俚语中的之一，却让不识一字的乡下母亲领悟颇深。是呀，万般皆苦，唯有自度。人生苦乐，冷暖自知。

清晰地记得，那年中考，结果榜上无名，无缘高中生涯。彼时，年少的我又能干什么呢？前方的路究竟在哪里？那个夏夜，天上满是闪烁的星子眨呀眨，好像窥探到了我的心思，在窃窃私语。我独处在屋后的院落。多么寂静呀，我清晰地听到夜虫的鸣声，也听到屋后不远处那条叫微水的水流声，还有庄稼汉的鼾声、小孩子的梦呓。然而，我却在迷惘之中苦苦挣扎，何处是岸。夜已深，有凉意渐起。不知何时，母亲默默地站在我的身后。苦瓜与黄连究竟哪个更苦？苦瓜苦的是味，黄连苦的是命。是的，村子里的君姐因为生活的窘困，竟然吃了黄连而绝命于人世。苦是暂时的，命却是永恒的。母亲静静地望着我，那眼里是无尽的柔和，如一池深深的潭水，在黑夜中闪耀着佛性的光。母亲深沉的一席话，像是掏心窝子的嘱托，直达我的内心深处，厚重绵长，让我坚定了复读的信心。读书苦，苦只是一时的煎熬。书中自有黄金屋，书中自有如玉。读书，才是农家子弟改变命运的唯一一座独木桥呀！

　　品尝了人生的苦，回到乡下，却爱上了苦瓜藤，牵牵绕绕，蓬蓬勃勃。观察黄瓜的生长过程，是少年时的一件趣事。我最喜欢蹲在黄瓜的身边，观察它的成长，看久了，奔跑在畦埂上，抓蜻蜓，捕蝴蝶，捉蚂蚱。如今站在苦瓜架的下面，却是另外一种思考。仰望着瓜藤的奋勇向上，隐藏着无限的生命力。而苦瓜碧绿，或隐或藏，在瓜叶中摇曳生姿。苦瓜、瓜叶、瓜藤，构成了一幅乡土风景画。苦尽，才能甘来。

　　苦瓜老了，心里甜，那副外表，也就不重要了。

　　炎炎夏日，只想吃一盘清炒苦瓜，是的，少许清油，些许精盐，足矣！

　　一箸苦瓜入口，慢慢地咀嚼，先是一丝苦味在舌尖上氤氲开，又散尽褪去，一丝甘甜凉意慢慢地弥漫整个口腔。

　　苦瓜，其实不苦。

■ 农家茄子

在乡下，茄子原本只是个俗物，最多是一个炒煨煮蒸与共的命运。草木原本就是一岁一枯荣，春风吹又生，生生不息。

正是这一个简单质朴的农家蔬菜，与辣椒、豆角、黄瓜为伴，成为乡下极平凡的人间烟火味道，滋润了一代又一代的百姓人家。确实，在朴素的乡味里，它们却有着最浓郁的烟火气——足以治愈在外漂泊的乡愁。

百里不同音，十里不同俗，每一个村庄自有它的食单，一村一味，一味一食，最美的味道，莫过于家乡的味道——正如辣椒、茄子、豆角、黄瓜，萝卜白菜，各有所爱。我固执地认为。

认识辣椒、茄子是乡下小孩最早的功课之一。在乡村，田间菜园是父母躬耕劳作的地盘，星子还在天上闪烁，父母就摸着黑夜出了家门。月亮已晃到树梢下，他们终于荷锄而归。田头地畔总有小孩子的身影在晃动，他们与茄子一起生长。茄子的一世恰好是孩子们的一岁光阴。人生一世，草木一秋。在他们前行的日子里，听到的，看到的，常常有关茄子——这个朴素的声音。

在弱小的生命里，我就知晓，节气是草木的军令牌。什么样的节气，开什么样的花，结什么样的果，顺应自然，天地生成。谷雨刚过，又是播种的"黄金季"了。茄子也不例外。这时爷爷口中喃喃有声："立夏栽茄子，立秋吃茄子。"在民间关于茄子的农谚很多，那是古人的智慧，千年岁月，即便是到了今天依然是念叨在农人的口中，记在脑海，隐于手心。"深栽茄子，浅栽葱""生地茄子，熟地的瓜""茄子栽阔，辣椒栽窝""茄子栽荚，辣椒栽花"……这样的话语，爷爷随口而出，不打草稿，不假思索。如今怀想起来，简洁却上口，蕴含了古人精湛的栽培技术，又充满了人世间朴实的哲理。

茄子是南方夏秋季十分常见的一种农家时蔬。我很了解茄子秧的栽种、浇水、培土、整枝、开花、结果直至枯萎、老去的全过程。小时候，每当春暖花开的时候，父亲总要从集市上带回一小把"茄秧子"和"辣椒秧子"，把它们栽在屋前屋后的小菜园里。秧子们刚入土时蔫头耷脑的，但待吸收了泥土中的水和营养，它们就有了精神劲，两片毛茸茸的紫色叶子伸展开来，托起中间的芽尖，努力向上。时间不长，它们不断地长高、开杈、生枝，不久又开出了粉白相间的小喇叭花。稍待时日，花蒂里伸出了像紫色灯泡一样的小茄子来，晶亮晶亮的。茄子是为数不多的紫色蔬菜，或长、或圆，皮黑紫色，饱蘸了阳光的温暖，如乡下壮实的小男孩，果柄如一顶俏皮的帽子，惹人喜爱。

子曰"不时，不食"，意思是说天下万物皆有定时。人生的启蒙，从开始尝试进食的最早之一，青菜、茄子、南瓜，而辣椒因为刺激性太大，往往在少年之后才开始。而茄子以软糯绵滑让小孩子们青睐，我也不例外。

母亲是典型的乡下妇人，从未进过一天学校门，未读过一册书，可母亲的口才却非同一般，口语词汇更是多姿多彩，譬如她说去摘茄子，不叫摘，叫揪茄子，用手轻轻握住茄子，然后左右轻轻用力一拧，一只茄子就落入掌心，茄子落，而茄子秧丝毫未损。一个揪字，体现着人类对植物的敬畏，小心翼翼，不伤植株。譬如掐豆角，拔萝卜，薅白菜。

我常常想，母亲如果当年读了几年私塾，抑或参加了扫盲补习班，能读写几百个字，我相信她的命运又将是另一条轨迹。可惜，人生之路不能重演。

茄子的"茄"字如此简单，却字意明了，草字头底下的"口"带"力"，这分明是说茄子好吃。确实，人们从它恬淡的气味、敦厚的肉质中看到了各种美味的可能性，茄子，大概是最荤的蔬菜。我也这么认为。

茄子的食法简单，不外乎炒、蒸、煎。

最常见的食法就是茄子炒辣椒。午间时光，阳光当顶。从田间匆匆而归的母亲，顺势在菜园里揪下两三个茄子，摘几个青辣椒，用清水洗净，无须刨皮，直接将茄子切成长长的细条，辣椒用刀拍碎，再切成长条，与茄子一同下锅，干炒，先不急着放油，待炒干水分后，起锅备用。再热锅放油，最好是自榨的菜籽油。这个时节，正是新鲜的菜籽油榨出来，格外清香。

待油烧热，青烟直冒，放进茄子、辣椒翻炒，放盐。一定要加大蒜子，并且要多放些，起锅，一碗茄子炒辣椒冒着热气摆上了餐桌。好吃！至今都是家里常吃却不烦的菜。其实在乡下没有不好吃的菜，时令的菜，即使清水煮，放点盐，也是原汁原味，清香无比。

这是母亲的食法。父亲却自有他的吃法 —— 米汤茄子。在我的记忆中父亲总在黄昏之时，落日将尽，老牛相伴，荷锄挑担，踩着田埂归家。进院落后，放下锄头、扁担，趔身进入菜园，寻两个圆满的茄子，三个壮实的辣椒。

这时母亲刚好在烧火煮饭。少年时代没有高压锅、电饭煲，厨房里只有一口生铁锅炒菜，一口锅煮饭。那时煮饭，一定要倒米汤，洁白的黏稠的米汤泡到切碎的红薯叶或白菜叶上，喂猪的好食料。如今回想起来，大米最好的精华都用来喂了猪，怪不得少年时光的猪肉如此醇香可口。

父亲应该是个美食家，他深谙米汤的奥秘。

父亲接上一碗米汤搁置在灶上，先是把茄子、辣椒放在米饭上蒸，用小火。几分钟饭香了，茄子、辣椒也煨熟了。

父亲不慌不忙地夹出茄子、辣椒，放进米汤中捣碎，拌上一小勺白白的猪油，撒上一些细细的盐，再添一点酱油，加上切得细细的大蒜子。茄子软滑细嫩，香软绵滑，配上熟稔的蒜香，真的是一道人间美味。这时父亲一定会倒上一杯谷酒，抿一口酒，吃一口菜，仿佛一天的疲劳就在这朴实的茄子中烟消云散了。当然父亲的下酒菜还有很多，清水豌豆、油淋青椒、凉拌黄瓜。记忆中，父亲把热气腾腾的茄子放入碗中，然后用一根木棒，在碗里缓缓地捣，胡须渣渣的脸上全然没有疲惫颓废的神情，恍若似水流年的感觉，看着看着口水就盈满了口腔。

只可惜，现在厨房里找不到米汤了。即使有了新的做法——蒜蓉蒸茄子，总觉得没有少年时代的味道。

对于茄子，我还有一个小小的秘密。茄子的蒂部有四五瓣像花瓣一样的青皮，就是开花时的花蒂。青皮不长，粗糙，裹住了茄子的顶部，也可以吃。母亲是个节俭的人，从不轻易浪费食材，即使在切茄子时，也先把青皮剥下，撕成几片，和茄子一起炒。而我很喜欢吃这青皮，感觉别有一番滋味，一直至今。

茄子的食用季节主要是夏季。天气炎热，摘下来的茄子，泡在水缸。究其原因，茄子离秧容易缺水，极易老。老了的茄子，茄肉干瘪老硬，炒出来的茄子发黑，俨然老去的乡下妇人，吵架输了理，软瘫在地，全无看相。

夏季，灼灼熏风，茄子疯长的季节。种一畦茄子，旺季之时，茄子丰收，开花结果，像疯跑的阳光。茄子多了吃不了，乡下人自有他们的做法，怎么能轻易让它浪费。于是将茄子采摘下来后，切成细条，放在猛烈的阳光下暴晒几天，原本新鲜湿润的茄子，便成了茄干，收缩起来，连同明亮的太阳一并收起来，等到冬季，再释放出来。确实，茄干是冬季的一道好菜，正如干豆角、干辣椒，足以温暖寒冷的冬季。

到了冬季，菜园子里便冷静了，除了青菜萝卜，那些瓜果时蔬全部退场，歇了冬。这个时节便是干茄子露脸的最佳时机了。食用时用清水浸泡一两个小时即可，炖肉、炒菜、做馅，具有浓郁的茄子香味，怎么做都好吃。

乡下人对于秋菜有一个偏好，譬如秋南瓜、秋辣椒。秋茄子也不例外。究其原因，夏季生长旺盛，到了秋季，这些菜进入了尾声，物以稀为贵吧。入了秋，菜园子就冷静了，渐渐就有了秋的模样，那些藤啊、叶啊、果啊，便有的老气横秋的姿态。父亲常常站在园子地念叨：秋菜好吃又不得……

　　茄子还有一种高贵的吃法，一般是在端午、中秋等重要节日，抑或是家里有重大宴请，茄子也会变身一道菜——茄夹。选择长形的茄子，切开一条条细缝，然后把剁碎的肉末塞进细缝中，放进油锅里煎，或上锅隔水蒸，味道极香。只是这种吃法很少，毕竟乡下吃肉的机会太少了。

　　豆角炒茄子应该是现代开发出来的一道新菜，记忆中从未有如此搭配的吃法。出自谁的手，来自哪家餐馆，无从考究，但成为大众必点的菜肴。明媚的紫茄子加上鲜嫩的豆角，少许红艳的干辣椒点缀其间，菜色虽泛着油光，可吃起来却丝毫不显油腻，茄子软而不烂，豆角又嫩又脆，闻起来带着一丝姜蒜的香味，菜一上桌，瞬间被扫光。一盘豆角炒茄子上桌，感觉有点像神话传说里的白蛇和青蛇，可偏偏又少了许仙，奇的是，豆角与茄子同在一个油锅内翻炒，应该是你中有我，我中有你，交融汇合，可它们却是井水不犯河水，各是各的味，没有吸纳对方丝毫的味道，永远保持自己的个性，豆角清脆，茄子绵软。也好，正是如此，赢得了消费者的青睐，点一道菜却享受了两种佳肴，何乐而不为呢？

　　茄子是一种普通的蔬菜，色彩、造型都难入大雅之堂，但白石老人却对茄子有独特的理解。他老人家始终保持一颗童心，借用生活中最常见的果蔬，表达一种热爱生活的趣味。他的一幅茄子图，整幅以没骨法为之，率意草草，色彩简单，却极见其憨态和情趣。

　　茄子，原本只是乡下简单的一种蔬菜而已，到了画家的眼中却是另一道风景。其实看似普通的物品都有其非凡之处，关键在于你是怎样的眼光与视角。山水藏诗画，草木皆风景。说得极是。

　　抑或是看山是山，看山不是山，看山还是山。

■ 红薯：嵌入生活的温度

我人生中最初的记忆竟然与红薯有关。

在湘北，红薯称之为苗。洞庭湖平原，抑或山丘地带，除了一望无际的水稻，还有一种可以替代粮食的作物就是苗。也有的山区叫苕。有的地方又名番薯、山芋、地瓜。不同地区对它的称谓不同，称谓愈多，愈是证明它的价值所在。

苗，是一个时代的烙印，甚至在我的记忆中，居然如此深刻。我想，除了水稻，在南方，再没有任何一种作物可与之媲美。

有一幅画面一直清晰生动，四十多年了，或许六十年、七十年，时光再久远，记忆依旧鲜活，富有质感，甚至铿锵有声。这些温软的记忆，一定承载着馨香的少年时光。

应该是四岁，或是五岁，这不重要，重要的是记忆。正午，夏天的太阳像一块圆圆的盘子（这应该是儿童的印象），悬挂在村子的正上方。我紧随在几个比我大的小哥哥身后，尽管他们并不乐意，而我像一个跟屁虫一样，屁颠屁颠地跟着，不依不饶。菜园就在村子的东边。彼时是正午时分，劳累了一上午的大人在阴凉处做短暂的休整，鼾声四起。原本村子里十分平静，甚至鸡、狗们也歇了声。唯一活跃的生物就是这一帮小屁孩了。菜园边是茄子、辣椒、豆角，再进去就是一大片生机勃勃的苗。

苗，曾经是一个时期乡村生活的主角，满满的烟火味道。盛夏，苗尚未长成，只有我们小孩子的拳头大小。这个时节，桃李已过，梨枣橘尚未成熟，酸涩得无法入口，唯一可以作为零食解馋的便是苗。当然菜园子还有黄瓜、西红柿、西瓜，只是因为看管太严，不容易得手。终于，小伙伴们选择了茴。把瘦小的身躯隐藏在高大的茄子、辣椒藤中，匍匐前行，摸到茴地，扯出茴藤，摘下鸡蛋大小的茴。菜园的一侧，便是一湾河水。河边有一潭清澈的井水，洗净，急咬入口，稚嫩的茴，香呀！那股味道直接入骨髓，时光游走，记忆却无法弥散，竟成了一世的缠绵。

听父母说，我出生时正是 20 世纪 60 年代末，母亲生下我就没有奶水，竟然是用茴粥喂大的。我深信不疑，因为黝黑的皮肤可以证明一切。犹记少年时，家里兄弟姐妹五个，如五只张口的鸦雀，粮食远远抵不上。尤其是春荒时节，每天煮饭，一定要在米饭上铺一层茴丝，开饭时，父亲将茴丝与米饭一搅一拌，虽然难吃却能饱肚。用柴火煮出来的茴丝饭，格外香甜。

茴，不仅仅深深地嵌入我的生命，还有我的父母。

吃了一辈子茴的父亲到了耄耋之年，对茴依旧情深意长。父亲与茴似乎有着悲欢与荣枯。父亲八十岁那年，正是谷雨时节，父亲突然感慨，是茴救了他的命。原来，茴与父亲还隐藏着一段故事。幼时，爷爷因病早逝，父亲随奶奶改嫁后，家境困难，又送与别人过继为子，不料，次年继父生育一子，对父亲横看竖看不顺眼。那个年代粮食金贵呀，父亲总是填不饱肚子。饿，成了父亲一生中最为熟悉的字眼。有一次，父亲在河滩边放牛，头晕眼花，昏倒在地。当他醒来时，睁开眼，看到是一蓬茴藤，小小的茴，竟然成全了父亲。父亲说，命不该绝呀！母亲匆匆打断父亲的话，先苦后甜，这才是好命。命，是底层人民对人生酸甜苦辣最妥帖、最朴素的解答。

茴的一生，是父亲的一生。

初春，父亲就把隔年保留下来的茴种，密密匝匝地排在菜园地育秧，打足底肥，上面铺上一层厚实的稻草。一天浇上两遍水，十几天就催生出一地茂密的茴芽子。"清明断雪，谷雨断霜"。谷雨是春季最后一个节气，也是栽种茴的最佳时节。少年时经常听到父亲唠叨，"谷雨栽上茴秧，一棵能收一大筐"。是呀。谷雨将到，雨水增多，布谷鸟在村口的大樟树上，"布谷""布谷"。一夜春雨，拂晓又是一天霞光，母亲早早起了床，把大哥大姐叫醒,提了筐,剪好茴秧。母亲挖坑,父亲浇水,大哥大姐一棵棵地插茴秧。父亲说,茴这东西,活性好,只要插到土里,别缺水,它就能乐滋滋地生长开来。

确实,茴命贱,易侍候,且生命力极强。没过多少日子,就舒筋伸骨了,藤蔓就像长蛇似的在地里肆意蜿蜒。到了三伏天,茴地已经一片生机勃勃的繁荣景致了。茴苗葳蕤繁茂地长,待遮掩满地后,就需要给它翻秧。少年时我也和大人一样,手里握着木杈,把扎了白根的茴藤子翻过来。木杈重,茴藤也不轻,一会儿工夫,手上就起了泡。劳作,并不轻松。

经过一个夏季的生长,到了秋天,蛰伏在泥土中的茴一个个丰硕起来,静等乡人的挖掘。秋雨贵如金,茴坨胀圹埂。霜降,茴藤便枯萎了,如乡下妇人沧桑尽现。这时正是挖茴的好时节了。霜降时的茴,甜似蜜。人们也只有等收获完了地里其他的东西,才腾出工夫来刨茴——对于庄稼人来说,茴,最像是善解人意的朋友。

挖茴是一件惬意的活计。母亲一大早将败了的茴藤悉数割尽,抓住几个好日头,晒干,是漫长冬季里喂猪的好食材。薯叶是猪最爱吃的食物。扯猪草最轻松的时刻,就是挑拣那些长得又肥又长的茴蔓掐掉一截,一次弄一大篮,扛回来煮烂了喂猪,猪吃得摇头摆尾其乐陶陶。

割尽茴藤的田地,平整如砥。父亲翻出钉耙——九个齿——常被少年想象成《西游记》中猪八戒的兵器,中看不中用。现在却是父亲手中的利器,他迈着欢快的步伐来到茴地,先是挂着锄柄,从远到近,又从近到远,扫视了一会儿,如同一位巡视战场的将军,内心充满了胜利的渴望。稍稍片刻,父亲向手心吐了几口唾沫,搓了搓手,握紧锄柄,对准每一个"茴兜",不紧不慢,不轻不重地挖下去,再往上一提,一嘟噜茴破土而出,闪烁着新鲜的丰润色泽。别小看这一镢头,还真有技术含量,挖远了茴兜不上来,下近了又把茴斩成了两半,唯有经验纯熟的老农能够每一镢都做到既稳又准,精确无误。我们兄弟几个紧跟在父亲身后,快捷地将一只只或大或小的茚理净泥土，放进箩筐。阳光尚暖，气温宜人，田野里洋溢着一年里少有的欢声笑语。

挖出的茚一筐筐地抬进堂屋，很快堆成了小山。屋子里盈满了丰收的味道。晚餐，父亲一定会小酌一杯白酒，当然是茚丝酒。慢慢地饮，一碟花生米，抑或是一碟兰花豌豆。夜色中，父亲佝偻的背影，与小山一样的茚相映照。家，总有一种山样的厚实。

烤、蒸、煮、炸、晒，茚的吃法可谓五花八门，少年最喜的是煨茚。把刚刚从泥土里翻出来的茚，挑拣一些个头不大不小的，扔进柴火堆里，过个把时辰，去火堆里翻出茚来，用手捏一捏，软塌塌的，便已经熟透了，扒开，一股香气扑鼻而来，既新鲜又香甜，一口气可以吃上好几个，噎得直打嗝。寻常百姓家里不怎么讲究，只要把茚烤一烤，蒸一蒸，也足够美味。宋代有民谣：深夜一炉火，浑家团栾坐，煨得芋头熟，天子不如我。想必极是。而野外烤茚，就另有一番野趣了。

在乡下，冬季是农闲时节。这闲，应该是对土地而言。地闲，人不闲。接下来的事，便是刨茚丝，洗茚粉，做茚粉丝。当然，一定要做茚片 —— 乡下的女人的拿手活。如果不会做，势必让村人笑话，倒是无妨，却是苦了自己的孩子，少了一份解馋的美食。冬日的阳光暖暖的，照耀着田野，照耀着村庄。趁着大好天气，母亲和村子里的妇人们一样，在家忙碌着晒制茚片。洗净茚，放在锅中隔水蒸熟，趁热压烂成泥，然后将茚泥挤压成棒状，或用刮刀刮成薄片。细心的女人，会在茚泥中加入橘子皮，甚至加一些芝麻，增加香气。家家门口用板凳支起几个大簸箕，一片片地摊开，抑或是摆在新鲜稻草的木梯上，或者摊放到屋顶上，顺着瓦片一行行排开，最大限度地接受阳光的抚慰。怀想少年时代的村庄，家门口和屋顶上都流淌着壮观的茚片的海洋，对于一个少年来说，简直是童话般的场景。

做好的茚片，晒几个日头后，水分褪去，茚干略微收缩，金黄中透着浅红，表面凝结着一层胶质的糖衣，在阳光的照射下，仿佛通体透明晶亮。

剪成三角形或四方形，用袋子装好，等春节即将临近之时，就是一份美美的年货哩。"廿三糖瓜粘，廿四扫房日，廿五炸了丸子炸豆腐，廿六炖锅鱼来炖锅肉。"这个时节，母亲也会炒豌豆花生，自然要炒茴片。有时在炸油豆腐时，也会炸一点茴片。油炸茴片更香，更清脆，外筋内柔，很是可口。

当然一定还要熬一锅茴糖。把茴放在大锅里煮，煮熟煮透后捣烂，搅成糊状，然后用纱布口袋过滤，过滤的时候要使劲地搓揉，尽量把里面的糖水汁都挤压出来，最后将过滤出来的糖水汁放在锅里用猛火熬，直到将里面的水分全部蒸发掉，最后就成了半凝固状的黑茴糖。香糯的茴片，清甜的茴糖，承载了儿时的乐趣，承载着少年时的记忆和乡愁。

洗茴粉，是农家人对生活的精心设计和美好规划。洗茴粉是一个很重的活。洗净磨成粉，再沉淀、脱脂、净化，看似传统实则烦琐、艰辛。先把从地里挖回来的茴洗净，再用机器碾烂。准备一个巨大的木桶，桶上架一个木架，架上又摊一块袱子（大布巾）。袱子的选择有讲究，窟窿眼越小，粉质越细腻。取一些碾烂了的茴放进袱子里，舀水边冲淋，边摇晃，然后包住布巾用力挤压，把茴浆压出来，淌进桶中。洗茴粉，用水极多。因此洗茴粉多是选在村口的小溪流。少年时的溪水清澈见底，甚至可以直接饮用。记忆里，母亲低头淘洗，阳光下，白发扎眼！

洗出来的浆水在木桶里经过一夜的沉淀，水和粉自动分离。天蒙蒙亮，母亲将缸里的水沥干。太阳出来后，再将缸里的湿粉盛起，放在簸箕里晾晒，这需要晴好的天气。边晒边将大块捏碎，便于晒干。一般需要三五个好晴天。晒干后的茴粉用筛子过一遍，装起来，放进谷仓。

在童年的日子，母亲常常用茴粉做成早餐，供一家人享用，做法如此简单，用凉水把"茴粉"化开，搅拌；再烧热水，当水烧开时，就把化开的"茴粉糊"倒进开水里，一边不停地搅拌，一边用火加热……当糊变黏变色时，就做成了。这，在当年可是美味，更是朴素而简单的快乐，里面有女人关于幸福的全部向往。

　　田地都安顿好了，谷子收进了仓，抑或栽上了油菜，抑或撒了紫云英，劳作一年的老牛也进了牛棚，不紧不慢地嚼着新鲜的稻草。北风刮得一天紧似一天，天气一天冷似一天，蹲在树枝的麻雀都冻得缩成一团。正是做茴粉条的最佳时节。拿出茴粉，加水搅拌成糊状，用粉条磨具，直接压到烧沸的井水里，捞起放到另一只大水桶里冷却，然后挂在已准备好的竹竿上晒起，手工粉条就算制作成功了。手工粉条一定要在数九寒天的"极致"气温下才能掀起"破茧成蝶"的高潮 —— 只要温度低，只要天气冷，刚出锅的粉条才能一丝丝完美地蜕变成型。

　　茴粉条是农家喜欢的一款菜，可以像面条一样煮，也可以像粉一样炒。还可以涮火锅、炖牛肉，都是非常美味的。至今，无论我们怎么成长或老去，茴粉条还是一如当初，那么香，那么回味悠长。

　　茴片、茴糖、茴粉、茴粉条……如此质朴简单的茴，竟然丰润了乡村生活，幸福而真实。寻常烟火，一日三餐，因为茴，农家的餐桌不再单一，使艰辛难熬的每一天都嚼得有滋有味。

　　对于父亲，茴还有更佳的去处。每年父亲总会挑百把斤茴到镇上酿酒厂换几十斤酒。父亲说，茴丝酒总有一股烂味，远没有谷酒香。母亲回一句，总比喝白开水强。那个年代稻谷金贵，能用来酿酒的最佳选择就是茴和苞谷了。天寒地冻，父亲总会温一壶茴丝酒，压一压风寒。最喜的是娘家来了客，炒几个下酒菜，喝得脸红脖子粗。父亲平日里沉默寡语，闲时坐在火塘旁打瞌睡，鼾声如雷，三棍子打不出个闷屁。一壶酒打开了父亲的话匣子，讲起来滔滔不绝。少年时曾偷喝过几口茴丝酒，一口酒下肚，一股火苗从喉咙里钻到肚脐眼，又从胸腔里直往上蹿，眼泪鼻涕横流。回想起来，都觉得好笑。长大后，时常陪着老父亲喝点小酒，聊点家常，其乐融融。酒实在是个好东西，它拉近了我与父亲的距离，让我感觉到了家是如此的温暖。

　　一杯拙劣的茴酒，是对父亲一年来土里刨食的艰辛最好的回报，也湿润了父亲的一世沧桑与繁华。

　　忙完一切，春天又不远了。当然要选择一些上好的茁作为来年的种子，放入屋后山坡边避风向阳的窖里，这是明年的希望和温暖。这份温暖丰厚而持久，足以带着父亲以最从容的姿态，越过冬季最凌厉的严寒，守望着初春的一畦新绿。

■ 榨菜里的乡愁

　　故乡的风物很多，如一串兰花萝卜、寒冬里冒着热气的绿豆粉皮、读寄宿时常带的一瓶霉豆腐等，但最暖我心的还是榨菜。人到中年，生活格外简洁，譬如每天清晨，熬一碗黄黄的小米粥，蒸一个自己动手制作的馒头，再配上一碟家乡的榨菜，简单却美好！一个简单的早晨，一份简单的早餐需要简单的榨菜与白粥，榨菜碰见了白粥各得其所，白粥遇见了榨菜一见倾心。

　　家在湘北之隅，依长江之南，偎洞庭湖畔，湖光山色，春韵生香。好山好水，自然孕育着众多的庄稼，水稻、玉米、红薯，还有土豆、萝卜、白菜，沐阳光，汲雨露，顶风霜，一茬一茬地开花结果，从不懈怠，永不歇息，温暖着乡人。每年冬天在故乡种植榨菜是一项不可或缺的农事，记忆中无论是田垄还是土坎，没有一个地方是空闲的，多种一棵是一棵。收割完稻谷的水田也要把水放干了进行栽种。

　　中国的节气神秘而神圣。春播一粒粟，秋收万颗籽。春播秋收似乎是每一种庄稼遵循的规律。然而榨菜却是秋种春收的一种作物。一年时光渐远，到了秋，燥热将去，温凉已近，是一年的白露节气，父老乡亲就忙着在菜园里培育榨菜苗，泥土已经被夏的阳光滋润透酥，热乎乎得烫手，被父亲捏得细细的，如平镜似的沙地，均匀地铺上一层草木灰。母亲紧随在父亲身后，把去年留下的种子从牛棚的顶上拿出，用手搓了搓，抓一把，手一扬，细细的种子铺撒一层，又小心翼翼地洒下一层井水，再盖上一层黄黄的稻草，毕竟是过了白露，早晚冷、中午热。忙完了，两位老人似乎并没有急于归家，而是站在田垄边，仔细地端详着土地，脸色平静而庄重，恍若是刚刚结束了一项神圣的仪式。他们配合得很默契，秋阳斑斓，稀疏的树影投在他们身上，有一种沧桑的味道。夜里，菜籽翻了一个身，闻到阳光的味道，努力挣扎着伸出头来，过不了几天，就是蓬蓬勃勃的一地菜苗。播完种子，父亲又马不停蹄地盘弄刚刚收完稻子的田地，放水、深耕、起沟、分畦，再把每一畦地的泥土整得细碎而又均匀，像收拾自己的新房，等待菜苗的到来。秋凉了，但土地却是温暖的，等到寒露至，榨菜苗已长到两厘米高，四五片叶子了，密密匝匝的一片，挨挨挤挤，像极了操场里的学生娃，远看又像是一床青绿的地毯，遮盖住裸露的大地。这时便要开始移栽，一排排栽种到田野里温润的泥土里，接受旷野里的风霜雨露。男女老少齐上阵，争分抢秒。人误田一时，田误人一季呀！几天时间，榨菜苗完成了它人生的第一次迁徙。冬来了，风大，霜重，少不了雪纷飞。榨菜却在寒冷中，挺立着，生长变得缓慢了，虽然看不到有多少变化，其实它是在深深地扎根，憋着气，只等春天的到来。一眼望去，满地绿油油的，与枯了的草，落了叶的树，相互映衬，俨然成了冬日的一道绿色风景。

在乡下，榨菜头就是福瑞之物，是新年送给人间的最佳礼物。

春节过后是"立春"，原本料峭的风，突然间有了丝丝暖意。吹面不寒杨柳风，让我想起了盛开的桃花、金黄的油菜花、俏丽的豌豆花，当然还有清香的榨菜丝。是哟，又是收获榨菜的季节。春风猛然间吹壮了田地里的青菜。榨菜就像风中奔跑的孩子，一个劲向上蹿，很快根部长成了一个个奇形怪状的疙瘩，膨大凸起，近纺锤形或莲花形，被几片绿绿的大叶子遮挡着，有的像圆球，有的像羊角，有的更像是胖胖的儿童的脸，特别可爱，让你忍不住要去摸摸他的脸。收获的季节，格外温馨喜庆。男女老少，全部集中在田畈里，割的割，剥的剥，一棵棵除掉叶子，只留下表皮光滑、颜色青绿、形大而钝圆、间沟较深的榨菜球。榨菜的清香四处弥漫，空气里满满的是榨菜的青味，似乎随手一抓，就是满手的绿色，湿漉漉的，这真的是春天的成色。壮年男子负责挑担，一担担的榨菜球全部送到镇上加工厂，加工成鲜、爽、嫩、脆、香气足的榨菜，成为平民百姓喜爱的人间庸常的烟火气，这是榨菜人生的第二次迁徙。

确实，榨菜的名声在于它的腌制。是的，煎熬，改变了它的品质。

记忆中，镇上的榨菜厂依然清晰。原本是一处大户人家的榨菜坊，公私合营，转身变成社办集体企业。隔壁是面粉加工厂，专门生产面条。对面是榨油厂和草帽厂。我母亲就在草帽厂工作，她的青春就缝进了一顶顶淡黄的草帽中。童年时常常跟随母亲去草帽厂，留恋更多的却是酸而脆的榨菜。榨菜厂位于古镇的中街，一面临水，一面临街。临水的一面是砖块砌的几米高的水池子，内面用水泥抹平，底层有排水孔。一担担的榨菜过完秤后，首先要剥榨菜皮，用小刀小心翼翼地把菜头的粗皮老筋去掉，但又不能伤及下部的青皮和里层的"菜肉"。然后一层一层倒入池中腌制，铺一层就撒一层粗粒的食盐，一边铺，一边在榨菜上重踏、猛踏，随腌随踏，将菜层层踏透踏紧。一直到池子铺满，上面再加上巨石压紧。经盐腌后，水分从池中的底层流去。然后将榨菜从池子中取出，进行它人生的第三次迁徙。

捞出的榨菜加盐和辣椒粉、甘草粉、花椒、生姜、大蒜、橘皮等十多种香料及调料，装入一只只土瓷坛，压紧，用黄泥巴封口，在阴凉处存放，任凭夜的星光和露水覆盖浸润。腌菜也像煲汤和熬粥一样，需要文火细煎、慢熬和足够的耐心，体现的是一种真功夫。一瓮榨菜就在秘密地进行发酵。这是一程水火交融的改变，历经七七四十九天，榨菜的味道越浓郁，飘出的奇异的酱菜香铺满了整条大街，每一个匆匆前行的路人都翕动着鼻翼，甚至不自觉地吞咽着唾液，这是我的猜想。那时我就呆呆地站在草帽厂的门口，眼睛里一定闪着绿色的光，口水在口腔中汹涌澎湃。吃一根，脆脆的，是那种嫩嫩的脆，咸、香、鲜、美，有一股春天的色泽，春天的风味呀！

这时榨菜就可以出厂进入平民百姓的餐桌了。这是榨菜的第四次迁徙。

经常有解放牌的大汽车进出古镇，一车一车地将香喷喷的榨菜拉走。那时常听父亲说，大多是拉向长岭炼油厂、岳阳化工总厂两家中央直属企业。父亲的话中似乎有些自豪的意味。

想到自豪的父亲，我就想到了一个人，那是一个英雄式的人物。

他是我童年小伙伴的父亲，一条街上的邻居。他住中街，我们住在下街，但间隔不到几里路。那时他还年轻，是榨菜厂的生产工人。我与他的儿子是小伙伴，常常混在一起，从上街打到下街，搞得鸡飞狗跳。但是我最喜欢到榨菜厂门口闲逛。不想吃油渣，一到灶门口转，我们时常能吃到一点点榨菜，解馋，多是他偷偷带出来的。具体不记得是哪一年某月某日，反正是一个晚上，榨菜厂突然失火。火是从二楼开始的，浓烟从窗户往外冒。那时我在下街，远远地可以看到冲天的烟，像一条腰带。人，从四面涌向榨菜厂。我也是。楼下聚了不少人，不是打火，是看热闹的。有一个人挤出人群，一声不响地踏着楼梯，奋勇冲进火场，提着水往窗户里倒。或许楼梯已老，或许是水桶太重，楼梯竟然拦腰断了，那个人重重地摔在地上，半天没有爬起来。后来被送到医院，结果是摔断了腰椎。火终究被扑灭。按理说，他应该被评为灭火英雄。当时听到大人都这么议论，甚至有些愤愤不平。可不知道是什么原因，一切平淡如水，恍若一粒小小的石子扔入博大的洞庭湖中，甚至没有一丝水波。失去了劳动能力的他，成了一个废人，全靠榨菜厂一点微薄的工资。后来榨菜厂垮掉了，连厂房都卖了，拆了，成了别人家的居住之地。还好他住在中街，是古镇最为繁华的地段，适合开店。他就临街开了个小杂货店，自食其力。再后来，我离开了家乡，一晃四十年。听父亲说，他早已作古了。如今我也是中年人，只是那个童年的小伙伴也是几十年不见，不知他是否安好。

其实在乡村，腌菜这样的家务活，是女人们的拿手好戏。腌菜，在民间祖祖辈辈、一代代地传承，经年累月做一件事，自然就做出了人间至味。少年时，母亲也会动手在自家的院子里，用大瓷缸腌菜，豆角、白菜、萝卜、辣椒等都可以成为腌菜的主角。在乡村，那些婆娘，个个都是做腌菜的行家里手，看谁的腌菜做得好就数谁家媳妇能干，会做手工腌菜好像成了娶媳妇的标准，和纳鞋底一样，是女人的必修课。腌菜，便成了乡下女人精打细算地操持一个家的标志。

至今我认为，榨菜与粥，恍若人间的郎才女貌，是世界上少有的两种契合得如此完美的食物。每年夏天，天气酷热，胃口不好。母亲总会煮一锅白米粥，再拿出一碟榨菜。咸湿的味道被米粥中和，粥的味道格外清冽。我非常喜欢把榨菜倒在粥面上，看榨菜汁水流进粥汤里，滚烫的粥稍微一冷却，刚好能够一口通过喉咙。粥是最能勾起往昔回忆的食物，好粥是用时间熬出来的，同样榨菜也是用时间腌制出来的。一碗白粥，一碟榨菜，一线的温暖从嗓子眼直直通入胃中，最是无上的享受。如今怀想起来，常常湿了眼睛，一种情结在记忆深处，怎么也化解不开。吃是慰藉，也是暖意。

一碟不起眼的小咸菜，还温暖着我少年求学时的一段记忆。

高中因几分之差，被离家乡十几公里的一所乡中学录取。我刚刚离开父母到外地求学，食堂里的饭菜自然比不上家里的可口，每次回家我总是抱怨。于是母亲总在我去学校时为我带上几瓶菜，如腊鱼腊肉，更多是腌的坛子菜，豆腐乳、剁椒、酸豆角，自然少不了榨菜。切成筷子粗、带点暗绿又泛着土黄色的咸菜。每次去学校，都是一个"平伙"。有一次带到食堂，惹得一个城里的女同学艳羡："啊，榨菜，榨菜哇，给我点儿，给我一点儿嘛！"

这样一叫，不少同学闻声而至，将筷子与汤匙伸得老长，向玻璃瓶子直捣过去。转眼间那玻璃瓶子就空了。那带点暗绿又泛着土黄色的榨菜丝便安安静静地躺在同学们的饭盒里，脆脆的，是那种嫩嫩的脆，咸香鲜美。众同学心满意足地离开，有的意犹未尽地坐下，大口地扒着饭，说真香！

与同学分享榨菜，竟然成了我在外求学最美好的回忆之一。

其实在民间，榨菜不仅仅是用来腌制，也可以直接吃。新鲜的榨菜从地里摘下来，和一般的蔬菜无二，蒸、炒、凉拌、煮汤，怎么加工都是一份平民百姓餐桌上的佳肴。榨菜炒肉是儿时最难忘的一道美味小菜，饱含着母亲的味道。将榨菜切片，再切点肉丝，翻炒一下，香嫩爽脆，百吃不厌。人，总是这样充满怀旧的情绪，对于一些口味，一纠缠就是一辈子。

谈到了榨菜，绝对要说说与榨菜叶有关的菜——冲菜。选择绿油油的菜薹尖，洗净后进行晾晒，将满腹心思收起，等到叶茎晾干水分，一副无精打采的模样，切成碎末，倒入烧热的没有放油的锅子，快速翻炒到半熟，装进大海碗压严实，再扣上一个碗，尽可能密闭，这是关键。放一晚，就成了冲菜。第二天再回锅，热锅冷油，加葱姜蒜辣椒，爆炒，清脆、香辣、爽口，关键是有一股或浓或淡的辛辣味，直冲鼻子。初尝一口，一把鼻涕一把泪，甚至喷嚏一个接一个，难受，但是好吃，除了麻、辣、鲜、香、脆以外，"冲菜"的神韵就在它的"冲"，那是阳光的味道。人到中年，母亲总会在收割榨菜时，不忘做一碗冲菜。回看眼前这碟小小的冲菜，看上去还是一种农家风情的宁静与古朴，味道也一如记忆中透彻而拙朴。

乡愁是什么？乡愁就是由家乡的草木、民俗、风景和食物喂养起来的。日子一久，对家乡的风物人事的思念，凝于心，聚于神，结成思乡的情愫。对于游子来说，一盘家乡的风物是化解乡愁最好的神器。譬如一碟榨菜，一碗白粥，是心窝里的暖，是思乡的一份情结，是游子对家乡最深情的挂念。当你背着重重的行囊，跨越万水千山在异国他乡的黄昏，夕阳西下，晚霞如晖，打开背包，一包家乡的榨菜，足以唤醒对家乡的记忆，那就是乡愁。

原本是寻常百姓常用来佐餐，化解清贫岁月的一碟小小的榨菜，如今不仅仅是盛放在老百姓舌尖上的养生美味，其缠绕在唇齿间的别致滋味，更是成为游子思乡的一根引线，细而绵长，一头牵着游子，一头牵着故乡。

■ 秋天的每一只菱角

秋风起，秋风凉。一夜秋风轻而易举地吹皱了一池秋水，当然也吹谢了一池荷花。荷花谢了，莲藕却白而壮硕，这样的季节，少年惦记的青翠或紫红的菱角也出水了。秋水再凉，因为一枚红菱也令少年喜不自胜。

刚有了一丝念想，母亲就从乡下托人捎来一袋新鲜的菱角。未进屋，一股久违的清香已汹涌而至。打开，一枚枚菱角翡翠一般，青绿鲜亮。迫不及待，剥开一只，菱米洁白如玉，丢入口中，香嫩脆甜，如通透的湖水。心里不由咯噔一下，差点"啊"出声来，对的，就是一惊的刹那间，少年时光的"菱事"与鲜香，还有一湖秋水，一起扑面而来，弥漫周身。我从来没有想象过，一种食物的味道，直白单纯，让人如此惊艳。

老家在洞庭湖畔，湖汊纵横，池塘密布，正是生长菱藕的好地方。少年的记忆中，采莲摘菱是最大的乐事。在乡下，随便你遇见一处河塘，像菱角这种小野味儿，是极易瞧见的。采一捧野菱角，往衣兜里一放。然后，沿着农田窄小的泥埂，屁颠屁颠地，撒腿就跑。这是少年时采菱角的画面，时光再久远，却愈发清晰生动，如新鲜的菱，一茬茬地绿了，又红了。

洞庭湖盛产湖鲜，自然少不了莲和菱角。半是莲藕半是菱角。乡下的老人挂在嘴边的话。抑或是藕和鱼太出名的缘故，反倒让菱角成了贫贱之物，入不了达官贵人之眼，却是平常百姓的喜好。有水的地方就有菱角。到处都是沟沟汊汊的湖州旷野，菱角如众多的水草无异，自生自灭，无须照管，更不用施肥，也不用除草，甚至不用灭虫，任凭风吹雨打，日晒夜露，在四季的更迭中，次第生根、开花、结果。而且无关乎水塘的大小、深浅，只要是一方水面，都是菱的风水宝地。

云上的村庄

　　季节是草木的方向，菱也不例外。初夏，随意站在某一处水塘边，塘里水草密布，菱角、浮萍、莲藕、菖蒲，叫得上名叫不上名的，间杂而生，远看一片绿。芦苇在岸边、浅滩铺开了一层新绿。靠岸的水面上，三三两两地随风漂游的是浮萍，细碎，却又繁密。而在离岸较远的地方，多而形成气势的却是菱角。菱叶以整齐的队形悄无声息地探出水面，碧绿色的叶子挨挨挤挤，染得河水一片翠绿。菱叶呈纺锤形或菱形，也有的呈不规则的六边形。叶片的中间有气孔，尖端的边沿呈锯齿状。叶茎紫红，缀生在青白色的藤蔓上，细看，每一片菱叶玲珑精致，如一幅工艺品。沿着时光的轨迹，菱叶日益繁茂，那碧如翡翠的玉盘很快就布满了大河小沟。农历六月，菱花莹白如雪，如夏天的夜晚点缀在苍穹中的星星，仿佛一幅水墨丹青，煞是诱人。菱花最恶日光，日落西山，夜雾四起，菱花方次第而开，并随月光而转，像极了葵花向日。晨晖初上，菱花便渐渐合拢。少年时见了太多凋落的菱花，白色的花瓣沉入水中，成为鱼儿的美餐，唯残留小杯状的绿色萼筒，中间一根孤单的雌蕊。菱花香清雅致，与众不同，耐人寻味。菱花凋谢以后，菱叶渐渐变成了暗绿色。此刻，菱在水面下正默默酝酿着鲜美的果实。菱角在阳光的照耀下，透着斑驳的光影，姗姗如坠，日渐丰实。盛夏的暑气散尽，秋凉时隐时现，菱角终于在池塘里挤得密密匝匝，仿佛等待我们许久许久。虽然一眼看不见，但满塘的菱叶足可以让人生出丰厚的遐想。在乡村，什么季节都有应景的食物，吃着适口舒心。正如初春的香椿，入夏的青豆，当然还有秋的红菱。

　　八月处暑，九月白露。正是菱角成熟之际。惦记着的不还是我们这群小屁孩。夏秋的午后，少年害怕时间在不知不觉的睡眠中，空空地流逝，便呼朋引伴，顶着烈日去采菱。从家中搬来洗澡用的大盆当船。但，这"船"可不易划，没有技术的，在水里拨来拨去还是在原地打转。但难不倒水乡的孩子，早已熟烂在心了。认准一个方向，左右两边匀速用力，"船"稳稳地向前行进。有了"船"，摘菱角就轻松而惬意多了。划到菱叶旁，翻起菱叶，一串串菱角便迫不及待地钻出水面。拈起一颗新鲜的小菱角，掰成两段，紫红的壳里露出水嫩的菱肉，白净，湿润。挤进嘴里，轻咬细嚼，透着一股湖水的清香甘甜。在村庄，水里长出来的东西，总给人一种"纯清"感，带有水的灵韵，借了水泽的灵气，才出落得鲜灵娉婷，丰满白嫩诱人。怀想少年采菱的季节，恍若穿越到了那时。这一方小世界，安放在午后的静默里，村庄平静如水。鸟鸣声不绝于耳，有蝉声在河边的乌树上此起彼伏。

菱角外皮厚而坚硬，俨然古代武士的铠甲。要吃一只菱角并不容易。好吃，但皮厚难剥，又浑身多角，有二角、三角、四角和五角等多种形状，角硬扎人！尤其是碰上一只老菱角，任凭你左撕右咬，它自岿然不动。一不小心刺破了你的唇，弄伤了你的手指。年少时初生牛犊不怕虎。石头砸，菜刀砍，剪刀剪，才能卸下它坚硬的外皮。吃得多了，便长了记性，有了经验。一汪清水就能分出老菱角、嫩菱角了。嫩的，轻漂，浮在水面上，赶紧捞起来，找准菱角中间的凸起处，是菱角最柔软的部位，用牙齿将中间的壳咬掉，再用手指从菱角的两端（两端绝大多为空心），将菱角肉往中间的洞口挤压，便可得菱角肉。一坨白嫩嫩的菱角米轻松被挤出，就可以好好品味菱角的好滋味了！沉在水底下的，自然是老菱角，厚实稳重，带回家，母亲总会做出一道道美食。母亲会把菱角放在锅中煮熟，满屋菱香，久而不散。把煮熟的菱角用大盆一装，全家围坐在一起，已是夜晚，其乐融融。那珠圆玉润的菱角米落入口中，最自然、最醇厚，脉脉的淀粉的醇香在唇齿之间流连。烧煮菱角的时候，那浓郁的香气融于夜雾，弥漫了整个村庄。

菱角的食法其实很简单。活剥生嚼，声脆音香，或用清水随意煮煮，粉嫩甘甜。但各地的食法又不尽雷同。在记忆中，野菱烧肉，实在是比板栗要好。入秋，母亲总是会将菱角纳进她的菜谱，温暖我们的胃。五花肉，切成小丁，放菱角米用微火红焖，半个小时起锅，再配搭上一些青椒，菱角米脆嫩，而里面却又是粉嘟嘟的，颜色油光放亮，有一种清甜的气息缠绕其中，外有肉汁相裹，吃起来又有一湖水的清香。最有名的还是将菱角、莲子、藕带三鲜合炒，名曰"荷塘月色"，未观其菜，只闻其名，就已是秀色可餐，诗意盎然了。菱角米也是可以炖汤的，而且汤清甜，喝起来不腻。大抵水生的植物，都有这样一种特性。譬如，有一道菜叫菱角米炖排骨，就是菱角米与排骨，放入锅中，加清水沸煮十分钟，加上一些盐，撒上几粒葱花，白绿相映，香溢满屋，做法十分简单。上海有一道名汤——香菇红菱羹，听说别有一番风味。老菱角米烧小公鸡是中秋节人们吃的一道菜，香甜浓郁，肉糯可口，味道极佳。此外，菱米烧豆腐、菱米烧扁豆都是香味奇特、味美可口的家常菜。

菱角是一道美食，菱角秧也是夏末当季的一味主要佐餐小菜。夏夜，母亲最喜欢煮白粥。坛子腌的洋姜、霉豆腐，全是下粥的最好菜肴。这时，一定还有菱的鲜香。摘去菱角蔓上的叶片，去掉老茎，洗净，切成小段，揉去涩水，加上生姜、蒜子略腌一下，再放几个菜园子里种的土辣椒，大火爆炒，柔韧，咸鲜，微辣，细细嚼来，透着些许鲜菱角的青涩和香味，甚至裹着水乡的风露。抑或再搭配些炒南瓜藤、炒山芋梗。也可以洗净后用盐腌渍，放在坛子里储藏做过冬的咸菜。腌萝卜干、腌白菜及腌雪里蕻，这些平常的植物，一经母亲的手，就成了一道佳肴，个中滋味，早已刻入心灵深处，一辈子不能忘怀。

菱角是一株古老的植物，在水中浸泡了七千多年，一直新鲜如初。早在北魏的《齐民要术》中记载了菱的身影。闲话菱角，不能不想起那些与菱有关的诗词。屈原的《楚辞·招魂》云："涉江采菱，发扬荷些"也是说在古时吴、楚等地夏秋之际乡亲们采菱时兴奋而歌的心情。最爱的是白居易在《春末夏初闲游江郭二首》："嫩剥青菱角，浓煎白茗芽。"还有一首是南朝梁萧纲的《采莲曲》："晚日照空矶，采莲承晚晖。风起湖难渡，莲多采未稀。棹动芙蓉落，船移白鹭飞。荷丝傍绕腕，菱角远牵衣。"菱多半是和莲难分舍的。菱甚至饱含爱情的味道。最有名的是采红菱的歌，"我们俩划着船儿'采红菱呀'采红菱，得呀得郎有心，得呀得妹有情，就好像两角菱，从来不离分呀，我俩一条心"。碧绿的河水，古朴的木船和满船采菱的男女，是惹人沉醉的山水画，这样热闹而雅致的场景应该是历代文人不吝笔墨的绝好题材啊！

乡村寂寥人不见，星花菱角满池秋。这种日子已经很久远了，那脉脉的香气渐渐缥缈起来，是否有人如我还在怀念着旧时光呢。从前，这是乡下小孩子们司空见惯的事物。现在城里的孩子，很少看到，很少吃到，就是地道的乡下孩子也难以体验采菱的诸多趣味了。

其实，菱是一种敏感的水生植物，绝不在受污染的水中生长，换句话说，只有纯净清澈，且鲜有干扰的水域才有生长菱的可能。小小的菱承载着一些重要的生态信息，在一定意义上，菱是水质洁净的标志性符号。

茭白、莲藕、水芹、芡实、慈菇、荸荠、莼菜、菱角，被称为"水八仙"，都是清爽的好东西，实为天赐佳物。水里生长的东西，原本就有着水的灵魂。鲁迅在《朝花夕拾》里忆起儿时吃过的极其鲜美可口的菱角、茭白和香瓜，称那是"使他思乡的蛊惑"。确实，那皓腕青菱，香气袅袅的乡间正是我清浅的期许，抑或是对故乡的想念。

■ 村庄的时间之书

立冬，晨起，一推窗，满目青山，阳光迫不及待地攀在树梢上，挤在屋檐上闪亮，甚至躲藏在小鸟的眼睛里，熠熠生辉。

这是冬的第一个节气。深秋最后的一枚叶子悄然从枝头坠落，最初的一片霜花也已在夜色里绽放。自此，秋日远去，凛冬将至。忙碌的秋收已经打下了句号，牛歇了，犁挂了，镰刀封了，一切农作暂告一个段落，又是终了之际。

立冬，万物翕伏的开端。舒缓，安静，宛若一支季节的交响曲渐渐滑向慢板乐章。我似乎听到了雪粒子叮叮当当地跃动，有些调皮。隐约闻到了雪花的气息，丝丝缕缕，不远不近，分明走得有点急。雪是春天的使者。春，一定站在村后的山脊，静等花开花落。

八十多岁的老父倚门望天，喃喃自语："立冬无雨一冬晴，立冬有雨一冬阴。"这是父亲独立面对天地自然的虔诚与敬畏。晴也罢，阴也罢，冬天，是我们必须亲历的时节……

今年冬天肯定都是好天气。老家的人开始在揣摩年的动静了。

乡下的岳母七十有四，居然捎来一包新鲜的绿豆皮。这是乡下过年的美食。晚上，妻子乐不可支地煮了一锅香喷喷的绿豆皮，权当晚餐。吃完一碗，又来了第二碗才开始有了满足感，那青菜的清香融合着腊肉的醇香，一次次冲溢着我的味蕾。喝一口热汤，呼一口热气，儿时的幸福感便全在里面了。原来吃也是一种念想。唯有怀念，才能回味儿时幸福的味道。

我的老家在湘北，半是丘陵，半是江湖。山有山的韵脚，山是药姑山，幕阜山余脉，却是绵延不断；湖有湖的妙处，江是长江，湖是黄盖湖，丰韵着我们的血脉，一年四季，季季各有不同的食法。入冬，老家的人就忙着犒劳自己，做茴粉、打糍粑、烫粉皮……所有的收获都以美食的形式温暖最后一个季节。

譬如烫粉皮，就是湘北的一种传统民间美食。这是属于冬天的美食，精选的是乡下平凡质朴的食材——绿豆、黑豆和雪白的大米，口感醇厚浓郁，讲究的是祛寒暖胃，滋养进补。看似简单质朴，却总能唤醒人们对生活的那份热爱，每一口下去，都是由胃及心的温暖，元气满满，惬意暖冬！

农历十月，田野终于安静下来，所有的庄稼都已进了仓，一把镰刀，一根扁担，一副箩筐，将秋声秋色挑进了农家。村庄在寒冷的风中静默，神情悠闲，像一个知足的庄稼人的脸，沧桑中透着喜悦。天是蔚蓝色的，没有一丝云彩，显得淡薄而又高远。有狗吠、鸡鸣的叫嚣声此起彼伏。趁着好天气，乡亲开始忙忙碌碌，家家户户又烫起了粉皮。农家人讲求是热闹，即使烫几张粉皮，也不愿在寒凉中忙碌，邻里之间凑伙烫粉皮，几家商量着，定好时间、地点，提前准备好原料、工具，就开始张罗起来。在柴房里架起大锅起火，就正式开始了。

烫粉皮的程序，说起来简单：浸泡、磨浆、上锅。六个字，表达得清清楚楚。甚至你可能在家里迫不及待地想动手搞起来。说来容易做起来难。然而做起来，远比说得复杂琐碎。看似简单的烫粉皮却很有讲究，这是民间智慧。

一清早，起床洗漱，吃过早餐之后，晃进偏屋，选料。一推门，一束阳光透过窗棂，照射在满屋的粮食——沉甸甸的丰收注脚，汹涌入眼。偏屋，宛如一间小粮仓，瓷实而醇厚。有金黄的稻谷、玉米，有占据半边屋子的茴，还有绿豆、黄豆、黑豆、芝麻等杂粮静蕴其香，当然还有成堆的南瓜、冬瓜等瓜菜，铺铺展展。简直把田地的宝藏一股脑儿都背回了家，丰收的味道盈满了屋子，贴着你的脸、额头、睫毛。深深地吸一口，田野的四季挤进胸腔，周身皆是庄稼的气息，由内而外的温暖骤然而生。

要做好一份正宗的传统绿豆粉皮，必须料真货实。这是祖辈的古训。所有的原材料都是秋天收获的食材——绿豆、黑豆、大米，籽实饱满，颗颗关情。抓一把绿豆，正圆满绿，盈于掌心，还能闻到秋天阳光浓郁的气味。乡下的黑豆，外黑内白，乡亲们一律称之为黄豆。大米为晚稻米，远比早籼米柔和可口。山乡的水稻，都是在细而窄的梯田中扎根、生长，生长周期更长，吸收了早晨的湿润，夜间的月色，又广收了正午的阳光，渐渐化为这片丘陵上所有人的一日三餐。如果绿豆、黄豆、稻子只能成为简单的腹中餐，那可就太无趣了，于是它们被磨成浆。随后，浆汁在热与冷中凝结，在水与火中揉合，在刀与盘中变化，就有了千变万化的食物来填满我们的餐桌，让乡下的日子变得丰富多彩，正如田野中千姿百态的草木，一岁一枯荣，春风吹又生。

绿豆、黄豆、大米，从仓库中选出，比例的多少，自有秘诀。似乎没有操作手册，所有的一切都潜藏在乡亲们的心中，无须刻意，到了这个季节，又清晰在心。配料，是制作的第二步。配料很关键，决定粉皮的口味。食材的比例究竟是多少，我没有去考证。我知道，这是一代代传承下来的配方。祖辈传承下来的东西，是先民的智慧所在。一代一代坚守着家传配方制作方法，赓续传承——用最好的原料做出最地道的美食。只有这样对于美食的依恋始终变得愈加浓郁而丝丝入扣。

选料后便是破豆。破豆要用圆圆的石磨，老家的人叫它磨子。磨子有上下两片，每片都刻有一道道细细的磨齿。破豆时，一手推磨，一手喂料，磨一圈圈地转，绿豆、黄豆在磨盘上摩擦，经过沉重的磨齿摩擦后，与壳分离，露出丰盈如膏的豆身，瓷白细腻。破完的豆，盛放在一个竹篾织的晒东西的小盘里，扬掉豆粉里面的外壳，扬干净，再将豆子倒进白铁桶，加入适量的水，这叫浸豆。水是村口深井的水，清澈、透亮，提上来，散发着热雾，荡涤天空。

将去壳的绿豆、黄豆和大米在清水中浸泡约半天，使其充分吸足水分，膨胀，原本饱满的豆身变得更加丰盈。此时就得去准备好锅灶和工具，还有柴火。

吃完午饭，浸泡的时间也差不多了，此时将浸泡好的绿豆、黄豆、大米用清水反复冲洗干净。

所有的食材浸发后，还得与石磨再度合作，第二次握手才是最辛苦的环节——磨浆。磨浆的程序跟破豆一模一样。

将冲洗好的绿豆、黄豆、大米搅拌在一起后添入石磨的进料口进行磨浆。在磨浆过程中边添原料边加少量水，将原料磨成粉浆。想要制作出上乘的绿豆粉皮，一定离不开精细地打磨原材料。想使粉皮变得细腻，加工中磨浆的工序很重要，一块好粉皮需要有细腻的味道和天然豆类的香味，以及紧实的结构组织，关键是豆浆的粗细度和浓度。

记得少年时村里的作坊里有两盘石磨，一大一小。石磨，上下有两扇直径相当的两块对称圆形磨盘，下盘稍薄，上盘略厚。安分地被架在一口大木槽上。上磨中间有一根木轴。上扇绑一长杆，方便推磨。一个人推磨，一推，一拉，转动着磨盘。研磨时，逆时针推拉磨杆旋转，双脚一前一后站成弓步，右手紧握磨杆，连续地推拉。一个人喂料，一瓢瓢往磨眼填料。通常推磨的多为男人，喂料的为女人。看似简单的推磨也要讲究一定的技巧。推与喂要掌握好节奏，只有二者配合到位，磨出来的浆才能恰到好处。

比起大石磨，还有一盘小石磨，分量轻一点。蒲团形状的小石磨，轻巧方便。上磨盘上有个手握木柄，伸出右手抓住木柄一推，盘动磨响。左手拿着盛饭的铁勺，连豆带水舀上一勺，往磨孔里倒，左拐右推，小石磨在"咕噜、咕噜"地转动中，一桶桶生豆浆便慢慢地磨好了。

烫粉皮，顾名思义就是烫出来的粉皮。核心程序就是放在锅里烫，烫成薄薄的圆形。用一大块猪肥肉把烧热的锅刷上一层油，再用河蚌壳把粉浆在锅里转烫成圆形，再用斗笠盖锅二三十秒后，将烫熟的粉皮从锅中剥下取出。烫粉皮的步骤很有讲究，也很考验乡下大婆娘、小媳妇的手艺。

烫粉皮最为关键的是掌握火候，烧的柴火大小要恰到好处，大了就糊了，小了半天都烫不出一张。烧火的是师傅，烫粉皮的是徒弟。烧火的燃料不是一般的柴火，而是独特的松树枝叶，即松针。松针易燃、火猛。当松针猛火燃起，倒入粉浆。其次，烫粉皮的锅，要用自己家人工砌的大土锅灶。第三，烫粉皮的人，一定是手巧的人，动作要快，不怕烫。烫好后的粉皮要摊凉，再切成细条；裁成丝，要细，均匀，不能断。

最后就是晾晒：切成细丝的粉条，带有水分，摊在竹帘上晾晒，晾干即可。一丝丝粉皮自然卷曲，有弹性，色泽中略带绿色，手一抓有"哗啦啦"的碎响，仿佛是隐隐约约的鞭炮声。这是年的样子。只有有了粉皮才算过年。记忆里，仿佛没有粉皮就不像过年，也仿佛人的面子跟粉皮成了比例。

当然烫粉皮之时，首先要犒劳自己的嘴和胃，趁新鲜吃一张再说，绿豆黄豆和大米的完美结合，香气扑鼻。这一刻，一张烫粉皮就是世间最美味的食物！一天的艰辛都烟消云散，在香气中化作灶火里的烟尘。

当冬天的脚步渐行渐近，当寒意由表及里侵入肌体，我走进村子，看风烟升起，穿枝入隙，如一条看不见的香线，村子里的空气立刻变得香甜起来，有绿豆的香味，也有黄豆的腥味，更有大米的馨香。风微尘软，香味弥漫，整个村庄变得生动起来。此刻，我相信，嗅着香味在村庄里行走，是一大享受。

至今记得乡下烫粉皮的场景：一勺绿豆浆，一个河蚌壳，一口大铁锅，一转一摊，仅几十秒的时间，就摊出了一张热气腾腾的粉皮，隐约透着绿色的光芒。人影淹没在灶间的腾腾热气中，影影绰绰，从青黑到灰白，时光瑟瑟，一年又一年。

烫粉皮复杂，而它的吃法却是十分简单。一个"煮"字了得。一锅清水，一炉旺火。猛煮，煮熟到透心，等米粉缓缓舒展开。乡下的柴火灶上方是一挂挂腊肉，煮时一定要加点腊肉，最佳是五花腊肉，肉的香味与油汁在沸水间浸透进粉皮。且要放点园子里的青菜，切碎，待熟之时放入，清清爽爽。不能放得太早了，菜叶煮黄了，没有看相。起锅时再加点儿大蒜，这是点睛的灵魂。起锅，装碗，吃上一大口，有种棉被般的妥帖与绵软，油香、肉香和谐地融合在一起，安抚清晨还未清醒的胃。粉皮虽然简单，管饱又暖身，在冬天吃个热乎乎，亦汤亦粥亦饭，一碗下去，肚圆，舒坦，暖身又暖心。

绿豆粉皮厚薄均匀，轻似纸张，却有适度的筋力。每一道工序看似简单，但都是有讲究的。经历了热气腾腾的绿豆粉皮，每一张都饱含了他们的心，带你重温小时候的味道。一碗粉皮虽然看着简单，却有着母亲的味道。真正的烟火味就在平常生活中，因为那是家乡的味道。其实不光是美味，还是美好岁月和浓浓亲情的凝结和延续。

粉一张张地烫，又一碗碗吃下，人也一点点长大。一张张粉皮如一页页草纸，也是村庄的时间之书，记录着一个村庄的四季。家乡是主题，世代相传，永恒书写，流淌在血脉里。

不管我们在哪个城市，折腾奔波一天，暮色渐浓时，回去的路上，这个城市的轮廓已是水白峰黑。顺应家乡口味，给自己煮一碗母亲做的绿豆粉皮，待搁下碗时，揩出一把把的汗，心已安静下来，馋意与思乡也在"呼哧""呼哧"的声音中卸去。

此刻，一场初雪不期而至，大地湿润安详，雪的每一个姿势，都试图在表白，并泄露了时间的秘密——年的影子隐隐约约，甚至有一丝春的色泽，在村口，等我们归来。

■ 一枚豆子的恩赐

已是腊月，年关又近，乡情在村庄里一天比一天浓郁。

周末，我陪妻子回到乡下小憩。好久没有享受这样的晨曦了，宁静、淡泊、熟稔。晨起，挤入耳朵的是鸡叫、狗吠、鸟鸣，宛如一首天籁般的田间小调，曲虽简，调尚浅，却又婉转悠扬，随时光流转，俯仰可见，深吟低唱。

岳母已端了两块雪白的豆腐，盛在白瓷盘中，豆香隐隐，水嫩灵灵，惹人怜爱。午餐做的是家常豆腐、香干炒回锅肉、小杂鱼、红菜苔、桃林豆渣汤。都是原汁原味的农家菜。我最喜家常豆腐。锅里放上菜籽油，用刀把豆腐切成长方形的薄片，厚薄随意，入锅煎到两面焦黄，再加点清水焖煮，待水收干，加点生抽、酱油、大蒜子，放些剁辣椒，出锅时撒上大蒜叶。豆腐黄，辣椒红，蒜叶青，宛如一盘春色，让这个冬天有了温润的暖意。

豆腐是最平常不过的食品，却是每一个中国人的美味，芸芸众生的舌尖上的美味，平常生活中的人间烟火。豆腐，千娇百媚，变化无穷，老少皆宜，不拘泥、不造作，又可随心搭配。平常家里做的豆腐都比较简单，比如小葱拌豆腐，小葱切花，豆腐切丁，然后一同盛入盆中，撒入细盐和味精搅拌，加麻油和少许白醋再搅拌，十分钟入味后便可装盘，一青二白，十分爽口。

豆腐是我最爱的菜肴。家常煎豆腐、麻婆豆腐、泥鳅钻豆腐、油豆腐，还有延伸而来的豆腐皮、豆腐脑、盐豆腐、香干子、豆腐乳、臭豆腐。一块看似平常的豆腐，却是千变万化，千姿百态，呈现在千家万户的餐桌上。

豆腐亦是平常物，背锄头的老王，打铁的张三，教书的李四，谁都吃得乐口逍遥。一味一念，皆是生活。

在民间，豆腐是充满传奇与梦幻的食物。可荤、可素、可烧、可炒、可凉拌、可煮汤，一粒黄豆的华丽转身，是农家人生活智慧的舌尖体现。不论食物多么丰富，不论美食怎么裂变，始终都有豆腐的一席之地，可能是因为，在豆腐寡淡的滋味里，人们可以任意烹调，都是对过往岁月的味觉回忆吧。

二十四，扫扬尘。二十五，打豆腐。豆腐是家乡过年必备的美食。丰锅菜、豆腐丸子、油豆腐炖腊膀，豆腐都是最好的配角。进了腊月，家家都要打几桌豆腐，做油豆腐、盐豆腐、霉豆腐。我家也不例外。其实我最喜欢家里的炸油豆腐。在湘北，人们都叫它"婆油豆"，是指经油炸后浮在油锅上面的豆干，"浮"在路南发音"婆"，用"婆油"来形容油炸食品的形态，形象而生动。将一锅菜籽油烧热，将豆腐对角一刀，再从侧面划成三角形，一片片放入沸油中炸。原本洁白的豆腐在油中翻涌，在热力的作用下，豆腐慢慢鼓胀起来，像气球一样越胀越大，白色的豆皮也被炸成了金黄色。随着浓郁的豆香飘散四溢，我的嘴巴禁不住地分泌唾液……这时母亲将油豆腐捞起来，放到盘子里。外焦里嫩，外黄里白，外酥里滑。俗话说，不想油渣子吃，不到灶门口转。母亲早就看透了我的心事，给我递上两片刚出锅的油豆腐。轻轻一咬，脆而香呀，至今难忘。有时在上面撒上一层细盐，更有味道。

湘北路南一带最负盛名的美食——油豆腐炖腊膀，这是年夜饭的主打菜，是最为华贵的菜。作为最高档的食材，常常用来款待最尊贵的客人。新亲家、新女婿、新媳妇，还有远方来的稀客，一定会拿出这道菜，才体现主人的热情。

腊月天，北风寒，家家户户解年猪。这时最忙的是杀猪佬，不提前个把星期预约，还请不到。腊月天，天天都是好日子，接媳妇、嫁女、村庄

云上的村庄

天天沉浸在喜庆的鞭炮声中，炮味挤在狭窄的村庄里不肯离去，一地一地的炮屑将村庄的路染成了红色之路。少年时家家都要养一头猪，是用米汤青菜喂大的。少年常常提着竹篓，在田间地头扯野菜喂猪，打闹追逐，自有乐趣，想一想都是幸福的滋味。

进了腊月解猪过年。一头猪，一般两百多斤毛重，一百多斤肉。分成一刀刀的，涂上粗粒子盐，叠进大脚盆里腌腊肉。腌一个星期，又晒几天太阳，再放到灶火上烟熏火炕，到了年三十，就有了浓浓的腊肉香。解年猪时，一定要让杀猪佬从猪屁股上，挖两只腊膀，一并腌了。一头猪，也就是两个膀，物以稀为贵吧。

大年三十，母亲从灶上取下腊膀，用热水反复洗净，再用大铁锅煮，从上午煮到下午，中间将油豆腐放进锅中，一起慢煮慢炖。直到用筷子轻轻一捅就进了，说明煮烂了。现在有了高压锅，压上个把小时，也就好了。用大碗盛着，放到餐桌上。作为压轴的主菜，一出场便表现出了令人目眩的气势，从视觉上给人极大的冲击力。待开席后，再用刀划成一坨坨的。每人一坨，吃得嘴上手上满是油珠，额头上大汗淋漓，水汽直冒。此刻，蓬松多孔的内部构造让油豆腐吸饱了汤汁，吃时一定要小心翼翼，用筷子从中间一戳，"扑哧"一声，原本蓬松像蛋糕的豆腐瘪下去，抑或轻轻地咬一小口，让汤汁流出来后，再一口塞进嘴里，大快朵颐，一口一口吃得人心神荡漾，散发出腾腾热气。倘若夹起一坨油豆腐，不假思索，张口就是一咬，只听到"噗"的一声，声音不响，甚至可以忽略不计，但汤汁四射，不但弄得自己满脸是油，一不小心，还会喷到背上去，烫得直叫唤。家乡的歇后语：七家冲的伢崽吃汤包——烫伤了背，是形象的描写，刻画得何等到位。一嚼一吸之间豆香交错着腊肉咸香，包裹着微烫的软嫩爽滑，盈满整口。

油豆腐好吃，但不耐储藏。以前没有冰箱，只能用草绳穿将油豆腐成一串串的，悬在通风处。天气一热，油豆腐极易长霉，或者有哈喇味。另一个做法就是盐豆腐，更为简单。将豆腐沥干水，均匀地撒上细盐，正反两面，加上四个侧面都要撒到，腌上一天，然后放在太阳下晒干。如果遇到阴雨天，则要放到灶火边慢慢烤干，烟熏火燎。一粒粒雪白的盐，让雪白细嫩的豆腐延长了生命。原本只能放三五天的豆腐，因盐而越春夏，经秋冬。

春夏之交，萝卜空了心，白菜老了叶，而茄子、辣椒又刚刚进菜园子，根未稳，叶未长，静待时日。这时正是春荒之际。腊肉炒盐豆腐是一道极好的应景菜。只是心急不得，头天晚上，将盐豆腐表面刷洗干净，用刀切成薄片，浸到清水中泡上一个晚上。原本浸入豆腐深处的盐，在清水中无形地释放出来。清水又慢慢浸润软化了豆腐。漂洗一个晚上的豆腐干，又恢复了豆腐的本来面目，只是经了风霜，少了先前的细嫩。第二天中午，将五花腊肉切成薄片，炸出油来，加入盐豆腐，大火翻炒。这道菜一定要放葱，不要苔菁，大把大把地放，绝不是撒上几丝葱花，而是从园子里扯一大把，洗净后，铺天盖地般撒进锅中，撒上干辣椒，起锅。葱是绿色，盐豆腐是白色，干辣椒是红色，腊肉是焦色，装在青花瓷碗中，诗意盎然。正好可以嚼出一种厚重沧桑。这是一道上好的下酒菜，与白酒相配，问天对月，浅醉微醺，难免有人间最美四月天，不亦乐乎。

在家乡桃林还有一道年夜饭上的佳肴——丰锅菜。少年时，大年三十上午，父亲就忙着洗腊肉，烧柴火。母亲则到菜园子里剥上一背篓土白菜，大大的叶片，长长的叶柄。这种白菜在乡下多用于喂猪。但经霜冻，抑或是冰雪覆盖，白菜变得格外香甜，是做丰锅菜最好的食材。火烧起来，锅架起来，大坨大坨的猪肉，有肥有瘦有骨头，最先放进铁锅。然后放上洗净切碎的白菜，接着就是豆腐出场了。年二十五打的豆腐用清水浸泡着。母亲从水桶中捞起几片豆腐，用刀削成一片片铺在白菜上。最后在豆腐上放上粉丝，盖上锅盖。一切交给了柴火，慢慢炖。炖到地老天荒。其实也就大半天的时间，少年的渴望却让时间变得漫长。下午五点左右，村子里家家户户的年夜饭开始。鞭炮炸得震天响，炭火烧得正旺，烟火气挤满了村庄的每一个角落。大门关上，家人到齐，一个不差，这时丰盛的丰锅菜终于上桌了。年味，便也氤氲在漫天的豆香、肉香、青菜香中了。

丰锅菜是大年三十的狂欢盛宴，平时很少吃到。母亲却在入冬的时节做一顿简易版的丰锅菜温暖着我们的胃。入冬，深秋的背影刚走，寒风骤起，温度断崖式跌入低谷，这时母亲会买一点五花肉或排骨，再配一片豆腐，切成四方形的小块，用锅煮。煮到豆腐有蜂窝，肉酥烂，将白菜炒熟，放一点粉丝，一起混合进锅里，就是一顿美味佳肴。窗外，寒风呼啸，室内热气腾腾。丰锅菜"咕咚、咕咚"地冒着热气。有那样一锅豆腐的冬天，无论怎么寒冷，大风也罢，大雪也罢，都如春天一般温暖。

原本是铁匠的父亲却又魔术般成为美食家。刀光剑影，应该不是温文尔雅的反义词。至少我这么认为。我至今都无法想象从未上过一天学，校门朝哪里开，大字也不识一个的父亲，究竟是怎么去通透那些民间食材的。时间的过往，我终于明白这一切都是出于对生活的热爱。再平凡的人只要对生活有一种热爱，也能把日子过成诗和远方。

譬如烫蛋皮，做蛋饺，还有豆腐丸子，都是父亲的拿手菜，成为年夜饭的主菜，无数次让我们遐想与向往，一直照亮我们前行的生活之路。

豆腐、猪肉、荸荠、粉丝是豆腐丸子的主要材料。父亲用满是皲裂的手将豆腐捏碎成泥状，用刀将猪肉"噼里啪啦"地剁碎，声音极富节奏和穿透力。我们兄弟几个在一旁帮忙，把荸荠削去暗红的皮，露出雪白的仁，用刀剁成碎末。与其说是帮忙，不如说是好吃。削三粒，总要扔一粒到口中，轻轻咀嚼，尽量让声音弱化成无。还有，粉丝用开水泡软，剪成小段。所用食材放入大碗中，再加上鸡蛋混合搅匀，捏成一粒粒乒乓球大小的丸子。锅烧热，倒入半锅菜籽油，待油烟升起，将豆腐丸子放入油锅中，慢慢炸至金黄色，捞起沥油，即可盛盘。食用时，用锅蒸热，撒上葱花即可。也可以作为涮火锅的配菜。

年夜饭一定要有火锅。年少时的火锅是铝质的，锅内烧木炭，外烫菜，火锅中央竖起烟囱。油豆腐炖腊膀的汤汁最好作为底料，豆腐丸子、豆腐千层皮、蘑菇、粉丝，依次放入锅中。还有菠菜、筒蒿、菜苔子、芫荽。一家人围着火锅，喝酒，吃菜，讲过往开心的事，谈来年的梦想，其乐融融，温情无比。三十晚上吃年饭——只讲好的话。火光映在脸上，是看得见的温暖。一家人满脸笑容，无关贫富，无关世俗，无关地老天荒，无论多远都要回家——这才是过年。

当然，除了过年，平时父亲也会露一手。父亲最喜欢一道菜——泥鳅钻豆腐。立春，阳光渐暖，雨水丰沛，大地湿润，又是农忙时节。父亲戴斗笠，披蓑衣，沐浴微风细雨与老牛在田野里犁田耙地。忙碌一天的父亲晚归之时，会带上一小桶活蹦乱跳的泥鳅，在清水中静养几天，一天换一次水，待清水不再混沌，泥鳅已吐尽泥，可以食用了。父亲取下悬在灶上的腊肉，切成块放进砂锅，这时一定要放几块雪白的豆腐，再把泥鳅放进锅里，加盖。用微火，慢慢炖。水温渐热，原本惬意的泥鳅开始往豆腐中钻。慢慢地，水开了，豆腐也热了。青烟袅袅，香气腾腾。在炖制的时候，放些葱、姜、蒜。上桌，最先被抢的是软糯的泥鳅，然后是腊肉，最后是豆腐。当然汤也不会被放过，泡饭。汤的鲜香填充了米饭的每一个细小微孔，口感滑糯，味道鲜香，风味独特，挑动味蕾。包含着的，是它本身的自然和鲜美。虽然简单，却是家的味道。

霉豆腐则是母亲的拿手好戏，一做就是一桌。最好是晴天，将豆腐划成一坨坨的正方形，放在竹盘中摊开，在太阳下晒干水，再盖上一层薄薄的稻草，是秋收后留下来，能闻到秋天阳光的味道和稻米的香味的新鲜稻草。豆腐在稻草下慢慢地发霉，一般三到五天后，豆腐上长出一层白色的霉，像是一层厚厚的雪花。这时要把干辣椒与老姜碾成粉末，加盐，然后在脸盆里混合，上下抛动，让豆腐和辣椒粉、盐、生姜均匀混合，将豆腐全身裹上一层，放进早已洗干净的玻璃瓶，无水无油。母亲一定吩咐我把父亲的谷酒拿过来，加一点酒进去，让酒香渗进去。还有一定要加点芝麻油，有时也用茶油。取决于家里所备。盖紧盖子，放进厨房的某个角落，静静地让它发酵。一个星期之后便可食用了。不过放的时间越长，味道越香。小巧可人的外表下深藏着的是石破天惊的味觉炸弹。辣意产生于舌根处，深远绵长。一枚小小的霉豆腐，散发着豆香、谷香、酒香、油香，还有天地之气，阳光雨露。

霉豆腐，绝对能迎来一个美妙的早晨——一碗用青花瓷碗装的白粥，一个小白碟盛着两三块霉豆腐，白粥的清香唤醒肠胃，霉豆腐刺激味蕾，然后"稀里哗啦"全部吃光，那种感觉只能用一个字形容——"妙"。霉豆腐成为米饭、面条、馒头的佐餐。我却有一种吃法，用来搭配糍粑吃。糍粑是糯米做的，放在灶火边上烤熟，在上面抹上一层霉豆腐，柔软的糍粑，夹杂着霉豆腐的香味，开胃。

妹夫是江南人，自小在长江边长大，对鱼有偏好。我喜欢他做的鱼头炖豆腐。每次佳节聚会，他总是要露一手。选鲢鱼头，洗净切两半，煎锅下菜籽油，把生姜煎香，下鱼头，煎至两面稍金黄，倒下滚水，煮至汤色发白后加入豆腐。熟透后加入剁辣椒，放盐调味即可。出锅前一定要撒上紫苏叶，紫苏优雅的香气将剁椒稍显突出的风味变得柔和，将鱼深藏的鲜味充分激发。其实看起来很简单，可自己做起来就是搞不出这样的味来。起锅开吃，一定要用上电磁炉，小火慢慢地炖着，配上蘑菇、蔬菜。外面虽寒风凛冽，但屋内热气腾腾，时间愈久，豆腐更入味，鱼头更香浓。

麻婆豆腐是四川的名菜。在湘北也只是偶尔为之，并不常食，或许是湖南人喜辣，不喜麻。

湖南的风味名吃——臭豆腐，尝一次让你终生难忘。洁白的豆腐，浸入臭水坛，数日，待臭味深入豆腐深处，原本洁白的豆腐已面目全非，黢黑的外壳，一脸沧桑。这还只是开始。还要火的淬油的炸。用菜籽油煎，煎至焦黄，再配上零星的辣椒、萝卜点缀，浇上热辣的汤汁。一浸一煎一辣一浇。一片鲜嫩的豆腐，终于独树一帜。仅需一小口，酥脆的外壳，咀嚼着是豆子馥郁的香气。辣椒、萝卜带来甜辣的滋味与爽脆的口感。闻有微臭，入口却是异香。无论何时何处，吃一口，都让我回到了老长沙的巷子口。人的一生只有经过江湖的历练，才能显彩虹，豆腐就是。

豆腐不仅仅是餐桌的食材。有一种风味小吃叫平江酱干，方寸大小、铜钱厚薄、乌黑油亮、芳香四溢，咸辣酱香，口感瓷实，吃起来豆香味十足，越嚼越香。这股豆香，回味绵长。如今，平江酱干早已名声在外，或者路过，或是专程前往，总会带些回去。许多回乡探亲的人，回去时带上几包馈赠亲友，一来一回，从舌尖，到心头。味蕾深处，即是故乡。

其实，豆腐远不止是餐桌上的食材，它的本身意味着富贵，"腊月二十五，推磨做豆腐。""豆腐"与"头富"谐音，寄予了平民百姓对新年富贵的心愿，包含着一生的愿望与期求。都富，蕴含着国人朴素平淡的智慧：青菜豆腐，几乎是朴素饮食的指代吧。豆腐与白菜并称，唯其平淡，才最为养人，才最能教人做人。一盘小葱拌豆腐，教人处世"一青二白"，一句"白菜豆腐保平安"传达出至简的养生哲理……豆腐已经不只是一味简单的美食，更是一个代表了历史、饮食、文化的精神符号。

豆腐有棱有角，貌似铁骨铮铮，却无比柔软，能与各种食材融合，制成美味佳肴。一个人只要心里充满爱，就会变得软软的，让别人乐意亲近，并且永远地想念。

临水而坐，风掠过水面，豆香在为村庄标注着乡间的笔记。一个村庄的烟火，因此楚楚动人，芳香四溢。

而我听到了春天的脚步，还有一粒种子的喘息声，为这个季节。这粒种子是黄豆，小小的，给予我们一生的恩赐。

■ 父亲与一粒山椒的相守

又是春分。

父亲站在日历前喃喃自语。他时不时踱到窗前，盯着马路对面的珍珠山，目光中闪烁着一丝渴盼、一份期待。我知道父亲是惦记山上的山椒子。此时正是生机盎然，丰沛充盈。

父亲今年八十高龄了，前两年虽不说是健步如飞，也还行走自如，对山有着深深的热爱，最喜欢上山采蕨、扳笋子、摘栀子花，空手进山，满载而归。说老就真的老了，因为腰椎骨质增生，影响到双脚，从去年开始行走都很困难，爬山更是不容易。再说八十岁的老人独自外出，做儿女的很担心。山椒大都长在密林之中，草木葳蕤，藤蔓丛生，荆棘缠绕，要采摘也并不容易。执镰刀，背背篓，披荆斩棘，寻觅山椒树的踪迹，对一个老人来说何等艰难。但在父亲的脑海中有一幅活地图，树的位置了如指掌。一棵柔弱的树，枝叶扶疏，绿的叶，绿的山椒，缀满枝头，年年春天就蹲守在某一个具体地点等待着父亲的如期而至。父亲说，采摘山椒，万不可残害树的性命，对树要温柔，用木钩将树枝钩下来，轻轻掐下结满山椒的细枝，丢进随身携带的背篓里，手一松，树枝又挺立在阳光中，格外精神。树，最懂感恩，来年依旧还你一树沉甸甸的果实。可惜这只是过去的时光了。我恍若听到父亲长长的一声叹息，无奈，甚至有些落花流水的落寞。

父亲立在春光的背影里，长久地惦记着。

山椒是洞庭湖畔山丘上的一种常见落叶灌木，也是南方山野中一种平凡朴素的植物。山椒子更喜欢生长在向阳的山坡、灌木丛或疏林中，有时也会跑到山林的小路旁、抑或守在水边与你咫尺相逢。山椒子又名山鸡椒、木香子、木姜子、辣姜子、山苍子、珊瑚椒。每个地域都有自己钟爱的叫法，昵称的背后隐藏着一股热爱。山椒树茎、叶、花、果实都散发着一股天然的辛香，好闻，怪不得有不少的地方称之为过山香、满山香。我喜欢这种称呼，一股浓浓的诗意，念着念着就满口生香了。

山椒花可算一年当中最早的山花了。只不过那花过于细碎，入不了人的法眼，通常很少引人关注，只能独自守在山坡上芬芳四溢。二月初，湘北山野依旧沉寂，山林尚未从冬眠中苏醒，万物还在沉睡着，大多数落叶类树木的枝条还是光秃秃的，山椒却早早地开起花来。一树嫩黄，让人心生爱怜。山椒花是点燃山野春天的第一把火。"万树寒无色，南枝独有花。"原本是赞美春梅的诗句，要是明朝那个并不出名的道源诗人在山野中遇见过山椒花，他一定会毫不吝啬地夸奖它。

进山，最令人期待的事情之一就是与山椒子的偶遇。它不像一些不常见的珍稀植物，一定得在那种荒无人烟的深山才能被寻到，但很多时候想要寻到它那一颗颗翠绿圆润令人着迷的身影也需要几分运气。穿行在山地中终于遇见一树淡黄的花影，那就是山椒花了。成群的小黄花儿簇拥在光滑的裸枝上，一粒粒精神抖擞，小巧精致。贴近细看，山椒开六瓣小花，花内结构繁复，看上去满满一小苞；许多小苞聚于一簇，就成了花团；小花特别繁密地挂满枝条，远远瞅着酷似一条条淡黄色的花棒，许多花团聚于一树，就成了花树；许多花树聚于山野，这就是山野的早春了。它们的花事像早春的风一样轻微。三月，山椒收花。这时节，湘北的山野才真正开始烂漫起来。各种草木争先恐后绽露花容花貌，远望沉静，近观热烈，像山村里的一群女娃，随着春风的一声吆喝，不约而同地穿上最干净、最美丽的新衣裳，一起亮出来，彼此独立又遥相呼应，把原本寂静的山野搅得热热闹闹的。身处山野，沐浴春阳，看山花初开，品味着香魂，怦然心动，来自山野的温馨，在这一刻不知不觉盈满我们的丹田。

早春山野轻淡的花事，朴实的父亲不会在意。父亲在意的是山椒子，

云上的村庄

花事一完，立夏刚到，就结出一粒粒小果子，绿豆大小，圆形，青色。柔韧有弹性，皮嫩肉脆，包着的核也像软骨一般。正是这个时节，山椒子成为乡下人一种很好的餐桌美食。此刻，他一定会呼朋引伴，叫上陈爹、江爹几位老伙计，趁着春光的尾声，披着夏阳的翅翼，一路穿过鸟鸣清幽的山林，走入春色深处的山峦。半天的光景，带回来的是一篮子鲜嫩的山椒子。

回屋，父亲并不急着歇息，而是与母亲一道忙着挑选山椒子，一边小心翼翼地一粒一粒摘，一边细细地说着山上的见闻，午后的阳光照在两个碎碎念的老人身上，小院里便有了一幅特别安详的画面，那是一道春末最后的风景呀！此时，我有一种冲动，把眼前的情景定格下来，以时光为证，记录一个初夏的午后，一间老屋，两个耄耋的老者和一段缓慢的传统时光。

除掉山椒子枝叶等杂质，用清水洗净，晾干水，然后用适量的盐腌一个小时，加上剁椒和大蒜碎、芝麻油，搅拌均匀，腌制半小时，就是一道爽口的美味了。大蒜莹洁剔透，有着玉的质感，山椒籽青翠鲜活，充满了动感，加之红亮亮的辣椒点缀，盛在乳白色的瓷盘，这哪里是菜肴，分明是一件雅致的艺术品，让人不敢轻易举箸。不过，山椒的清香实在太过诱人，怎能忍得住，伸筷便夹，入口有一种很浓郁的辛香味，微辛微辣微麻，特香，非常爽！最好是现腌现吃。色香味俱全，让舌尖心尖不由自主地痉挛。我甚至觉得这种味道不是通过舌头感知的，纯是嗅觉，吃得惯的人觉得特别香。吃不惯的人会觉得它味道有点冲，有一点像芥末。初次相遇，是不容易接受的，但随着时间转换，多次品尝，味蕾渐渐由陌生到熟悉，再到喜欢。

过程如此简单，但要花费父亲一整天的时间，大山深处青青的山椒与红红的辣椒相逢，成了最刺激味蕾的美食。绝对是味觉和神经的绝妙碰撞。大蒜和山椒子，它们好像是天生的一对孪生姊妹，都有辛辣味，但融合之后，会有美妙的辛香味滑入口中。一个被精心地种在菜园里，一个生在荒芜的山野中，在同一个时节，它们机缘巧合地碰撞，然后相融，成了一道别的食材难以复制的美食。鲜嫩的山椒子，犹如花期，只有那么几天绚烂地开放。为了长期贮存，一般是用坛子泡制，放置时间一久，会渐渐变黑，失去了原来的颜色，但味道不变，甚至会更加醇香。做红烧鱼、鱼火锅的时候撒上一把，鱼的味道会无比鲜美爽口。甚至炒茄子、豆角也是极好的佐料。爆炒牛肉时加上山椒子，和少量小米椒，既保持辛辣的鲜香，又有一种混合了柠檬、罗勒和香叶的浓郁香味，是夏日里一道十分开胃的美味。舅佬在湖南怀化地区工作，曾经陪我吃过当地著名的"芷江鸭"，就是使用了山椒子做调料入味，从而形成特色美食。

我忽然明白父亲为何总是在阳春三月和金秋十月不愿进城小住，他是眷恋山上的植物，春有栀子花、水竹笋、山蕨，秋有栗子、苦槠、金樱子，当然少不了山椒。每每看到我们津津有味地吃着他制作的山椒，应该有些劳累的父亲坐在椅子上却一脸幸福，那笑多么像秋天灿烂的金丝菊呀！很久之后我才明白，父母不愿进城居住那个高楼上的新房，原来他们是舍不得这些朴素、自然、纯粹的草木，这些一日三餐延绵不断的烟火。鱼腥草根、香椿芽、地米菜……这些原本生长在野外，味苦、辛辣、刺激的植物，其实很普通，经父亲的精心调理，一转身，从山野中屈身厨房的小木桌上，居然变成了我们不舍的味道，很独特、深刻。这是父亲用心做出来美味，才能让舌尖和情绪共出美好。在他的眼中，无论我们的心有多远，又走了多远，寻找着自己所谓的自由和幸福，远不如这样和家人一顿简简单单的午餐，才是真正的幸福。每个人，都会有不同的情结，或者心结。简单的生活，透着自然、质朴、欢乐、团圆。

其实在每一棵草木背后，无一不是讲述着底层小人物的命运、生活故事及乡愁。在我心中，父亲虽然是烟火中执锤的一介铁匠，却也有其柔弱的一面，布满厚厚老茧的粗糙大手，刺手，却有温度，父亲会做甜酒、会做蒸青椒茄子，会打苦槠豆腐……而每一碟小小佳肴的制作，都凝结着他的祝福。这些源自乡野的平凡之物，在那个物资贫乏的时代，总是能给我们的胃带来一些温暖，更是唇齿留香的美味。

那一碟小小的山椒正是如此。

■ 乡愁，就是人间烟火的味道

这些原本生长在野外的植物，纤弱质朴，经亲人的精心调理，一转身，从山野中屈身厨房的小木桌上，居然变成了我们不舍的味道。

—— 题记

腌洋姜

洋姜的真名叫菊芋，是一种菊科多年生草本植物。从字面上一眼就可以看出，它并非本地土生土长的植物，它的真实身份是一个舶来品，据说来自遥远的北美。

洋姜如大自然中所有的植物一样，春天来了，发芽；夏季到了，开花。秋天里，洋姜叶变黄了，秋风吹过，叶子一片一片掉下来。地下的根，却是呼之欲出。在这个季节，乡下，正是收获的季节，稻谷黄了，苞谷该摘了，瓜果也进入尾声了。洋姜也不例外，却深藏在地下不露声色。直到深秋，父亲空闲下来，抄一把锄头，把冷落在一边的洋姜细细地挖出来，一锄头下去，翻过来，都是可爱饱满的洋姜。

刚挖出来的新鲜洋姜炒出来有很重的土腥味，口味平淡无奇，但腌制后的洋姜却特别的出众，又脆又嫩，清香爽口。母亲会做很多关于洋姜的菜，炒的，拌的，腌的，味道清脆爽口，最好的吃法莫过于腌制。洋姜的最好归宿是躺在红彤彤的剁辣椒坛子里。母亲的经典念白永远难以忘怀。洋姜的卑微身世，也许决定了它的出路。洋姜好像就是为了做咸菜而生。

腌制洋姜过程很简单，也如它的生命，卑贱。母亲把完好无损的洋姜选出来，放在阴凉通风的地方。几天后，泥土干了，用小刷子刷净。母亲告诉我，鲜洋姜一定要晒透水分，否则，水多，易酸，不脆，且难以储藏。洋姜不能沾水，否则会变黑发烂。干净的洋姜放坛中，加入剁辣椒、醋、盐、生姜和大蒜等，盖好放上几天就是一坛上好的菜肴。本是黑黢黢、软蔫蔫的洋姜被酸辣鲜红的剁椒浸泡，便脆生生、水汪汪，顿时让你唇齿一紧、生出不少口水。

母亲是腌菜的高手。在乡下，姑娘媳妇如果不会做几道腌菜，乡亲们会在背后指指点点，落下一个不会持家的骂名，在婆家做不起人，挺不直腰杆。所以在乡下未出嫁的女孩子，母亲一定会教她做腌菜。那时乡下粮食拮据，尤其是在冬天，本来瓜菜就少，雪一飘，到处是白茫茫的一片，难免会有巧妇难为无米之炊。所以一到秋天，正是瓜菜丰收之际，乡下的女人就忙着霉豆腐，做剁辣椒，腌酸豆角、酸黄瓜、酸菜，等等，她们用灵巧的双手，使乡村生动鲜活，也让自己亲人的生活变得丰富多彩。从冬天到来年的春天，这些腌菜就成为农家的下饭菜、开胃菜。炊烟升起，家家户户的餐桌上都会摆上一两碟香扑扑的坛子菜。乡下的腌菜，大抵是酸、辣、咸，唯一只有腌洋姜却是甜甜的，又脆又嫩，清香爽口。正是洋姜的甜、脆、爽，洋姜一直是我童年记忆中的美食佳肴。

至今记得某一个冬天的夜晚，喝着母亲熬制的一锅喷香的玉米红薯粥，再就着一小碗儿脆生生的腌洋姜，点上几滴香醋和麻油，真是暖到心坎里。窗外雪花儿飘，室内却是满屋生香。这是多么温暖惬意的生活场景。

又脆又嫩的腌洋姜，依然清晰而温馨。

打葛粉

葛，一种绿色藤本豆科植物。葛，所到之处攀岩爬树，所向披靡。万顷土地，狂野不羁。它似乎从不管其他草木，一股脑儿地，就趴了一地，像极了乡村顽劣的少年。

其实在乡村，葛再霸气，再张扬，也是卑微的，仿佛是丢在路边的半截草绳，只能用来做系系绑绑的事。譬如，我的父亲从深秋的菜园子里来，总会剁几根葛条系几棵饱满瓷实的大白菜，带回母亲的厨房。还出把那些翠绿肥嫩的萝卜缨切下，也是用葛条编成串，一串一串，挂在房前屋后的果树上风干，留着过冬。但埋在泥土中的葛根，却是另外一种待遇。

葛根发达，去泥削皮，柔滑细腻，玉脂纤嫩，泡在水里，又变成了十足的睡美人。将葛根磨碎，滤去茎渣，白色的葛浆在水里沉淀下来的便是葛粉了。秋风起，桂花香，艳丽的阳光下，乡村的院落里到处是葛粉，匾里晒的是粉，竹笆上晾着的是粉。有的村民将粉从缸里盆里倒出，整个儿将"粉坨"风干摞在家里。有大粉坨摞着，日子也仿佛踏实了许多，有一股沉甸甸的味道。月光下，睡觉也格外香，格外沉。

打葛粉就是这一种美好。这是年少时的我最喜欢的活之一。

秋天的日子很是惬意，阳光暖暖的，透过树叶筛在地上的斑影，如白白的馒头。但白馒头只是一种奢望，葛粉才是摆在现实的美味。白天大人们上工去了，我们兄弟几个便到山坡上挖葛根。挖出葛根后又搬到河里去清洗刨皮。捶葛粉是个体力活，必须要等到大人们晚上下工后才干，捶的捶，洗的洗，磨的磨，淘的淘，十分忙碌，也十分热闹。加工葛粉也是个细活，那时没有粉碎机，全凭人工加工，先把大的葛根用斧头剁成小块。放在青石板上用木榔头把它捶得很烂，然后用布袋装起来，放在装满清水的水缸里摆袋。刚打出的葛粉要漂洗好几道水，不漂水的葛粉很黑，吃起来又苦又涩，必须换三四遍水，当水色由褐色变白色后才能取粉。摆袋就是过滤，细细的，白白的葛粉透过布袋的缝隙渗漏到水缸里沉淀，最后布袋里剩下的就是葛渣，葛渣再用石磨磨细后加上碎米、面拌和后用蒸笼蒸成"葛巴"，在当时也是一种很不错的食品，虽然有点糙，但还是吃得津津有味。这时已是夜半时分，月色满院，如一地秋水，招惹得秋虫碎碎。满满一缸的葛粉乳慢慢沉到了缸底，让梦中多了一丝甜美。第二天早上取出葛粉放在竹席上晒干，"几个太阳"就变成了洁白的葛粉。打葛粉的故事在我小时候每到冬天都会年年延续着，有苦有乐。

在饥荒的年代，葛根是生活中的充饥物。"十碗大菜九碗粉，搛块肥肉捞捞本"。在 20 世纪六七十年代，粮食原本就十分拮据，葛粉自然就成了宴席间的主角。葛粉让我的童年多了一丝洁白的记忆。

炒藜蒿

初春，阳光正好，帅气，养眼。此时，洞庭湖水绿如蓝。湖水绿如蓝时江南总是要吃藜蒿的。藜蒿，在洞庭湖湿地沼泽遍地皆是，出门就见。

去旧城，旧时光的街巷尚在，渔巷子、茶巷子、桃花井，随意找一条百年老街，陈旧的青石板，还保留了那么一点诗情画意。寻一家小酒馆，"吱嘎"的木门，两三张乌黑的木桌子，古意十足，店子的一侧砖墙上一定悬挂着一块招牌用粉笔新写了几个字：清炒藜蒿。字不工整，完全没有字帖的规矩，歪歪扭扭的如藜蒿的那种野气。藜蒿，凌乱地摆在竹篮里，水汽氤氲，鲜溜溜地泛着绿绿的波光，缕缕的清香味儿，活色生香。临窗而坐，阳光铺洒，柔媚，窗外是一湖春水，大地一片温润。我感到一股春味与水汽阵阵涌来。好久没尝到新鲜的藜蒿了。清鲜、脆嫩、素净，鲜香、水腥扑鼻。绿莹莹地满含着氤氲水汽。吃藜蒿要趁早，不能误了大好春光。"一月藜，二月蒿，三月四月当柴烧。"过时的藜蒿，入口如嚼草根。"听说河豚新入市，蒌蒿荻笋急需拈"，就是咏叹藜蒿青春年华之不容耽搁。

腊肉炒藜蒿是味道最为浓郁、纯正的农家土菜，最能代表洞庭湖湖乡的民俗民风菜。

湖区人做藜蒿是很讲究的。对于藜蒿这样清新脱俗的菜，必须是采自于湖州的野生嫩茎，绿叶红蔓，气味芳香。挑选的藜蒿要毛衣针粗细的，绝对不能用菜刀切，怕粘上铁腥气，一定要用手折掐成寸许长的段。藜蒿的叶子是不用的，蒿茎最好也只留秆尖部分，摘叶子要顺着捏住藜蒿上部，从嫩尖往根部倒着捋，小心翼翼地摘，别伤了嫩尖。腊肉必须是农家自己腌制的土猪腊肉。北风起，腊月至，农家杀猪过年，腌制腊肉，新鲜猪肉分割成巴掌宽的条，再把盐均匀地撒在肉条上，反复搓揉，然后，肉皮向下，放在大缸里，腌上十天半月后，用青翠的粽叶把肉串起来，选择有太阳的日子晒几个大日头，再一块块挂在火塘上方慢慢熏烤，熏得越久，腊肉越香。即使用作配料的红辣椒，也必须是农家自己晒的，方能香辣到位，让你酣畅淋漓。原材料选好了，要做出一盘让客人大快朵颐的藜蒿炒腊肉，也就不难了。先把藜蒿嫩茎掐好，再把腊肉切成丝或片装盘，锅烧热，不用放油，把腊肉肉色煎到金黄，将藜蒿倒进油锅，加红辣椒，爆炒。菜尚未起锅，满屋溢香，直将人勾引得涎水直流；待得端上桌来，但见藜蒿清爽鲜嫩，腊肉醇美柔润，黄绿相映，于浓鲜中透出一抹清香，真是绝妙的搭配。其色夺目，其香盈鼻，其味爽口，真乃玉盘珍馐！一盘鲜绿油亮的芦蒿端上餐桌，我想整个江南的春色已经尽入我的胸中。每次吃藜蒿时都有把春天含在口中的感觉。

在洞庭湖水乡泽国，"藜蒿炒腊肉"这道菜做成了一种美味佳肴中的极品，吃成了一种境界、一种情怀，甚至是一种文化、一种乡愁。可以毫不夸张地说，"藜蒿炒腊肉"作为一种打上了浓郁乡土印记的食谱，已进入洞庭湖区人民的血脉之中，特别是那些漂泊在外的游子的精神图腾。

藜蒿不仅仅是美食，正因为有着冰清玉洁的气质和香甚远兮的品质，藜蒿作为一种文化符号，频频出现在我国古代典籍中，素幽的清香一直氤氲在已然泛黄的诗卷里。从《诗经》中穿越而来，藜蒿在中国博大精深的历史进程中，不仅仅是一种草本植物，而且成为一道文化名蔬和乡愁名蔬，以其馥郁芳烈的香气，氤氲出弥漫在人心房的一片静夜思；而每一个坚守土地上的生民，以及那些在异乡的月光中辗转反侧的游子，又任由这青翠柔韧的藤蔓，爬满心壁，将一颗思乡的心，蒙络摇缀成一口幽深的古井。可以说，在洞庭湖区的食物谱系、话语谱系和情感谱系中，藜蒿，已同春天、亲情、友谊、乡愁等词语紧密联系在一起，一直萦绕在民间的烟火里，那样真实，那样洁净。

藜蒿仿佛是人间烟火的诗意画，每个漂泊的游子更是刻骨铭心。藜蒿已不仅是一份思之馋涎欲滴的美味菜蔬，更是一种令人无法割舍的家乡情结、一盘香气缭绕的浩渺乡愁。

一盘清炒藜蒿吃完了，江南的春天便永久地留在人生的记忆里了。

而洞庭湖的春，正在藜蒿香里越来越深，越来越鲜明……

一钵湖藕

家住荷塘边，见荷花，闻荷香，吃莲子，谁人不向往呀？荷塘三宝：莲藕、莲子、菱角。记忆中的味道是如此根深蒂固地成为一抹淡淡的乡愁。

春末夏初，浸润在湖底的藕向上冒出嫩茎，见水就长。在露出水面之前就是藕簪，要是想吃这藕簪，就得赶早，趁它还在泥里的嫩茎时候就拔将出来，当日就吃才是正道。荡船入湖，扯几根尚未露出水面的藕尖，藕簪细细的，白白嫩嫩的，倒像是少女的手指，比葳的青草还肥还嫩，恍若活蹦乱跳在口腔中。用手折断成一小节一小节，可莫用刀切，刀切过的不好吃。"嘎嘣"的脆鸣声，荷的清香浸润了整个清晨。热锅，清油，爆炒，加一勺鲜红的剁椒，翻炒几下，出锅，藕白椒红，衬托在青瓷白盘中。味道完全是荷藕的清新。

入夏花开，满大街是莲蓬的清香。新鲜莲子吃到嘴里甜滋滋、凉丝丝的，有清心解热的功效。剥开几颗鲜嫩的青莲子，在齿间细细品味，立刻神清气爽。嫩绿的莲子心，夹在莲子中间。犹记少年时，上学，摘一朵莲蓬，一路馨香，放学回家，摘一朵莲蓬，莲子是儿时最可爱的零食之一，那一种馨香呀，刻骨铭心地记在童年的旧时光里，走再远，时光再久，也难以消散。

一场秋雨，一场雪，天地静了，鸟兽歇了，牛进了棚，湖中的鱼也躲进了湖底深处。屋后的那一塘莲藕也熟了，深处的藕已聚集了岁月的甜。

藕是大自然的馈赠，通体丰润、洁白、纤长。怪不得古人给莲藕取了好听的名字 —— 芙蕖、菡萏。嫩的藕适合清炒，清脆爽口。老的藕适合炖汤。一盆炭火，一个泥钵，湖藕煨腊排骨，满屋子都是藕的甜丝丝的香气和着骨头的肉香，香到牙根。一屋子的香呀，把整个冬天都暖和了。一钵湖藕踏实安稳了一个瘦骨嶙峋的冬。小时候的我，认为这是世间最香的美味了。

与荷有关的菜谱，扳着手指算，清炒藕尖、藕夹、荷叶粥、荷叶蒸排骨、莲子银耳汤、清蒸湖藕、桂花糯米藕、湖藕煨排骨、清炒藕片、冬瓜荷叶煲鸭、荷叶冬瓜鱼汤、荷香糯米鸡。风味各有千秋，常见的吃法有凉拌藕片、清炒藕丁、排骨莲藕汤等。湖湘人，自然对一盅冬瓜荷叶老鸭汤不陌生，菜园子摘下来的冬瓜，又从荷塘摘一片鲜荷叶，当然要加上一把赤小豆，几片生姜，随同半只老鸭，拌入瓦锅，大火煮沸，小火慢熬，一个下午，时光静好，围坐火炉，听瓦锅咕咕地细响，思绪却在一本书中游荡，猛然间，回到尘世，一锅老火汤就此而成。煲汤，是件颇为讲究的事，从选材到备材，再到出锅，认真而细致。生活就充满着仪式感。

其实，藕的吃法远远不止这些，它是一种变化多端的食材，它可以与很多食材搭配出美味，也可以其独有的爽脆、清甜征服你的味蕾，让你爱上一切与它有关的味道。湖乡之地，常常把过剩的藕晒干磨成粉，想吃时用热水一冲，加点糖，清新美味，可谓一种不错的饮品。还有人喜欢把藕去皮，切块，用糖和醋腌制，以当小菜下酒，甚是惬意。藕香米香伴着桂花香，这样的桂花糯米藕绝对是深秋最让人眷恋的一股味道。一道道与荷有关的菜闪烁在湘菜食谱中，活色生香。这也是对湖乡人最好犒劳。藕是湖乡人藏在记忆深处的妙处。荷，是洞庭湖的美食代言人。

江南水乡的三毛兄弟，是土生土长的水乡人。他承包了几十亩水塘，种荷，养鱼，硬是搞得风生水起，一家四口人日子过得有声有色，有滋有味。每年夏秋之季总会邀请我们去江南赏荷，名义上是赏荷，实质上是品湖鲜。每次，三毛夫妇总会弄一桌子菜，全是湖乡的土菜，原汁原味的食材，经过夫妻的精心制作，成了人间美味，让我们尽享一场视觉与嗅觉的盛宴。我最喜欢他的荷叶粉蒸湖藕，从荷塘里摘一片荷叶洗净，放入蒸笼里，新鲜的排骨先用酱油腌制一会儿，再用米粉和藕拌在一起，入锅旺火蒸。出锅时，淋上用清水与藕粉、味精、胡椒、生姜制作的汁，撒上葱花。顿时葱香扑鼻，香而不腻，既有糯米的粉糯，更有藕的清香，包裹上米粉的肥肉，藕有油汁的滋润，入口细腻鲜香，粉粉糯糯。以至于每到入夏，满街的莲蓬之时，三毛粉蒸藕的香味就在我的舌尖上颤抖，想一想就齿颊生津。

　　行走在洞庭湖，沿着荷香的芬芳，在每一个曲折迁回的地方，泥土一样的乡俗风情，如酒。

第三辑

乡俗，村庄的记忆

■ 与一个节日有关

艾

谷雨过后，便是立夏，小满的脚步还没有跨出乡村的门槛，夏天就不约而至了……

此时正是五月，五月的田野遍地葱茏，绿意蒸腾，所有的生命都生机盎然在季节的每一个空隙，不留余地，不客气地恣意生长着。在南方，我的家乡——洞庭湖畔，正在疯长着一种叫艾的植物，风生水起，一不留神间，就会在倏忽间爬满山坡洼地、丘陵山冈，潜入河岸堤坝、湿地沼泽。

艾，艾蒿！一种浸润着怨愁与不屈的植物。

艾蒿原本是一种香草，它是菊科多年生草本植物。艾也如荒原上众多的野草一样，生长在春，茂盛于夏，一岁一枯荣。立春，燕子的身影刚刚剪开季节的一角温情，它就从泥土中不紧不慢地探出头来，不管是肥沃还是贫瘠，它如乡下不被关注的孩子在山坡、河边疯跑，搅得这一团绿，那一团绿。一入夏就跑成了高挑窈窕的姿态，一坡坡，一垄垄，蓬蓬勃勃，又如农家的小媳妇，不喜孤独，抱成一团，扎成一堆，热热闹闹地相守在熟稔的土地上，絮絮叨叨，扯孩子，扯男人，更多的是扯针头线尾的家常事，有时也不忘了谈谈国事、天下事。

艾的生命力是如此旺盛。初生的艾，水灵、柔嫩的茎叶简直可以与少女媲美。中国东汉末年著名的军事家、政治家和诗人，三国时代魏国的奠基人和缔造者曹操在《短歌行》中写道"呦呦鹿鸣，食野之苹"中的苹，即是初生的艾蒿。入夏，是艾的美好时光，这时是采摘艾的最好季节，将丰硕肥厚的艾，晾干，切成一小节一小节，陈化，随着光阴的逝去，成为中药铺不可或缺的药材。你看艾一定会发现，艾的叶并不光滑细腻，而是长满了一层细细密密的绒毛。艾茸碾细，中医称之为"艾绒"。这细细的绒毛，却在中医中有着举足轻重的地位。中医有三宝，一碗汤，一根针，一炷艾。而一炷艾，指的就是艾灸了。父亲常年耕作野外，难免有个腰酸背疼，村里的老中医，用艾叶卷成一根结实的棒棒，点燃，找几个穴位灸一灸，病去一半。我时常惊叹，艾的神奇。青烟起处，艾就带着亿万年的信息而来，以一种神秘的力量守护人类安康。它对人类的穴位熏蒸，可以达到让世人无比惊叹的神效。这声惊叹又是如此绵长，从古至今，历夏周，经春秋，过秦汉，吸魏晋风霜，饮汉唐雨露，镌山的记忆，润水的智慧，惊叹了两千多年岁月，日子在一茬茬艾蒿的生生灭灭中延伸。燃一缕轻烟，守一生安康。

而入秋后的艾就惨不忍睹了，尤其是受到极度的干旱，艾就更加衰弱了。但是艾却始终保持着生命的绿，在烈日之下，在秋风之中，艾叶是暗绿的，抑或是一种青色，风一吹却是一层层淡淡的白，在风中翻滚，仿佛透着一种雪的质地。我想，这艾正如乡下四五十岁的妇人，质朴从容，把美看得淡泊自然，去了，就去了，哪个女人不走向衰老？与城里的女人比，总是用这霜那霜挽留正在消失殆尽的姿颜。但是岁月不饶人，岁月是一把锋利的刀，任凭你左冲右突，上遮下掩，也是无法避开岁月的雕刻。

艾的香味在我的记忆中更是一种苦，一种深入心境的苦。

艾，本是一种乡下人的土药方，《本草纲目》上记载：性温，味苦，祛寒湿。夏日时分，农人收工回家，见着艾蒿，割上几捆，堆放门堂，抑或挂在屋檐下，一伸手就请来一位神医。年少时一有伤风感冒，母亲一定会到田头地舍扯上几支壮硕的艾，洗净切细，再倒入瓦罐，添入清清的水，放在炉火中细细地煨，很快屋子里便盈满了艾的苦味。当母亲将一碗酽酽的略带浅灰色的艾汤捧在手中，我就会执拗地拒绝，但却扭不过打铁的父亲，他把我夹住，一只满是老茧的大手握住我纤细的身躯，一只手捏住我的鼻子（现在我老是怨恨父亲打铁的手粗暴地捏塌了我的鼻梁），母亲则用筷子撬开我本来就不够锋利的牙齿，一碗药汤便不可阻挡地长驱直入了。三服艾汤汁，鼻通了，头醒了，人也清爽了。如今在抗生素猖獗的日子，母亲依旧迷恋着艾。我一遇到头痛鼻塞，年迈的老母总会无声无息地为我煮一碗艾汤。不懂事的女儿曾好奇地舔过，吐了半天的舌头："老爸，这么苦，你好像吃糖水一般。"我摸了摸女儿的头说，良药苦口利于病。女儿还不懂真正意义上的苦，人生充满了苦，苦是一种心境，苦更是一种生命的大书，需要用一生的经验来阅读。但适应了苦之后，苦也会变淡，苦也会让人回味无穷。

其实艾更是一种精神的象征。在南方，艾与一个节日有关，一个中国人看得格外隆重的节日——端午节。

端午节是一个与生命有关的节日，在中国，中秋、春节与端午是传统的三大节日，中秋与春节讲究的是团圆二字，唯有端午却是一种缅怀，一种祭祀。祭祀一个几千年来却依旧鲜活的伟人——屈原，这位行吟江畔、忧国忧民的伟大诗人。岁月的青苍中，我们懂得了艾叶蕴涵的苦涩年华，我们越来越景仰那灵魂深处的华美乐章，深深地折服那高贵的吟唱和优美的纵身一跃。

艾蒿是端午的标志。年年端午，在南方，家家户户约定俗成挂艾蒿。取几支绿意盎然的艾蒿，夹住三二支剑形的菖蒲，以细细的粽叶缠绕，扎成醒目爽神的一束，悬挂于家家的门楣上，散发着忧郁的清香，那是屈原不屈的精神。菖蒲是剑，艾蒿如鞭，驱赶世间的污秽与邪恶。在汨罗江边，至今有着这样的习俗，煮上一大锅热气腾腾的艾汤，用来洗涤净身，以此洗去一身的伤痛与秽气。"艾虎"更是小孩子的贴身宝物。艾成为招百福的吉祥草，成为看家护院的门神。菖蒲、艾蒿、粽叶……无不诠释着希望的注脚。

一个原本纤弱的植物在五月一下子变得刚烈起来。

走进五月，南方的雨格外充沛，乡间的院落村舍弥漫着艾的清香，与龙舟竞渡的吆喝声让这个季节格外伤感与迷离。藏在记忆角落的那幅围绕父母膝下裹粽夜话图也清晰地现于眼前。当然也有日渐模糊的艾叶煮蛋和艾香制囊的浓烈气味，都氤氲在我浓浓的乡愁里。南宋著名诗人陆游的《乙卯重午诗》是这样写端午的："重五山村好，榴花忽已繁。粽包分两髻，艾束著危冠。旧俗方储药，羸躯亦点丹。日斜吾事毕，一笑向杯盘。"

淡碧艾叶，青翠婉约。艾，本来就是民俗的象征，尽管落泊在萋萋荒野中，与狗尾巴草一样，生生灭灭，但它始终保持着站立的姿势，雾气弥漫似的青苍，白的霜叶上依旧残留着屈原的愁怨。不像有的草，要么扑笼一地，任凭动物的践踏而不足惜。要么纠缠枝丫上，装模作样地努力向上攀缘，一旦失去了依附，就如一滩稀泥，全无了先前的风光。而艾，挺拔着的艾，让乡村更有了一种雄壮的味道。离离原上草，一岁一枯荣。艾，从从容容地生长着，守护着，生长的是生命的延续，守护着的是一种精神的注解。

大苦！一定有大爱！一株艾草真的承载着人类深情的祈愿——和平、平安、幸福，不是吗？

菖蒲

在南方，五月初五——端午节，农家的门楣、窗棂上总会斜插几根艾蒿与菖蒲。乡下的父亲说，这是祛避邪疫。艾蒿散发出的浓郁气味可以让妖魔鬼怪闻而却步，而菖蒲如一柄锋利的剑，闪耀着熠熠寒光。"手执艾旗招百福，门悬蒲剑斩千邪"。乡下人随口都能吟诵的诗句，将一个节日的内涵展现得淋漓尽致。

南方多山亦多水。高高低低的山峦峰谷中，只要有水声潺潺的地方，溪流、池塘、河滩、渠旁、湿地、湖泊，一定会有菖蒲，三个一丛五个一簇，散落在水边的石缝间、岩石旁、树荫下，挺水临石、青青葱葱，生机盎然，一副富有而滋润的姿态，让你不得不多看它一眼。不看则已，就这么一眼，你就记住了，这个叫"菖蒲"的水草。

菖蒲与水为邻，依山为伴，倚石而立，与清泉相拥，与清风对语，叶具剑脊，根似白玉，便有了水的温情与柔媚，便有了山的刚毅与倔强。明代的诗人戚龙渊作诗云："一拳石上起根苗，堪与仙家伴寂寥，自恨立身无寸土，受人滴水也难消。"更是写出了菖蒲盘根结节屹立于山岩石缝之中的风骨气节。

菖蒲寂寥地生活在大山之脚，河滩之缘，与世无争。寒冬刚尽，春的脚步才开始踏响，万物还在冬眠中未醒，菖蒲就早早地冒出嫩绿的头，一副精神抖擞的样子；却又与众草不同，不忙于开花，待到入夏，菖蒲才开出一束碎碎的淡黄的小花，因其穗状花序呈蜡烛状，故又被称水烛。在溪水边，剑叶盈绿，白花透姣，亭亭玉立，飘逸而俊秀，不时有两三只竹鸡，抑或是成双成对的鸳鸯，在水中恩爱地游荡，构成了一幅清新淡雅的水墨画。

看到菖蒲，一定会想到一个人，一个伟人——屈原。明朝戏曲家汤显祖就写过一首诗"独写菖蒲竹叶杯，蓬城芳草踏初回。情知不向瓯江死，舟楫何劳吊屈来"，以此寄托哀思，凭吊屈原诗魂。

春秋战国时期，烽烟四起，楚秦争霸，诗人屈原很受楚王器重，然而屈原的主张遭到守旧派的反对，四处诋毁屈原，楚怀王渐渐疏远了屈原，将其逐出郢都，流放到蛮荒之地——洞庭湖畔——我的故乡。虽处江湖之远，屈原对国事的关心并未因之减弱，他仍然一如既往地先天下之忧而忧。行走水乡泽国，他怀着难以抑制的忧郁悲愤，写出了《离骚》《天问》等不朽诗篇。"路漫漫其修远兮，吾将上下而求索"的千古名句至今仍脍炙人口。在流放途中，屈原接连听到楚怀王客死和郢城被攻破的噩耗后，悲愤难挨，万念俱灰，仰天长叹一声，投入了滚滚激流的汨罗江，以身殉了自己的政治理想。直面生活，固然不易；直面死亡，或更艰难。屈原投江，颇有些无奈。他何尝不想好好活着。但他最终的选择，成就了他，也成就了一个地域，让汨罗江走向世界，成为"蓝墨水的上游"。

我的家乡在洞庭湖边，就是屈原曾经被流浪的地方。行走洞庭湖畔的南岳坡、梅溪桥、麦子港，说不定正是屈原歇足，抑或赋诗之地。如今年年端午，处处龙舟声声，粽叶飘香。穿越2000多年的历史时空，屈原和端午，沉淀进中华的民魂，永远不会老去。"五月五，是端午，背个竹篓入山谷；溪边百草香，最香是菖蒲。"童年的歌谣时常在记忆中脆脆地响起，惊醒几多游子的怀乡梦。

其实在民间，端午节纪念屈原多是划龙舟，包粽子。而菖蒲则与避邪有关。农历五月，早在先秦时期，就有恶月、凶月之说。此时渐入热夏，湿热弥漫，人很容易得病。菖蒲，是一种天南星科多年生草本植物，含挥发性芳香油，有提神、通窍和杀菌的作用。在我国的传统习俗中，端午节前后，时兴在门上插艾蒿、悬菖蒲，以菖蒲作剑、以艾作鞭，以此退蛇虫、灭病菌、驱毒邪。门前挂艾草和菖蒲，按《红楼梦》中文雅的说法，是"蒲艾簪门"。这其中，有一分虔诚，更有一分美好的期冀，在夏日里，让我们在一个节日里安定下来，被菖蒲、艾草的香缭绕。几千年来，菖蒲的香气已密密地织在中国人的生活中。端午节过后，家家户户的院子里，屋檐下，墙头上担着的全是艾草搓成的草绳，直到把它晒干，再收藏起来，但等炎炎的夏日到来，睡觉或消夏的时候，点燃起艾绳，弥漫起艾雾，恼人的苍蝇、蚊子立即，夺路而逃，效力可与都市里的驱蚊灵、花露水媲美。

至今不少地方还有沐兰汤的习俗，端午日用菖蒲、艾草、凤仙、白玉兰等花草或柏叶、大风根、桃叶等煮成药水洗浴。不论男女老幼，全家都洗，可治皮肤病、去邪气。尤其是菖蒲酒深受乡人的喜爱，其酒性温、味辛，据说喝了还能延年益寿。美酒飘香，喜乐融融。怪不得北宋文坛领袖欧阳修有词云：菖蒲酒美清尊共，叶里黄骊时一弄。只可惜，菖蒲酒已离我们远去，无法寻觅，我多么想饮一饮菖蒲酒，最好一醉方休，梦里不知身是客。

遥想当年，身着汉服的女子端着一盆艾叶水，人们排好队依次走到主祭面前，主祭用菖蒲草蘸盆里的水，在参加活动的人双手、额头、脖颈轻轻拂拭一下，以示驱除晦气，消除病毒。更有意思的是古人夜读，常在油灯下放置一盆菖蒲，就是因为菖蒲具有吸附空气中微尘的功能，可免灯烟熏眼之苦。如今在乡村的夏、秋之夜，有月无月，搬一把竹椅，摇一柄蒲扇，端一壶绿茶，三五人于晒谷场，或坐或蹲或站或靠，扯古论今，天南地北。身边燃一堆菖蒲、艾叶，少了蚊虫的骚扰，夜风习习，情意融融……

菖蒲"不假日色，不资寸土、不计春秋""耐苦寒，安淡泊"的风骨气节，应该说是菖蒲的气质——刚柔相济、明净生姿，以及它散发的独特香气，让古人视其为神草，把它用在神圣的祭典上。而大慈大悲的观音菩萨手执荷花与菖蒲的形象流传至今。传说中菖蒲是伴随尧帝而生，因此又有"尧韭"的别称，并被用来指代帝王。《楚辞·九歌》中称："夫人自有兮美子，荪何以兮愁苦？"其中的"荪"既是菖蒲的名称，也是对国君的尊称；《本草·菖蒲》载曰："典术云：尧时天降精于庭为韭，感百阴之气为菖蒲，故曰：尧韭。方士隐为水剑，因叶形也"。人们在崇拜的同时，还赋予菖蒲以人格化，把农历四月十四日定为菖蒲的生日，"四月十四，菖蒲生日，修剪根叶，积海水以滋养之，则青翠易生，尤清目。"

自唐朝以来，菖蒲就被青年男女赋予爱慕之意，北宋风流才子秦观更是乐得将菖蒲的清香味，用来比喻少女的体香……试想菖蒲这种叶形扁平、边缘锋利又被称"水剑"的草，如果不是因为端午这个节日和那些诡异的传说，能有大诗人们"恨"和"慕"吗？小时候就背过唐代诗人罗隐《仿玉台体》中的句子："解吟怜芍药，难见恨菖蒲。试问年多少，邻姬亦姓胡。"描写男女之间求之不得、劳燕分飞的苦恋入木三分。元稹也写过："别后相思隔烟水，菖蒲花发五云高"。行走在乡野的池塘和小河旁，或漫步于湖边，你肯定能幸运地与菖蒲相遇。就是它们，那一丛丛修长挺拔的叶，集合在一起，向你展示着青翠和活力。阳光下，清风里，在水光的映衬下，它们润泽青碧，又怎么不让你想起曾经流逝的美好爱情？

"风断青蒲节，碧节吐寒蒲。"菖蒲是一种高洁的香草，其盘根错节，叶纤细多节、青绿可爱，与兰花、水仙、菊花并称为"花草四雅"。传统的中国文人，以特别的方式表达着对它的青睐。他们把菖蒲庄重地移植到身边——放置在书桌旁，日夜相伴。菖蒲、古石、香橼、爆竹、砂壶……在传统的清供图中，菖蒲总是翠翠的，文文静静，昌茂俊秀，一派天然恬静之美，让人过目难忘。菖蒲平素吸取天地间的灵气，立身于塘畔沟旁，是入得烟火平实的雅。菖蒲成了文人养性悟道之物。

入夜，手执经书，浅吟香茗，旁看菖蒲，渐渐杂乱的情，浮躁的心，慢慢地开始走向宁静，找到人生旅途的归宿，不再流浪。

粽叶

其实只是一片叶子，一片在大自然中普通的叶子，说它大，大不过荷叶、芭蕉叶，说它小，比它小的叶子多的是，柳叶、樟叶等，但它因为一个节日，因为一个人，它成为一片不再普通的叶子，走上了高高的神坛，更是走入寻常百姓家，它就是一片粽叶。

正是这一片小小的叶子，其背后的故事，卑微、静默，却充满力量。

两千多年前的五月初五，应该是阴雨绵绵的日子，在那个叫楚国的蛮荒之地，号称八百里的浩瀚洞庭湖畔的汨罗江，因为一个叫屈原的官员兼诗人，纵身一跃，投江自尽，把这一天永远地定格下来，于是诞生了一个节日——端午。以后每年的五月初五，这一日就成了一个特殊的日子。这一天当地百姓闻讯后，在江里划船打捞屈原。为了防止鱼伤害屈原，百姓便用粽叶包裹糯米煮熟后投入江中。也正是这一投，粽子便当之无愧地成为端午节的节日食品。古人称"角黍"，那一天人们便互相送粽子作为纪念。两千多年，粽子穿过风雨穿过岁月，一路走来，已成为中国历史上迄今为止文化积淀最深厚的传统食品。我不知道你会如何，我自己，至少，每临佳节吃那个粽子的时候，会想起这个人，更会对自然里这一片普通的叶子，给予应有的尊重。

年年端午，我总会想起那片青山，想起那潭碧水。青山碧水下，湘楚一带的男子，头裹黄巾，赤膊擂起大鼓，江上龙舟，在鼓声中势如箭发。女子们则站在水边，将一颗颗五彩丝线扎好的香粽，抛入清流。波浪翻滚处，鱼虾争食，继而托出一个须发冉冉，衣带飘卷的诗人，口吟着"长太息以掩涕兮，哀民生之多艰"，拂袖悲愤而去……

如今，江浪与龙舟，屈原与《离骚》，艾草与粽子，已成为这个节日独有的符号。端午节楚风的遗韵，带着屈原的江畔行吟，走进我们的生活，成为记忆的追寻和生活的畅想。

粽叶学名箬叶，生长在长江以南的丘陵山区，在广袤的崇山峻岭中，箬叶动不动就是漫山遍野，一望无际。有时也是一蓬蓬地生长在屋前屋后的山坎边，抑或是河岸、山涧，翠绿雅丽，与世无争。"青箬笠，绿蓑衣，斜风细雨不须归"，南方多雨的季节，粽叶与人民的农耕生产有着更多的关联。箬叶是农人做斗笠或船篷的重要材料，将箬叶顺着一个方向放在用竹篾编织的镂空斗笠的雏形里，静穆的箬叶成为人们遮风避雨的工具，这就是大家称呼的斗篷（斗笠）。如今斗篷已成为人们的记忆，早已淡化出人们的视线，抑或成为艺术家的一点修饰，悬挂于雅室一隅，静默着，怀念室外的风雨。

乌篷船曾是江南独特的交通工具，被看作是水乡的精灵、流动的生命。作家周作人在他的《乌篷船》中写道："篷是半圆形的，用竹片编成，中夹竹箬，上涂黑油。"可见箬叶对于船的重要性。只是时过境迁，谢军的一首歌就唱出了乌篷船的境况，"南方小小的乌篷船，那是我记忆中最美最美的梦幻"。今天其实用的功能已经渐渐被取代，乌篷船仅仅是水乡里的一道风景。

但箬叶依旧紧扣我们的生活。老祖宗几千年前就选作包裹食物的一片叶子，延续着其清香、柔软、坚韧。粽子，别有一番风味，绵密清新，醇美爽口，甜而不腻，回味悠长。

每年端午，父亲总要从山中采下新鲜的粽叶，绿绿的，带着一团清新的凉气，远远地从父亲身上飘过来，窜进鼻中的是一缕缕清香。母亲把这些叶子清理干净，再用水泡着，母亲说泡软不易碎。包时用两片叶子重叠，对中一边往另一边卷，成锥形，（糯米提前一天用水泡好）从水中捞出一把米粒儿，略略沥一下，填到握成尖筒状的叶子里，有时陷上两三颗红枣或几粒腊肉，多余的尾巴叶封口，用丝线扎紧。泡好的米要放实，松了不好吃。

包好的粽子有棉线系着，一串串的，像放大的葡萄，悬在椅子上，房里便冲荡着浓重的清香，让人忍不住深呼吸。入锅蒸煮，棱角分明的绿粽簇拥在锅里，浸淫在清澈的水里，静美安详。一股带有暗香的薄雾升起时，煮粽子的水达到了沸点，马上调为文火，慢慢地煮，谁解是三江绿水濡染了群山万壑的苍劲，还是凝脂般的糯米浸淫了千年雪水的柔情，唯有粽子的神韵。

粽叶的清香弥漫在屋子里，穿透肺腑的清丽扑面而来，氤氲着糯米和粽叶在文火煮沸中的魅惑：香甜、醇美、雅致。清香扑鼻，自然的纯美迢递着松际危峰的崛立，顿悟着粽叶的清纯。厨房里烟雨迷蒙，氤氲弥散的香气充满着烟雨的葱茏和世俗的娴静。其幽香在一段日子里萦回，意绪在甜美中晕染。

粽子的存在是端午节怀想的代名词，品一口粽子算是对节日的祝贺。在南方，人们对端午节是十分看重的。不像在北方，端午节却是模糊的，不具体的，它和寒食、清明、重九一样，仅仅是个飘忽一闪的日子。多少年过去了，南方人将粽子看作景仰与祭奠，是华夏文化的博大精深和对屈原拥抱的汨罗江水的缠绵。一片片单薄的绿叶背后，浸润着所不知晓的艰辛、寂寞、隐忍，以及一片叶子所携带的乡村希望与隐约忧患。

每当我看见集市上大姐大妈拥在背篓跃起的粽叶间，我都会虔诚地观看。每当农历的五月来临，农人采集的带着露珠的粽叶在集市上摇曳，为初夏的集市添上新装。叶片被整齐地叠在一起，连阴面阳面都不会错乱。粽叶阳面的油绿和阴面的嫩灰白，透出淡淡的幽香，我会情不自禁地在心底感谢我们的祖先，将天地的灵气和日月的精华化为杯盘之欢的同时，积淀着博大的精神文化。

粽子的宁静蕴含着楚歌的音律，香包的激越灵动着娴雅，挂艾叶、插菖蒲饱含着龙舟竞渡的深情。粽子的神奇在我心中挥之不去，因为它不仅凝聚着爱国诗人屈原的不朽篇章，更有自然的坚韧与恢宏。

粽叶，充当着甜蜜安详的使者，在日月中积淀，装饰着生活，在市井中绽放，让端午节的情韵洇染，岁岁芳香。

在这个粽香犹浓的汨罗江，乡人安宁地过着细水长流的日子，平淡，悠远。

■ 草木间隐匿的神灵

一棵质朴的草就是一盏灯，照亮着乡人前行的路。

暮春，阳光正好。回乡，院子里的竹篱笆上攀缘着绿绿的扛板归，细长弯曲的茎叶努力向上伸展，好像要把整个蓝天拥入怀中。看着眼前的翠绿，活色生香，我忍不住内心的丝丝波动，伸手摘下一片细嫩的叶尖，放入口中，慢慢地咀嚼，口齿间顷刻溢满了阳光的味道。青青的生草香，嚼在嘴里，我恍若一只啮草的山羊，在细细地品尝着春天的色泽。一枚质朴的草叶，通过味蕾唤醒着我们内心深处的美好！

在南方的乡野，百草葳蕤，花枝招展，狗尾草、看麦娘、商陆、青蒿、红蓼……知名和不知名的铺天盖地，欣欣向荣，扛板归也是其中之一，身影随处可见。它更多是出现在乡村阡陌的边上，农家院落的杂草丛中，细小，纤弱，而且必须攀附别的植物生长。每次看到它，心生一丝怜悯，总会想到《红楼梦》中的那个弱女子——林黛玉，一副弱不禁风的样子，风一吹就会倒。事实上，它的内心强大，生命力特别顽强，不苛求，不讲究，只要有一点泥土，一丝水分，一线阳光，它就会洒脱地攀附生长，满山遍野。甚至一点都不低调，不羞怯，悄无声息地缠绕在其他植物上，利用茎叶上的倒刺——像钩子的刺"勾"着向上走。有它的地方，这块地也就成了它的地盘，完全不是弱不禁风的女子的做派。

扛板归，在南方的土地上实在平凡，冬蛰伏，春发芽，夏疯长，秋天叱咤风云，妖艳而恣意。这是它的一生，正如众多的乡野草木，一岁一荣枯。

扛板归，这个名字听起来有些猛烈，少年时我并不喜欢这个名字。在湘北的乡间，乡人都亲昵地称它为猫耳朵刺，更有些诗情画意。猫，在民间让人怜爱，温文尔雅，恬静可爱，远没有狗的喧嚣与霸道，不但是女娃们的宠物，还是不少老年人的伙伴。确实，扛板归的叶子像极了猫的耳朵，不圆不尖，也不是规矩的长方形或正方形，而是有点椭圆形，又形似三角形，向上还有一个小尖尖，形容它是一只猫的耳朵，没有更为贴切的比喻了。只是颜色是翠绿翠绿的，比灰色的猫耳朵好看多了，但这不影响少年对它的喜爱。扛板归柔弱的茎秆上还有密密的小刺，类似荷梗上的小刺，又有点像鱼的牙齿。但这刺比乡野间的刺泡里、金樱子、荆棘上的刺柔和得多，不伤手，轻轻地抚摸，好像夏天的晚上奶奶在背上抓痒痒的感觉，温暖、舒适。是刺，自然有它的骨气。小时候曾猛地扯了一下它，顿感手心火辣辣的疼。再弱小的刺，也是刺，孱弱的身体里隐藏着一种坚硬，如铮铮铁骨，寒意逼人！

　　扛板归是一种很有趣的植物，骨骼清奇，不拘一格。如果你静下心来，蹲下身子，仔细地打量它，就会发现它的神奇，甚至怀疑这是一种什么样的草。叶似三角，而托叶却是圆形，形状周正得像经过丈量，刻意剪裁。果实又是球形。如果把茎看作线条，一株扛板归又是一线穿插着三角形和圆形的插花。数学几何图形中的点、线、面，全都存在。茎是线，叶与鞘是三角形和球形的结合。一株小小的植物，竟然是浑然天成的几何图形。这就是大自然的奥秘所在。扛板归的神奇还在于它的果实，青的、紫的、红的、蓝的一整串，似乎没有哪种果实有如此多的色泽。再仔细观察，带颜色的这层其实是花序的苞片，花果在花被里头，里面又有2-4朵小花。新鲜的苞片是青黄色，然后变成紫红色，最后是青紫色。花果更为神奇，从白色到淡红紫色，花都不打开，里面就有果实，渐渐长大，分不清花还是果，最后变成深蓝色。而里面的种子很细小，又是暗褐色。一粒种子，竟然有如此多的色泽，足见植物的神奇和大自然的造化。还有扛板归的叶子，在过往的日日时时里，变绿、变饱满、变坚强，经过一个夏天的蝉鸣虫扰，走进静美的深秋，有点类似枫叶和乌桕，变成漂亮的红色，将秋季的日子点缀得火红灿烂，风情素韵，弥足可怀。

其实吸引少年的，不是它的形色，不是它的风情。扛板归，在少年的眼里，不是一株野草，而是一种食物。在我们的少年时光中，饥饿无时不在，乡野里的植物都被我们品尝过，甚至是苦楝子，曾试着偷尝了一口，结果眉头半天舒不开，苦呀。只是至今想不通，为什么如此苦涩的苦楝子，却成了麻雀的美味。事实上，对于那些可食的植物，不管是茎叶，还是根，不是品尝，而是囫囵吞掉，肚子中的咕咕叫声，如一双手势不可挡地伸出喉咙，奋力伸向田野。饭泡里、脚李子、酸秆、茅草茎……一切可以食用的植物，都逃脱不了我们的"魔掌"。扛板归的嫩叶芽，因为有一股酸酸的味道，自然成为少年时光不可多得休闲美食。尽管它的茎上有一排逆生的倒刺，丝毫不影响我们的"贪婪"。那弱小的刺，又如何抵挡得住少年尖锐的牙齿。

开花是植物传承的本能。作为一种植物，开花结果是最正经的事儿。扛板归的花特别小，小得人都不想提起它。亭亭玉立的小花，看上去就像含苞待放的莲，总状花序呈短穗状，有一个卵圆形的苞片，像极了一把伞，保护着小花顺利开放。还有它的果子，酸酸甜甜的，是孩子平时的零嘴，有经霜的清爽和凉意。不结果的时候，几乎难以注意到它，但是一到秋天它就容光焕发了，明明是野草的命，偏偏果实却是精致典雅，紫色、青色或金色，最后变成艳丽的蓝色，如宝石一般，蓝得诡异。扛板归的果实真靓丽，闪烁着高贵的光泽，包在蓝色花被内，像一簇簇精巧的小珠子。对于乡下女孩有着巨大的诱惑，一大捧一大捧地将果子采下，偷偷地从妈妈的针线盒里找出缝衣针和细细的棉线，小心翼翼地将果子串起来，做成一串串蓝莹莹、紫漾漾的小手镯、小项链或者小耳环，戴在手上，挂在颈间，吊在耳朵上，模仿电影里的女士，娇滴滴的神态。更多的时候小伙伴们互相评比谁的手镯、耳环漂亮呢！当然这只是女娃的童年印记。农村长大的女孩，那一段儿时亲近泥土的自然时光，总有最柔软的所在。

云上的村庄

在乡间，一处小院，一片洼地，一丘山峦，一口水塘，无不隐藏着童年记忆里的诗意和美好。想起少年时光，无忧无虑，真是好日子呀！甚至对于饥饿，回想起来，也有一种怀念。采摘果实，咀嚼茎叶，这世间自然天物永远和孩子们在一起，何等快乐！春吃嫩叶秋吃果，这样的野草，在乡村孩子的世界里，岂能没有故事呢？

扛板归的名字源自它的中药秉性。不要以为它瘦弱一无益处，它的弱中却藏有坚强的内心。长相不俗自有其过人之处。村庄的老中医随口背出一段口诀："识得半边莲，夜半伴蛇眠。屋有七叶一枝花，毒蛇绕着不进家。识得八角莲，可与蛇共眠。身藏扛板归，吓得蛇倒退。"扛板归，古人很敬佩的一种药，它是一味治蛇毒的上等药材。在夏秋间采收割取地上部分，鲜用或晾干就可入药。它的名字背后，有一段美好的故事，据传有农人被毒蛇咬后，中毒而亡，服用此药后，起死回生，扛着棺材板开心而归，古人便叫它扛板归。这样美好的传说隐藏着农人对它的喜爱。其实，每一棵草木都藏着一个童话，一个故事，一个小秘密。

而我总觉得把这种草叫扛板归实在不够妥帖。好好的一味中药，落下这样不俗的称呼，远没有七叶一枝花、半边莲的名字儒雅。当然它还有很多的别称，如刺犁头、老虎刺、犁尖草、山荞麦、退血草、犁壁藤、蛇倒退、河白草，等等，每一个别名，其实就是一个地域对它的昵称，饱含着一种挚爱。它的学名很贴切、直观：贯叶蓼，恍若读到了前人诗词中白苹红蓼的深秋意境。

扛板归不仅可治疗毒蛇咬伤，还有清热解毒，利尿消肿之功效。在民间，扛板归还是治疗带状疱疹的神药，有化解缠腰火龙的功效。带状疱疹，民间俗称"生疮"或"南蛇疮"，多生在脖子上或腰肚上，发作时一群密集的小水泡如腰带，或缠腰或绕颈，灼热疼痛，异常难受，一旦蛇尾相接，必死无疑。我的童年小伙伴——超文，小名扁脑壳，十岁那年居然得了生蛇疮，痛苦不堪，当时到乡卫生院做了多次治疗，效果不佳，家人遍寻良方，未能如愿。眼看生蛇疮即将合围，性命难保之时，村子里来了一个游方和尚，来到他家门口化缘，此刻的超文躺在堂屋的竹床上痛苦地呻吟，和尚告知他家人一个药方，其中就有扛板归。将草药捣成泥糊状，敷在疱疹上，并煮水当茶喝。一个石臼，一只砂壶，温热的浆汤中闪烁着看不见的刀光剑影，疼和痛在无声的厮杀里渐渐退去，病体得救了，中药带着芳香的气息，散去。不消几天，带状疱疹就悄无踪影。如今的超文，已是中年，进了城，成了家，有一个女儿，前几年嫁女，又做了外公，幸福安康。一棵乡间平凡的草木，居然挽救了一条活生生的生命，让我对这种神奇的草佩服得五体投地。后来村人经常把扛板归煮水喝，有一股酸酸的味道，有时加点糖或蜂蜜，味道更佳。

听说扛板归还有一个奇特的功能，就是可以毒鱼，熏壁虱。小时候没尝试过。想一想，一口山塘，得要多少扛板归撒到水里，才能让鱼儿飘起来呢？其实，捉鱼只是一种乐趣，对于年少的我们更喜欢用一根细小的竹枝，一根细小的麻线，一根缝衣针，弯成钩，穿上一条扭动的红蚯蚓，在池塘里吸引那些细细的刀子鱼、鲫鱼，一段少年时光就这样流走了，不再回头。

乡野里每一种草都是护卫我们的良药，纤弱的身姿也好，壮硕的根茎也好，草木内心隐含着强大的意志，那是大自然赋予人间的温情，祛散着我们生命旅途中的风寒痹痛，在多灾多难的世俗与凡尘中彰显旺盛的生命力。明朝的李时珍荷着竹篓，走青山，穷尽一生，行万里路，著就了《本草纲目》一书，将大地上的一千多种草木的内在秉性挖掘出来，呵护尘世间的生灵，更如救苦救难的神仙，用如此纯粹的心性普度众生。绵绵的时光里，神农氏、孙思邈、李时珍……他们的身影早已远去，但他们不朽的灵魂依旧清晰高大，纵然隔了久远的岁月，却始终清澈、温暖、鲜活。

一株质朴的草就是一盏灯，再细碎，也如天上的星子，照亮着乡人前行的路。没有在乡村生活过的人，是理解不了一棵草对于农人的生命意义。

花开花落间，人已到中年。成年的心已渐知草木，于是喜欢扛板归这个名字，源自一个"归"字，悄然触动了我内心最脆弱的地方。九月九，重阳日，正是游子归乡的季节。躁动的心纷纷返回故里。秋季万物凋零，与它不期相遇，扛板归已是暮色苍茫，在尘世的光阴中，如此的寒简寂寞，浅浅的根，静静的花，正在悄悄地溜走。正如我们的青春，终将消失在岁月的深处，无处可觅。

草木，正好治疗思乡的毒。

■ 村庄的密码

这是一个秋天的早晨，空气清新，湿润。

在老家，一处池塘尾端的湿地。

一湾蓼草正在热闹地开放着，远远地看，如星河密布，玄远而飘逸，让人发幽思之想。时近中秋，风凉，叶黄，蓼草却吐出一穗穗红花，惊艳着我的双眼。我走过去，顺手将一个花穗摘下来，细看，青红的穗头上附着无以计数的红色花朵，小得跟针眼儿似的。我端详了老半天，惊叹大自然的神奇。蹲下身子，近距离接触，由近及远，有数不清的穗花随风起舞，那阵势，绝不逊于我们人类的某一次盛大的庆典。这些快乐的精灵，虽然无人在意它们，但它们年年岁岁发芽、生长、开花、结籽，独自馨香，独自飘零。

秋天，在南方，是蓼草的季节，明媚着，灿烂着，熙熙攘攘，吵闹着……

蓼草，听着名字就喜欢，蓼，多像人的乳名。而蓼草，一个草字接着蒸蒸地气，纤秀韧直、爽落、朴素，像极了湖湘人的性格。蓼草，是故乡常见的一种野生植物。故乡在南方，水乡泽国，八百里洞庭湖，湖汊密布，溪流众多。蓼草逐水而生，凡是有水的地方，必有蓼草，诸如水湾、河沿、滩头，沟渠、沼泽，以及泥淖之处，水蓼，无处不在。有时是东一棵，西一棵，点缀在野草中间，平平常常，如芸芸众生的一个小人物，不驻足，不细望，也分辨不出来。抑或是成片成片地生长，绵绵密密，却显得有些张扬，虽然细小，却茂密繁盛。尤其是到了秋天，蓼花绽放，一片红晕，远看如一片朝霞，该不是哪个调皮的放牛娃扯落下来当围脖，一不小心遗落在水边。

南方有佳地。无数大大小小的村落散布在一方水土，或相拥相聚在一片平原，或沿湖沿河袅袅娜娜蹲在水边，或三三两两栖息在山坡上，依山而居，正如蓼草，平凡普通。每一个村庄都是一部人类的简史，每一个村庄都有它或长或短的历史，或辉煌或简朴。而村庄的繁衍无一不是在鞭炮的欢呼、酒香的奔放中开始或消失，新婚燕尔，老人西去，小儿初生，每一个仪式都离不开酒的欢畅浓烈。

酒，于乡村总有一种扯不清的情愫。酒是村庄的密码。家乡的米酒是村庄史的见证者。酒的历史有多长，村庄的历史就有多长。

我父亲是村子里的一名铁匠，执铁锤，拉风箱，挥汗如雨，如一位叱咤风云的将军，而在父亲刚毅的背后，却会做一手香甜的糯米酒。父亲一生喜酒，如今七十七岁高龄，一日三餐依旧能喝二两多白酒。这或许是父亲迷上酿酒的情结。父亲最喜欢谷酒，抑或是苞谷烧、茵丝酒。在乡下，每逢佳节将至，端午、中秋、春节，乡下人十分看重的三大节日，父亲必定做一盆米酒。父亲做酒的程序，我已烂记在心。称米，洗净，浸泡一天一夜，把糯米浸透。放在木蒸笼里用大火蒸。水汽蒸腾，灶中的火焰照亮了一个家的温暖。不到一个时辰，糯米的香气就盈满了农家的院落。这是孩子们格外喜欢的时刻。蒸好的糯米俗称"淘饭"，和一般的米饭不一样，它硬一些，还有些米形，饭一粒一粒地不粘连，却好吃。做酒，是孩子们享受淘饭的一个美好时光。父亲却不多给，为我们兄弟几个，每人捏上一坨糯米饭，热热的，吃到口中柔软细腻，比普通的米饭香甜。在那个白米饭都难以为继的日子，一坨热热的糯米饭真的温暖好些时日。至今想起那个时候，总有一种幸福回味绵长，如一碗米酒，岁月越长久，愈来愈芬芳。感谢父亲给我的童年留下一段飘香的日子。

在我们快乐地吃淘饭的过程，父亲等糯米饭凉下来，不烫手，就把糯米和碾碎了的酒曲混在一起，细细搅匀，再一层一层地摁进一口洗净的大脸盆，将表面细细地抚平，再撒上一层酒曲粉。有意思的是，每次做完父亲特地在糯米中间留一个洞，父亲称它为酒窝。我似乎看到父亲脸上的微妙神态。人脸上也有酒窝，在腮上，一笑酒窝显出来，增添几许妩媚。父亲说，酒缸里的酒窝如泉眼，酿出的酒液都渗到酒窝里，被称为酒娘。初成的酒液称为酒的"娘"，这叫法很动人，酒有了娘，就源源不断地生出酒液来。酒娘是甜的，十分顺滑，没有日后成酒时的呛辣。想象乡村的女人，新娘初进婆家门，温婉羞涩，如嫩叶新花，时间久了就老辣起来，就破败了。

拌完酒曲，脸盆盖上木盖板，放在空闲的床上，用棉被紧紧包裹，让它们在温暖的被窝中做着发酵的梦。我起初不明白为什么要盖棉被。父亲说做酒，窝要温暖，太冷了不出酒。太热了，酒会变酸。有时窝冷了，父亲找两个打吊针用的玻璃瓶，灌上开水，放进被窝。其间不能"松窝"，否则会变成半生不熟的酒饭。

父亲做完这些，总会泡上一杯热热的川芎茶，透过袅袅水雾，父亲平静的脸上隐藏着满足。而在父亲的水雾后面，是我们的期待，等待也是一种美好的过程。每天我们总会跑到房间里溜达几趟，闻一闻正在日子深处的香。一两天，就能听到棉被下面隐隐约约地冒气泡。三四天后，悄无声息。这时酒香却一阵比一阵浓郁，香甜的米酒大功告成。彼时农户家的土房子，低矮、阴暗，然而有了这盆米酒，生活似乎多了一层期盼，一层乐趣。每逢佳节，酒的醇香弥漫乡间院落，穿梭在整个村子，菜园子、水井旁，甚至牛棚，也不会放过。农家的日子，因为一盆自酿的米酒，把原本清苦的生活酿出一屋子的馨香和欢愉。

这样的场景至今难忘。午后的光景静谧而慵懒，屋顶明瓦上的阳光漏下来，父亲的手在光线里麻利地伸伸缩缩，空气中氤氲着隐隐的喜悦。父亲做酒的整个过程，口中喃喃有词，像是一个十分庄严的仪式。在这个仪式中一个蓄势已久的故事就有了一个淡淡的情节，浮出的是一缕暗香。父亲说这是喊酒。我不懂。乡村有太多的隐喻，让你永远也禅悟不透。

譬如做米酒，就离不开酒曲。我对小小的酒曲充满了敬畏。原本只是一粒汤圆大小的曲丸，灰不溜秋，却有如此魅力，让平常吃的米饭变成浓香的酒。

酒的好坏，关键在酒曲。曲好，酒好；曲不好，酒就会酸辣。而做酒曲更是神秘的事情，至少在乡下，酒曲并不是人人能做。每一个村子里只有两三个人会做，他们总是神神秘秘的，好像是江湖上一帖秘方。我叔父就是做酒曲的高手。他告诉我，并不是所有的蓼草都能做酒曲，在洞庭湖边，蓼草有几种：小蓼草，植株小，细茎，叶椭圆形，不辣，平时常常拔来做猪草。至于小红蓼我还能记得的用处，是洞庭湖上的捕鱼人用它穿过鱼的腮和嘴，打个结，买鱼的人拎着拿回家去。红蓼正值鱼肥时，这样的画面，好像鱼、蓼草和人都得到了最好的归宿。大蓼草，植株又粗又长，可以长到半人高，茎秆粗，节膨大，叶较尖，也不辣，只能当柴烧，常常在夏夜时分，被村子里的老爹们砍来堆在晒场里熏蚊蝇，也是不错的去处。辣蓼草，植株较大，秆深红色，叶子颜色较深，狭长，顶部尖，最明显的是叶子上有不规则的暗黑色的斑点，叶子是辣的，很特别的味道。这种蓼草还是做酒药的原料。在乡下，每到夏末，收完庄稼，叔父挎上篮子，到野外去寻找这种叫大蓼草的植物，连根拔回来，洗净，装到坛子里，装上水，盖上一个木盖子，等到草汁全泡出时沥掉渣，用汁水拌上谷粉、小麦粉、麸皮做成土曲，捏成汤圆大小的丸，铺在竹篾上风干。到了酿酒时，这一枚枚小小的土曲将给这个村子里带来无穷的馨香。

做酒是一个神秘的过程。酒曲与蓼草的关系更是神秘。蓼草秆叶花皆红，酿出来的酒虽然无色透明，人醉倒时却会全身皆红，仿佛还原成了蓼草的颜色。这是一个奇怪的曲里拐弯，草变成曲，曲做成酒，酒又醉人，一步步都有造化的痕迹，但如果人不喝酒，看这些就觉荒诞，那么喜乐又从何而来？古人的诗句"数支红蓼醉清秋"里面，就有这种酒意和乡情。有米酒的南方呀，醉了岁月。在南方的时空地行走，浸染的是一身的香甜。

蓼草，生长在南方的蓼草，给乡下人带来的是酒意，而蓼草在文人雅士的眼里，却不是乡下简单的野草，它浸润着一种诗性的生发，一种文人的落寞。蓼，似乎成了古人内心一种残败、荒冷的风景。

乡下人不懂文人雅士的阳春白雪，只知道蓼对他们。在他们的眼中，蓼就是一种野草，一种可以养猪，也可以入药的野草，在他们的眼里，大多数植物都是一味能派上用场的药，蓼草也不例外。而更吸引父亲的蓼，因为能酿酒，显然有了比一般野草更高一层的位置。此时正是小寒，年的影子日益迫近，我似乎闻到了年的味道，父亲一定在盘算，怎样酿一盆更加香甜的米酒，他的眼光早已盯住了秋色里饱满而丰腴的蓼……

■ 乡村传奇

"豆腐，豆腐，新鲜的豆腐……"

一声声喑哑、浑浊的吆喝声由远及近，朦胧中次第清晰，将我从黑暗中一点点地拉进尘世的喧嚣间。眼皮仍然沉重，睡眼迷茫，抬眼看窗，天已亮了，一缕阳光穿过窗帘的缝隙挤进二楼窄小的房间，空气中浮动的微尘在光柱间飘浮跃动，让人有一种"梦里不知身是客"的微妙感觉。

少年时的场景格外明晰，"当、当、当"的木梆声常常在村口响起，声音悠而脆，绵而长 ——"豆腐，豆浆，豆渣"。如今，吆喝声不再听闻，却令人怀恋，余音袅袅之处，内蕴浓浓乡情。

今天是周末，已是腊月，年关又近，乡情在村庄里一天比一天浓郁。

我陪妻子回到乡下小憩。好久没有享受这样的晨曦了，宁静，淡泊，熟稔。晨起，挤入耳朵的是鸡叫、狗吠、鸟鸣，宛如一首天籁般的田间小调，曲虽简，调尚浅，却又婉转悠扬，随时光流转，俯仰可见，深吟低唱。

我披衣起床，岳母已端了两块雪白的豆腐，盛在白瓷盘中，豆香隐隐，水嫩，惹人怜爱。在湘北老家不叫买（卖）豆腐，而是叫端豆腐。细细品味这个"端"字，就可以想象出豆腐的鲜嫩水灵。也足以体会端的诚意。端字的本意是用双手平捧着。细品，唯有端字，才能体现民间对食材的自然敬意。譬如端水、端茶、端酒，无不饱含着一种浓浓的谦恭与真诚。其实，在民间，下里巴人自然有阳春白雪的智慧，也包含着宗教般的虔诚与信仰。

卖豆腐的汪爹是骆坪村中四组的匠人，打了一辈子的豆腐，人亦如豆腐，一生唯唯诺诺，与世无争。或许是因为打豆腐，禅悟了人间哲理，洞穿了世上纷争。看似平常，却是高人。争一场，退一场；名也罢，利也罢。人生短短几十年，恰如一粒豆子，入土，发芽，开花，结果。从田间奋争一季，挤到农家仓库，又成为制作豆腐的食材，化为一汪无色无味的水，一浸二磨三煮四点五压，最后成为凡人一口羹。豆腐的一生，清白柔软，虽然无骨，却胜似骨。

在民间，制作豆腐主要食材是黄豆或黑豆。南方多种黑豆，外皮是黑色。北方的豆子多为黄色的表皮。乡下人没有那么讲究，统统称之为黄豆。清明前后，种瓜种豆。布谷鸟的叫声让原野间洋溢着春色春情，正如豆的气味。春天是情爱的季节。在我家乡的田间地头，沟渠边，山坡地坎，乡人见缝插针点上些许黄豆，覆上浅浅的杂土，把豆子的一生交给了大地。风一场，雨一场，太阳一晒，便发了芽，长了叶，扎了根，在日子的流动中顺应季节的号令，生长。只是东一片，西一块，星星点点，完全想象不到北方平原上无边的豆田，黄荚累累，蔚为大观。入夏，太阳一天比一天猛烈，焦灼的南风拂过田畈，裹着暖意，南方的黄豆该是收获的时节了。男人挥汗如雨，磨得晶亮的镰刀在阳光下挥舞，划破头上抖落的汗珠，混入豆中。一捆捆豆荚被一根扁担挑到农家院子里，接受太阳的灼烤。阳光迫不及待地挤进豆荚，将一粒粒圆圆的小小的黄豆唤醒，它们争先恐后从豆荚里蹦出来，等待女人们将它们收进篓子里，放进仓库，将赋入新的前景。豆子里蕴藏着土壤的色泽、虫鸣的旋律，还有雨水的湿润，太阳的暖意，等待它们的将是另一种新的使命——打豆腐。这是中国人的传统与坚守，当然还有一种执着，不动声色，源远流长。

在湘北民间，制作豆腐不说做，而是说打豆腐——打了几桌豆腐。打字用得好，打摆子、打酒、打酱油，简直什么都可以用打字，打字连贯而舒畅，又充满诙谐和爱意。想一想，打情骂俏，却是何等情意绵绵。

在乡下，腊月是一年最好的季节，天天都是好日子，东家的姑娘出嫁，西家的小伙子做了新郎官。村庄浸润在喜庆中，红了脸，醉了眼。

嫁女、娶媳妇，一定要打豆腐。过了腊八就是年。年来了，忙着准备过年的美食。打豆腐是每家农户必备的功课。

打豆腐看似简单，却又是琐碎而又复杂。选材、浸泡、研磨、过滤、滚烧、点浆、压榨、切割等步骤，偷不得工，减不得料。

我试图记录乡村的一天，与一粒豆子有关，与村子的匠人有关，平凡却执着。

汪爹的豆腐坊就在他家居屋的西边，用红砖搭的一间偏屋，有些随意。虽然粗糙，却很实用。正处在村子的中间。屋的东边是一条塘，窄而长，长满了水草，也无人清理。屋里一座土灶，两口大铁锅，灰头灰脑，总有些让人不放心。几只浸黄豆、放豆浆的陶缸、一台石磨、一副滤浆的扯浆布、一尊碾石膏粉的碾子、几袋黄豆、两把像挖泥的铁锹一样的锅铲。这些是汪爹打豆腐的全部家当。

屋后有口压水井，有些年代了，手握把柄一掀一压，清澈的地下水就上来了。村子刚好处在游港河边，四周是丘陵，地下水丰沛，且冬暖夏凉。十分大豆九分水，水是豆腐的灵魂。桃林豆腐的秘诀就是桃林河的水，清澈透亮，回味甘甜，是龙窑山的山泉汇聚成河，一路流来。豆子因水而生，是水聚集而成，水唤醒了所有沉淀的能量，膨胀，展示着阳光和风雨，水是豆腐的韵脚。

打豆腐首要的事，就是选黄豆。一般要选当年收获的黑豆，陈豆子有苦涩味。汪爹低声对我说。他低头选豆子，满头白发，一脸沧桑。选好的黄豆用桶子装好，用清水洗净，撇去豆梗瘪豆，把沉底的沙子等杂物去掉，然后浸上两天，待一粒粒豆子像吃饱了的小肚皮，胀得发光发亮，外层的膜也裂开了，用手指轻轻一捻，便"吧唧"一声，分为两瓣，这时，豆子就浸好了。吃饱水的豆子，用双手一搓，豆子皮随之浮在水面。一顿猛搓，把豆子皮捞出，又是猪的最爱。搓豆皮看着简单，然而日复一日，在水中浸泡揉搓，手上的皮肤都浸胀、裂开。汪爹一搓就是几十年，搓走了青春，搓薄了岁月。汪爹皲裂的双手，如旱季龟裂的大地，仿佛厚重的老茧都要裂开一般。比如泡豆，时间要算准，时间不够，豆没有泡开，或者泡豆时间太长，泡过头了，都做不好豆腐，因此做豆腐生意的，必须半夜准时起来磨豆，晚上是睡不了整觉的。汪爹絮絮地给我讲述他一生做豆腐的经验，好像我是他的关门弟子。

将好的豆子倒进石磨中磨浆。

石磨，助了豆子一臂之力。石磨盘，是麻石打制而成，上下两片，石面上开凿凹槽，上磨盘中心有洞。平时石磨被放置在厨房旁的偏屋，甚至随意搁置在院子里的某一角落。用时，先打来清水，用竹刷子里里外外清洗一遍。站着推磨，一手握住推子，使起劲来一推一拉。用调羹从桶中舀出黄豆，待磨上三五圈后，在旋转的时候，准确地找到上磨盘的进料口，然后精准地灌入。白花花浓稠的豆浆，从下磨盘边缘缓缓流淌，又聚集在一起，流到桶里，渐渐地，越堆越高。慢工出细活啊！

平时都是汪爹推磨，汪太婆喂料。

推磨是有学问的。用力推的手不能握得太紧，握太紧了磨盘转不动；用力也需要均匀，不急不慢，磨盘才能缓慢匀速，否则就容易"翻车"，把上片磨盘推出。我尝试推了下磨，却总是推不转。猛一用力，拐了场，磨盘咧着嘴，倒了碾子砸了磨盘。汪爹却不急不忙走过来，把磨盘上下对正，回归原位，然后给我示范推了几下，告诉我，心急吃不了热豆腐，要不疾不徐。我似懂非懂，又开始推磨。结果推不了几下，满头大汗，双手酸痛。怪不得民间流传"撑船、打铁、磨豆子"是人间三苦。

做豆腐时常三更睡、五更起，确实非常辛苦。早起磨豆子，无论春夏秋冬，最是磨人。夏季的清晨最是睡觉的好时节，却要从梦中醒来，在清凉中忙得满头大汗。最苦是寒冬，外面是凛冽的寒风，人在温热的被窝里做着美梦，却要披衣起床。磨豆浆又是个枯燥乏味的活，一干就是三五个小时。这虽是力气活，但也很有讲究，只有用心去磨，才能磨出好的浆。现在一琢磨，很有些学问，应了这句老话。一块小小的豆腐，浓缩着一代代人的向上精神。

　　磨好的豆浆先烧热，再过滤。屋中悬一麻绳于梁上，两副竹片架成十字，其交叉处系于绳端，十字架的四头各系上一块桌布大小的白色纱布的四个角之一，成肚兜状，烧好的豆浆倒于其上，置大号木盆于其下，再用清水反复冲洗，木盘中的汤浆则为豆子的精华，由它再形成豆腐。

　　最后留置于纱布上的就是豆渣，一般用于喂猪，偶尔也加葱蒜炒了做菜，别有风味。吃多了，却"挖心"。20 世纪六七十年的忆苦餐，就是用豆渣煮青菜，这是一个年代的烙印。有一年邀三五好友去湖北恩施采风，特意寻一偏僻小店，点上当地一道传统名吃 —— 合渣。满心期待，上得桌来，一尝，原来就是家乡的豆渣煮青菜。豆渣，在我的家乡桃林镇还有更独特的妙用。新鲜的豆渣用小火焙干水分，用嘴一吹，豆渣如尘豆飞扬，这时可以将豆渣捏成拳头大小的团，捏紧，用背篓装好，一层稻草一层豆渣，放阴凉处发酵，一两个星期的时光浸润，豆渣表面长出一层或红或白的霉菌，又名霉豆渣。新鲜霉豆渣不耐储藏，切成片晒干，又是一道美味 ——桃林豆渣汤。爽口，鲜香，有一种独特的香味，甚至不用添加生抽或味精。吃法简单，凉水煮沸，出锅时撒上大蒜叶即可。桃林豆渣已成为湘北独有的食品。原本是无用的豆渣，经过静静地发酵、转化，带来了令人惊喜的独特风味，这是升华而成的时间的味道哩！独特的味道，才是让人欲罢不能的念想。

　　汪爹在滤浆，汪太婆就忙着在灶上烧水。

　　豆浆滤好了，水也烧开了。"一桌豆腐要烧一桶水。"汪太婆说。

　　汪太婆熟练地把水冲进桶里，一阵白色的水汽升腾起来，在锅铲的搅动中，豆浆像牛奶般，丝滑细腻。

　　打豆腐了。用两根竹竿把罗纱布撑开成罾状，把冲好的豆浆用瓢舀入这个罾里，一次舀三瓢左右，慢慢抖动罾，让豆浆流进大铁锅里面，轻轻地摇动，看豆浆在罗纱布上滚动来滚动去，豆浆就顺着罗纱布淌下。稍后用手抓紧罗纱布的四角，使劲挤压，直到把豆浆挤干。热腾腾的浆水，微微发黄，像黄河一样，正一桶一桶地，一泻千里地倾倒在漏网里。

重新烧火把豆浆烧开，锅四周冒气就开了，一开透了，马上揭盖子，用桶打出来装好。香味幽幽远远地溢出，从粗粝的门缝里，从稻草屋顶细细的茎叶间，跟着公鸡第一声的啼叫，掠过村子的小径、牛棚，送到每家每户孩子的鼻腔里。

白白的豆浆好喜人！汪太婆从锅里舀出两瓢，要我品尝。一入口，不是一般的嫩，而且透着一股奶香味，没有加石膏后的糯软感，质地非常非常浓醇，细腻丝滑的口感顺喉而下。喝起来的滋味：豆子本身的清甜，浓浓的豆香萦绕舌尖，满口回甘，满满幸福感。再疲惫的心情也可以被瞬间抚慰，香味至今还在唇齿间。

将豆浆烧熟，也只完成了准备工作，接下来的"点浆水"才是技术活。"杀猪打豆腐，称不得老师傅"。将熟豆浆舀到大缸里，慢慢加入化好的石膏水，来回翻搅，豆浆石膏配比全凭经验，这是关键。调配得好，做出来的豆腐又嫩又滑；多了，发苦发涩；少了，豆腐就成了豆花，成不了形。所有的一切，对于汪爹来说已烂化于心。其中微妙，汪爹总能精准控制，从不过秤，豆浆从缸里舀出倒回几下，便知浓稠细腻程度。不消三五分钟，豆腐就成形了。

汪太婆用勺子轻轻地舀出了一碗，递给我，一碗新鲜出炉的"豆腐脑"。我的鼻腔里、唇齿间，便弥漫着黄豆的清腥味，豆腐花的奶香味，豆腐脑的香甜味，豆腐块的糯软味。

汪爹把罗纱布四角提起，放入方形的竹筐——篾箩中，把罗纱布打上结，用锅盖盖好。再把上面一块磨盘搬来，压牢实，将豆腐中的水分一点一点挤出。

只需三五个小时，印着罗纱布纹的豆腐就大功告成。水灵灵，新鲜细嫩、散发着豆香味。

用锋利的刀划成一块块雪白方正的四角大豆腐，放进清水缸里。

我望着静静地沉在水中的豆腐，叠架有致，有如女人圆满端庄的美感，这是一种与食物无关的独立美感，像一幅画，像一个寓言，更像一种暗语，满是梦幻。每一块豆腐都很珍贵，都是黄豆、清水，天地研磨，时间孕育而成，滤净人世间的杂念与浮华，也是传奇一生。

世上无难事，只要肯吃苦。打豆腐不仅是豆子改头换面的过程，还是一场时间与耐心的较量。从一粒粒黄豆到一片片薄薄的豆腐，需要七八个小时，经过好几道工序不断打磨才能出炉。人也是一样，为了过上好日子，得吃多少苦。

汪爹就像一颗总也泡不开的黄豆，笨拙得让人心生怜悯。一年 365 天，每一个深夜的 12 点，月色朦胧也好，雨声淋漓也罢，村庄的人都在梦乡之时，汪爹重复着每一天的工作。头顶一盏白炽灯，微弱的光照亮着窄小的作坊，伴随着春雨夏风秋虫冬雪的声音，重复着磨浆、榨浆、凝浆、榨水等枯燥工序。直到晨曦微露，豆腐终于成形，他又发动笨拙的三轮车，开进一天的深处。时光一天天地过去，汪爹一天天地老去。

汪爹的拿手好活，让豆腐成为家乡的美食。因为有了他的一味豆腐，才有了一群人永远的归家路和永远的牵挂。

■ 一个村庄的茶道

花椒既是树的名字，又是果实的名字。

乡下老家的旧院子里就生长着一株花椒树，位处东北角破旧杂屋的边上，环境阴凉，生长却恣肆。花椒树究竟什么时间种植的，父亲不知晓，应该是一棵年事已高的树了。有时我站在花椒树前，寂寞地看它，也寂寞地想，它从何处来，它又将到何处去？我来到人世前，它就站在这里，它可能见证了爷爷奶奶的一生，只是它不会说话，它一定洞穿了这一个家族的悲欢离合。想必这棵树与清寂的旧园子有着同样的悠长岁月。还好，再久远的树，它也在春天义无反顾地发芽，与众不同的却是夏季开花，花尽处又是果实的开始，倒不像人类，年轻时意气风发，老了就一副弱不禁风的样子。

花椒树不粗壮不高大，甚至只有锄把那样粗细，不像村口的百年樟树，树干粗壮，枝叶茂盛，一副功成名就的姿态。花椒树枝遒劲有力，树皮斑驳有痕，羽状的叶子蓬起，边缘有圆齿，倒是四季常绿，一年常青。花椒树是有性格的树，一树的三角形钝刺，厉害着呢，让人敬畏，即使猫狗也不敢在树下撒野。年少时曾帮助母亲摘过花椒，那不是件容易的事，花椒树枝条上的尖刺，一不小心，与肌肤亲密接触，却是痛苦的记忆。摘花椒的日子，也是馨香四溢的日子。花椒味辛而香烈，弥漫庭院，使秋天的空气一阵阵颤抖。如今闻到这种味道就有一种莫名的愁绪，或许这种味道就叫怀旧。

父亲对花椒似乎视而不见，从不正眼瞄它，因为在父亲的眼中花椒的用处不大，父亲说一棵树生长十年二十年就是上好的木材了。言下之意，花椒树再长也是一根铁骨头。在母亲的眼中，花椒却是生活中不可或缺的树。

花椒芽是童年时可遇不可求的美味。母亲先是拿来煎蛋。将花椒芽切碎，加盐，打入两个鸡蛋，加一点生粉，快速搅拌，锅内油热冒烟，倒下去，刺啦，香味便四处蔓延，盘旋不去，馋得我们流着口水等这道美食出锅。花椒芽不麻，特殊的香气入口之后在舌尖会盘旋很久。炸花椒叶，比炸香椿还好吃，花椒叶洗净用盐腌制入味，调面糊，热油，花椒叶裹一层薄薄的面糊入锅，像花儿样开放，煞是好看。当炸成金黄色时出锅，酥酥的，淡淡的花椒香味。此外，焯水过后凉拌的花椒芽，也别有风味，成为一道淳朴的家常小菜，细嚼，花椒的鲜香麻辣如同一道小溪，缓缓流入腹腔，濯洗般，倍感清爽。

但这不是母亲对花椒的专注，她关心的是秋天的花椒。

秋风至，桂花香，也是花椒丰硕之日，原本青色的果子，此时已是红褐色了，身披红袍，俨然乡下行将出嫁的女子。母亲每年秋天都要采摘一些花椒，用来泡茶喝。"临湘爱喝椒子茶，逢年过节打糍粑。"这是临湘的又一习俗，在临湘民间饮椒子茶成风，当然在岳阳县、平江县等山区的一些乡镇，甚至岳阳的邻居湖北通城县、江西修水县等地至今有泡椒子茶的习惯。每家每户，有茶叶必有椒，沏茶必放椒。尤其是夏天泡隔夜茶。晚上烧一大壶开水，放几粒椒子，隔日不馊，在田间劳作了半晌，回家，堂屋的一方木桌上一壶椒子茶静守着时光中的亲人。一杯花椒凉茶"咕咚"一下穿喉而过，直抵身体深处，顿时生津解渴，醒脑提神，自然抵得上几缸凉水。母亲时常夸奖，喝椒子茶有两个好处，一是疲惫了、没劲了，泡碗椒子茶麻麻嘴皮子，立马便精神百倍、铆上劲了；二是吃了荤腻，或者滞了胃，喝碗椒子茶理理肠胃，两个响屁一放，什么都好了。母亲的神态俨然是在夸奖自己的宝贝闺女。

自己喝，待客也是如此。来了客，进门一盅椒子茶。20世纪六七十年代，乡村生活艰苦，一土钵鱼，一土钵肉，再加上几碗菜园子里的时鲜小菜，菜少菜差没关系，待客真诚就是最好的礼遇，客人不会责怪，要是茶里没有椒，来客会问："何哩？几粒椒都舍不得？"那说话的神气与口吻，不怕把人气坏。新媳妇刚过门，客人来了，敬过红糖茶、芝麻豆子茶，还有一道必是椒子茶。如果少了椒子，那是要挨骂的："这个婆娘真小气。"其实红糖或芝麻豆子比椒子成本高，但在喝茶人的眼里，最贵的还是椒子。至于婆娘，这倒是一种昵称。椒子茶，家乡还有另一道川芎茶，又是另一种风味！看来，真正的茶道还在民间！

椒子茶的做法很简单，在茶盅里放上几片自家做的洗水茶叶，再丢几粒花椒，从火塘梭钩上取下热气直冲的大铜壶现泡现冲 —— 便是一盅椒子茶。茶椒的芳香与辛辣味，充盈茶水间并弥漫在四溢的热气里。瘪瘪的椒子遇到开水，旋即又膨胀成球形，麻点也格外突出。沉浮起落间，即使看不见，却不能不正视它的存在。如果问："什么味道？"回答一定是："椒子的味道。"

"椒子的味道"是麻味，喝到口里仿佛有细微的电流通过。如果把椒子嚼碎，则电流强度加大，痛哉快哉的感觉由口腔迅速扩散到全身，再吸一口气，更有清凉相伴，进一步深入到五脏六腑。吃过饭、呷过酒，或者喝过红糖茶、芝麻豆子茶，如果不喝点椒子茶，口中那种腻腻的、干干的感觉总挥之不去，椒子茶一入口，问题就迎刃而解。当然，外乡人是体会不到的。他们会说"椒子的味道怪怪的"，倘若不小心或硬充好汉咬破了椒子，则会舌头发硬，喉咙起火，说不定还会"闭了气"。只有喝习惯了，适应了，才会觉得一日不可无此君，放了椒子的茶，真正称得上有滋有味、回味无穷。多少男人就这样打发贫穷、艰辛、无聊的日子，多少外来的媳妇就这样入乡随俗，变成这种乡俗的代表者、维系者。一个再穷的家庭，也会用布包上几粒陈年椒子，以待稀客。

不要小看一杯椒子茶。堂哥看上邻村的姑娘，婶娘偷偷地上门去看，假装是过路人，上门讨一碗茶喝，姑娘热情地端上一碗椒子凉茶。从喝第一口茶，婶娘就暗暗地定下了这个未来的媳妇。果然，婶娘没有看走眼，姑娘真的是一个贤惠的好媳妇，待婶娘如亲娘，十多年了婆媳没有红过脸。婶娘逢人就说，这是椒子茶的功劳，其实是在夸奖自己的媳妇。原本只是一杯茶，又有了新的意味，质朴厚重。

　　花椒入茶由来已久，蜀人作茶，吴人作茗，指的就是花椒同煎。《诗经·唐风椒聊》诗曰："椒聊之实，蕃衍盈升。"由此可见椒子茶是一种古老的茶俗。中国士大夫的精神领袖——楚国名相屈原被逐出郢都，流落洞庭湖一带，忧愁幽思，而作《楚辞》《九歌》《离骚》等流传千古。他一定对花椒是情有独钟。细读屈原华章，便可发现一个有趣的现象，那就是"椒"气多。如：巫咸将夕降兮，怀椒糈而要之。杂余马于兰皋兮，驰椒丘且焉止息。杂申椒与菌桂兮，岂维纫夫蕙茞？（《离骚》）；蕙肴蒸兮兰藉，奠桂酒兮椒浆。（《九歌·东皇太一》）；惟佳人之独怀兮，折芳椒以自处。（《悲回风》）；岛木兰以娇蕙兮，凿申椒以为粮;（《惜涌》)荪壁兮紫坛，播芳椒兮成堂。（《湘夫人》)。屈原的作品，反映了楚地的文化风貌，又使得这一文化积淀随着时间推移——越积越深，延续至今。后来屈原沉江而死。那条江叫汨罗江。因为屈原，一条浅而窄的江毅然冠上了"蓝墨水上游"的标志，成为流传千古的文化符号。而屈原的作品中屡见花椒，又成为历史学家认定临湘市为屈原故居的有力证据。

　　其实花椒，在湖南却是委曲求全地生存，在四川，花椒才是享有盛名的香料，位居十三香之首。一进四川，空气中弥漫的满是椒香，甚至让你有些麻意。正如元代诗人马祖常咏花椒云："椒花染紫风雨香。"花椒可以说是四川的标签。一日三餐，餐餐离不了花椒，甚至糕点和蔬菜中也放花椒。四川最有名的是火锅——清油鸳鸯锅——四周是辣的，红红的油水，里面掺着大片大片的辣椒和大串大串的花椒。炖得越久，麻和辣越发明显，待吃到半饱，才感觉舌头发麻，嘴唇颤抖。而四川泡菜，什么泡辣椒、泡生姜、泡酸菜、泡萝卜、泡鸡爪、泡猪耳朵……凡是能泡的，四川人都"泡"，泡菜更是少不了花椒。如果在饭馆一个人对店小二说："多加点麻椒！"这个人一定是四川人，无论他用什么口音说话。其实北方人做菜也用花椒，但只是用油炸一下，仅仅取其香而已。花椒是四川人的口味名片。四川人爱麻辣，湖南人怕不辣，却怕麻，所以花椒在湘菜中难以占据一席之地，却在民间茶道中守着一炉火光，也守着这传统生活的温度。

花椒不仅可以入茶，也是一味中药。椒子树的果、叶、根能祛风散寒，暖胃除风、消暑解胀、理气止痛，是农家一味小小的保健单方。有一次三更半夜，妻捂着胸口直喊难受，想吐。母亲惊醒了，披衣起床，沏了一杯热腾腾的椒子茶，而且特意多放了几粒椒，叫妻边喝边慢慢嚼。妻接过椒子茶，喝着，嚼着，脸上难过的神情渐渐消失……

在椒香中夜色静好，时光安宁。

■ 故乡茶事

　　茶应该与人类生活联系最为紧密。自古开门七件事，柴米油盐酱醋茶。茶虽然排在座次表中最后一位，但丝毫不影响它在人类生活中的重要地位。早在四千年前的神农时期，我们的祖先就发现了茶及其药用价值，人们也养成了煎煮饮茶的习俗。从唐朝开始，茶叶更是进入平常百姓人家，饮茶已成为人们的一种生活习惯。茶圣陆羽就是唐朝人。

　　我的家乡位于湘北之地，有"湖南封面"之誉，要山有山，要水有水。山水交融之地，自然是一幅绝妙的山水画。山为幕阜山，水为洞庭湖，还有长江侧畔而过。有道是山水之地，必是草木之乡。自然，茶树也不例外。漫山是茶，遍地也是茶。穿行洞庭湖畔、山丘，触目可遇。有茶树，少不了名茶。湘北之地，还真有名茶，君山银针、北港毛尖、洞庭春等名茶皆是响当当的，不逊西湖龙井、安溪铁观音、江苏碧螺春、云南普洱。而最有名的茶叶还是君山银针，蜚声海内外，为中国十大名茶之一。君山原本是烟波浩渺的八百里洞庭湖中一座小岛，又称洞庭山、湘山、有缘山，与千古名楼岳阳楼遥遥相对，取意神仙"洞府之庭"。刘禹锡的"遥望洞庭山水翠,白银盘里一青螺"更使君山名声大噪。君山茶更是一道亮丽的风景线，一层层的茶园像一条条碧绿的玉带围绕在大小山头，君山银针就产自这里。相传4000多年前，舜帝南巡，娥皇、女英寻夫赶至君山，听说舜帝驾崩，抚竹痛哭，泪洒成斑，并将随身带来的茶籽播于君山，以寄哀思，感谢百姓。如此美丽动人的传说，又怎么没有精妙的茶叶流传于世哩！

　　君山银针茶，芽头苗壮，紧实挺直，白毫显露。茶芽大小长短均匀，形如银针，内呈金黄色。饮用时，将君山银针放入玻璃杯内，以沸水冲泡，这时茶叶在杯中一根根垂直立起，踊跃上冲，悬空竖立，继而上下游动，然后徐徐下沉，簇立杯底。军人视之谓"刀枪林立"，文人赞叹如"雨后春笋"，艺人偏说是"金菊怒放"。冲泡后，开始茶叶全部冲向上面，继而徐徐下沉，三起三落，浑然一体，确为茶中奇观，入口则清香沁人，齿颊留芳。《红楼梦》第41回"栊翠庵品梅花雪"一节中，妙玉用梅花积雪烹煮给宝玉和黛玉喝的老君眉茶，就是君山银针茶。

茶是岳阳古今的特产，古人曾赞赏岳阳，一定离不开岳州的茶。元代高爵尚的《洞庭竹枝词》中有句："雨前雨后采茶忙，嫩绿新抽一寸香。"记述了洞庭采茶的繁忙景象和茶质的美好。清代万年谆有诗云，"试把雀泉烹雀舌，烹来长似君山色。"清人曾燠的《茶歌》描写道："荃盖兰旌纷满堂，别开秀采森旗枪。一枪一旗此时摘，煎入瓷瓯湘水色。"这里描绘了岳阳洞庭茶的特色，叶片伸展壮实，叶心尖竖，似枪似旗。沏于杯中，几起几落，亦貌如刀枪并举。其色若江中之水，古人说："春来江水绿如蓝"，可知茶色绿艳润泽。君山的毛尖、雀舌、银针等茶，历代成为贡品，早已名传海内。古代，人们喝茶，十分讲究，除茶、水的质料有所选择外，还讲究茶具的质料与样式。唐代的茶圣陆羽，著有《茶经》一书，论及了茶的品类、种植的情况，其中提到岳州窑青瓷的特色，"岳州瓷青、青则益茶"。岳州窑始烧于东汉，中经西晋、南朝、隋，一直延续到唐代，是中国唐代的六大名窑之一。岳州窑烧制的青瓷，釉色与茶色颇似，令人赞赏。作为《茶经》提到岳州窑的产品，可证当时人们饮茶极重视茶具。岳州窑青瓷杯冲泡岳州邕湖茶，在唐代堪称一绝。只可惜到了晚唐，岳州窑开始衰落，风光不再。

我的家乡多山，但不险峻，皆为馒头状，系罗霄山脉的余脉幕阜山的尾巴了。绵绵群山，缀以青青翠翠、莽莽苍苍的松树或楠竹，其间藤萝遍布，间或有溪流淙淙。而更多的是丘陵坡地，一排排一行行绿叶澄碧的茶园，片片翡翠般如链如带，小山如螺，大山似塔。走遍故乡，眼之所及，皆是如此，牵牵连连，如梯，如浪，一层压一层，那青螺之间的村舍户落或曰冲，或曰坳或曰湾，上依山，下临溪，山后茶树如羽，屋前小溪淙淙。不难想象，千年前，作为连接湘鄂的驿道，旁边不时有竹篱围成的茶馆，一叶杏黄旗上偌大的"茶"字，让跋涉的旅客口舌生津，是否兴致之处，随口吟出"笑问茶馆何处有？牧童遥指桃林镇"的佳句呢？

走进家乡，随意踏足一农舍，推门进屋，必有茶农满脸堆笑相邀小歇，一方竹椅，一杯绿茶，极普通，却有一股稔稔的清香入鼻，入得口来，劳累疲乏已是烟消云散，长留的是一齿丝丝缕缕的清香，绕齿三日不绝。

茶乡亦有茶道。

茶农一般饮用茶多为洗水茶。用开水杀青、揉搓、晒干，俗称"洗水茶"。茶农夏天喜欢泡山椒茶，平常作凉茶之用，劳作之余，几杯下肚，全身清爽，阳气顿生。有客至，一壶山泉水，几片农家绿茶，也清香宜人，或许是"君子之交淡如水"最好的诠释吧。如有贵客至，必有三道茶。客进门，第一道茶为芝麻豆子或花生红枣姜糖茶，为远来饥肠辘辘的客人暖脾补气，稍后泡上一杯清茶漱口。酒足饭饱后，必送一杯穿心茶，消食解腻。青年男女成婚亦有"吃茶"之俗，新婚翌日清晨，新郎新娘泡糖茶送遍左邻右舍，不过喝了糖茶就得送礼，礼物随便，如今又演绎成新婚夫妇抬茶盘请父母、兄弟、伯、叔、姑、舅吃糖茶，喝完糖茶必以礼回报，即放茶钱，多少不限，轻重是礼。其实喝茶之意在于茶树多籽，寓新婚夫妇早生贵子，又如茶树长寿，夫妇白头偕老之意。

不过在家乡吃茶还有一妙。俗话说"家丑不可外扬"，倘若婆媳、夫妻间有了小小的纠纷，于是便邀上年长者或明白人或威望高的人进屋调处，几杯穿心茶，你一言，我一句地评起来，谁对谁错无关紧要，相互谅解，相互理解，牙齿也会咬舌头！几杯茶下肚，婆媳之间喜笑颜开，夫妻之间相敬如宾。茶可以宽心，茶可以去愁，不是吗？几片绿叶，一许清水，不就把人间的恩恩怨怨荡涤得干干净净。

有茶道，更有茶艺。春摘芽尖，制龙井银针，此为上等茶，古时称作"官茶"，为朝贡之物。清明过后，制毛尖、绿茶，多为家用，不甚讲究。过了夏至，茶叶疯长成势，一片葱葱郁郁，这时摘的茶叶叫老茶，制成茯砖，白纸藏封，外贴红纸，解油腻，助消化，祛腥味。临湘黑茶可谓名声在外：自康熙年间起，临湘青砖就远销俄罗斯，临湘聂市是茶马古道、晋商万里茶路的南方起点之一，黑茶具有降糖降脂、消腻去油效果，涤烦闷，扫腥膻，非凡茶可比。陈年的千两茶醇酽隽永，善饮者将其开卷敞放一段时间，待其"睡醒"再畅饮，有琼浆玉液之妙。在民间，用老砖茶治腹胀腹痛，如药到病除。

不过值得一提的是秋茶，史书载："冬培秋摘，童男制"，其制作的茶叶以汁绿味香且绵长而闻名湘鄂两地，元明清时其为贡品，非一般人所饮，如今却也成了普通人家的品茗之物。

人生如茶，世上纷扰，人间沧桑；来来往往，匆匆忙忙。您不妨忙里偷闲，呼朋引伴或携妻拥子，走进故乡，喝一两杯茶，静静脑袋，静静心灵，亦可孤身寡人，在窗摇竹影之时，或在月色当轩之际，举杯品茗，慢慢啜饮，细细品味，就会把充满喧嚣、充满诱惑的世界关在门外，疲惫的心灵就一定会渐次地轻下来，静下来，清净得如同一池秋水在故乡弥漫开来。

■ 酱是思乡的引线

水土里总有这样那样的味觉让人魂牵梦萦，一种故乡的味道，一种小时候的记忆，渐成很多人的乡愁。

突然想起了香菇，在寂静无声的夜晚，我甚至有些莫名。此时我仿佛闻到了从厨房飘来的一股浓郁的香味——一碟香菇酱的味道——在舌尖上的乡愁呀！在这个寂静无声不眠的夜晚，独自，闪耀。

香菇，原本简单质朴的香菇，却是人间烟火中的美味佳肴。那些年的河水，那些年的阳光，那些年有过的生长……那时候，不叫美食，叫食物——赖以果腹的食物。我从小就恋上了香菇。香菇，念起来就格外亲切，正如偶遇乡下的数月未见的姑姑，一声"香姑"，温暖中洋溢着浓浓的亲情。记忆中，一清早母亲抹一把脸，就匆匆提着竹篮子去集市上买菜，无外乎白菜、豆角、茄子，我总期望归来的篮子上有一蓬新鲜的香菇。香菇不仅看起来可爱，闻起来香，更是人间难得的一道美味，虽然是素菜，却有荤菜的鲜香。香菇青菜就是一道非常典型的家常菜，当然更妙的是香菇炒肉，香菇炖排骨，香菇鸡汤……每一道菜名，都让人口舌生津。逢年过节，家中来宾客，香菇都是餐桌上不可缺少的一种食材。中秋、端午或者父母生日，全家人团聚，中午少不了一顿大餐，鸡鸭鱼肉，满满当当一桌子。母亲总会炖一锅香菇鸡汤。香气满屋时，一家老小围坐在一起，来一瓶父亲亲手酿制的陈年老酒——杨梅酒，温暖的灯光下，一边品着美滋滋的小酒，顺手夹一筷子热乎乎、香喷喷的香菇炖鸡，此情此景，不醉似已醉，心里一片暖洋洋、乐融融。到了晚上，一定会包饺子，我最喜欢香菇馅的饺子。整个下午，屋子里挤满了各色香味，全家老少一齐动手，和面、擀面、剁馅。馅是五花八门，胡萝卜、大白菜、粉丝，当然少不了香菇。平淡之中情趣盎然，其乐融融。包饺子被赋予了特殊的意义，俨然成了节日的载体，承载起我们内心深处温暖的记忆，也承载起我们许多美好的愿望。

香菇是一种真菌类植物，早在数千年前就被先人作为美食。而香菇栽培的历史却不漫长，以前人们一直是以野生菇为食，直到宋朝年间，一个名叫吴三公的农民在浙江省庆元县龙岩村发明了砍花栽培法，后扩散到各地全国，历经800年的风雨锤炼，原本貌不惊人、秘藏深山的伞菌，悄然跃上了餐桌，成了更多人们舌尖上的"新宠"。

香菇，因香气沁脾，味道鲜美而得名，素有"菇中之王""蘑菇皇后"等一大堆美称，就像一个惹人欢喜的小女子，拥有众多的爱称。食用香菇分鲜品、干品两种。新鲜的香菇拇指般粗的身子上扣着个壹元纪念币大小的帽子，嫩润光亮，胖乎乎的，奇香四溢，老远就撩逗你的鼻子，吃到嘴里，肉腾腾，筋蓬蓬，嫩生生的，棉悠悠的，像噙着一辈子的好日子，不忍咬，不忍咽，一股醉醉的感觉渗开来，淹了全身，酥到头发梢。

干香菇虽然貌不惊人，但香味更浓郁，无论蒸、炒、焖、炖都可以，最好与荤食搭配。干香菇比鲜香菇更有味道，多作为炖菜煲汤时的辅助食材出现。记忆中的场景格外鲜活，干香菇、药参，枸杞、鸡。它们被放在一个陶瓷罐里，用文火慢慢地炖着，白色的雾气从瓷罐盖子的缝隙间钻出来，袅袅蒸腾，香气自然浓烈复杂，飘满了一条巷子，连同幸福用一碗鸡汤温暖着我的记忆。看似很简单的东西味道却很惊艳。

鲜也罢，干也罢，香菇的美味远没有发挥到极致。一个村庄的变迁，一个人物的诚实厚道，香菇又演绎了一段传奇。香菇本身，却不曾改变。每一个季节里，香菇正积蓄力量，生长。

从三国历史深处一路走来的十三村，再度闪耀光芒，只是它不再是简单的村名，它已成为湘北美食的发源地。质朴的榨菜、黄豆、豌豆、芝麻，那些人间餐桌的食材，因为十三村日复一日，年复一年地打磨、创造、改良、演变、提升，加了风土人情作为调料，添了日出而作日落而息的时光作为悠闲，充分绽放，多姿多彩起来，成为一种地方小吃。香菇也不例外，成为主角，它与酱、辣椒、芝麻相遇、碰撞、融合、包容，成就了新时光的美食——香菇酱。菇香浓厚，鲜香微辣，粒粒香菇有嚼劲。如果加上花椒，麻得过瘾，辣得痛快。抑或加上牛肉，风味时尚，更受年轻人喜爱。原味也好，香辣也好，每一口香菇酱入口，舌尖震颤之后，生活有了被煽情过的幸福，简单，也美好。

酱是农家餐桌最为朴素的佐菜。在乡间，总有一些不起眼的小东西，看似平凡，实际深藏不露。比如芝麻、黄豆，被做成辣酱后就是舌尖上的美味！乡下多会制作各类酱品，芝麻酱、豌豆酱、黄豆酱，把食材本身的鲜美，经高温的蒸煮、阳光的暴晒、夜露的浸润，酱的鲜香达到了极致。一钵好酱，不仅在选料发酵等各个环节上需要细心地加工和操作，或许还要一点天时地利，但更需要的是一家人的精心呵护。尤其是晒酱的过程，豆酱在太阳炽热和月光柔情的露水双重作用下，酱的香气得到充分融合、渗透和升华。而制作香菇酱的繁复工艺背后，却是极简心思，以及对食物的唯美情怀。

香菇酱得益于那个叫李国武的人，貌不惊人，他不仅将十三村从历史的深处挖掘出来，而且一手打造成为一方美食家园。他把香菇引入，更是强强联手，香上加香，成为一道舌尖上的乡愁，更是让游子难以忘怀。香菇酱属登峰造极的作品，它穷尽了香菇的精细味道，吸纳了辣椒、黄豆等几类作物的绵冽气韵，其鲜美无法形容，而辣中带甜的滋味悠然扩散，化作周身的通泰，最终让人深吸一口气："好酱！"

香菇酱完成了对传统口味的逆袭，打破了乡下豆瓣鲜香辣的单一味型，制作出了家常原味、香辣味、牛肉味等多种味型，令人叹为观止。把一种食材做到这样的境界，十三村人的智慧和工匠精神真是让人不得不伸出大拇指啊！一钵好酱，吃得出太阳的心情和制酱人投入的时间。香菇酱的灵魂在于用心，急功近利永远制不出好酱。一瓶看似简朴的酱却能检验一个人心境，也成为十三村人最古朴的生活方式。香菇酱，有人类的恒心，和敬天畏地的情感。一些人躬身于太阳下，引阳光催化，飘作酱香。正如韩国电视剧《大长今》里面，李爱英发现花粉的秘密。食物的味美，需要工匠般的虔诚之心。

香菇酱是湘北土地上孕育出的最好的礼物。它借了十三村人的精工细作，重新赋予新的灵魂，任由佐证生活，想象飞升，为田间巨匠的味蕾，造山水园林，见烈日燃情。

香菇酱可以是一种调料，炒菜时放一两勺，和豆瓣有着异曲同工的效果；香菇酱也可以是一种主菜，就着馒头、面条或者米饭，一瓶香辣的香菇酱顷刻间能让你的味蕾醉倒。美妙的香菇酱，美妙鲜香的口感，粒粒香菇有嚼劲，透着甘甜柔润！在每一个平淡的日子里，能够分享这份浓浓的酱香，也算是一种炽热的幸福吧！

在乡下，对草木的看法有两种标准，一是食材，二是药材，除此之外，一律视为杂草。香菇绝对是上等的食材，同样也是一种药材，中国不少古籍中记载香菇"益气不饥，益胃助食"。

回到各自与香菇酱的故事，每个人都有不同的理解。在年长者眼里，香菇酱是艰苦岁月里调苦回甘的一抹红。而在远离家乡的年轻人心中，香菇酱是储蓄乡愁的容器。

凝视一朵香菇，就是记住一方家园。那是母亲的，也是岁岁开不败的灿烂，在紫云英掩映的原野，在星星草点缀的菜地。

■ 桐花半亩

立秋。

中国的节气总是如此神秘，仅仅只是一页标有秋字的日历被撕开，夏的嚣张立马就萎靡了三分，秋悄无声息地渗入你的日子。"云天收夏色，木叶动秋声。"或许天气依旧炎热，艳阳依旧高照，秋老虎的气势总抵挡不住节气的前行。然而总有什么在改变季节的气质，再细微也是一种改变，势不可挡，甚至来不及商量。比如，早晨的薄雾，黄昏渐淡的云彩，还有半夜时分从窗外飘进的一丝凉气，那个夏的张狂在深夜的露水中一点一点地孱弱。前几天还聒噪的蝉声，竟然明显淡了，有点像哭得声嘶力竭的顽童，用泪眼瞥了一下父辈的脸色，哭终究不是能抵挡的唯一武器。夜晚的秋虫却热闹起来，唱着泥腥气厚重的民谣，那一定是欢呼稻菽飘香的旋律，曲谱不再简单。沿着王家河闲散地走过，一片叶子飘下来，在我的眼前，旋转着，转了几个圈，似乎带有更多的眷恋，飘零在尘土中，那一树的葱绿呀，细看竟有一抹浅黄。像我中年的妻，岁月蹉跎，一不留神，就是秋色了。

一叶知秋呀！落叶是秋天来临的信号。

"一叶梧桐一报秋"。梧桐原本就是秋的使者。古人的智慧，让季节更加明了清晰。古时立秋这天宫廷要把栽在盆里的梧桐移入殿内，时辰一到，太史官便高声奏道："秋来了。"梧桐应声落下一两片。梧桐也被神化。梧桐叶子阔大，叶量丰厚，飘落时更有季节变换的意境。后人相信梧桐叶的飘落就是秋的到来。"初闻一叶落，知是九秋来"。梧桐叶落已成为秋至的象征性景象。

在民间，对植物的分类向来不讲究，梧桐是一种宽泛的俗称，譬如青桐、油桐、泡桐，还有一种外来的法国梧桐，虽然不同科属，却皆称之为梧桐。似乎青桐才是真正意义上的梧桐。青桐高大挺拔，因树皮青色、光滑而被称之为青桐。在我的家乡，湘北地区，青桐并不多见。在我的印象中，似乎没有青桐的记忆。但是个人的浅薄丝毫不影响梧桐在中华文化中的高贵地位，这是一株生长了千年的吉祥嘉木，为树木中之佼佼者，自古就被人看重钦佩。"凤凰非梧桐不栖"的传说，可见梧桐的高贵，这棵梧桐指的就是青桐。凤凰是鸟中之王，最乐于栖在梧桐之上，在中国的《诗经》里就是这样记载："凤凰鸣矣，于彼高冈。梧桐生矣，于彼朝阳。菶菶萋萋，雍雍喈喈。"说的是梧桐生长得茂盛，引得凤凰啼鸣。菶菶萋萋，是丰茂的梧桐；雍雍喈喈，是凤鸣之声。因此在以前的殷实之家，常在院子里栽种梧桐，不但因为梧桐有气势，而且梧桐是祥瑞的象征。"栽下梧桐树，自有凤凰来"。人们图的就是一个吉祥。更有童谣："童子打桐子，桐子落，童子乐。"如此温暖的画面，流传千年。同样是梧桐与孩童，"桐叶封弟"却以周公劝年幼的太子姬言而有信、谨言慎行，成就了绝代佳话。

风吹落叶，雨滴梧桐。在古典诗词中，梧桐从来就是个表现愁情的物象。"月如钩，寂寞梧桐深院锁清秋"，凄凉的景物中，蕴含着南唐后主李煜深深的愁恨，景中有情，情溢景外。"缺月挂疏桐，漏断人初静。谁见幽人独往来？缥缈孤鸿影。惊起却回头，有恨无人省。拣尽寒枝不肯栖，寂寞沙洲冷。"一首词道尽了苏轼的寂寞和哀愁。"微云淡河汉，疏雨滴梧桐"，仅仅两句诗，十个字，描写了一幅静谧清幽的秋雨夜画，孟浩然落寞的心境，淡淡的忧伤如雨中的梧桐，跃然眼前；李清照的《声声慢》："梧桐更兼细雨，到黄昏、点点滴滴。这次第，怎一个愁字了得！"真是愁如暮雨，人若梧桐，其内心的愁和怨该是多么深长呀！

在南方，尤其是湖南山区，生长着漫山遍野的油桐树。每年的四月和五月，是油桐开花的时节。桐花雌雄同株，花冠白色五瓣，它的素颜因为有了花蒂的红晕而风姿绰约，让人心疼，惹人怜爱，让你不得不像呵护小女孩一样去怜惜它。油桐是乡间的女子，油桐花像穿着红色碎花衣衫的村姑在山野里寂寞地芬芳。油桐的花落让人心疼，油桐花是伞形花序一簇簇的，高高的，抬头看不清，然而落下来的却是整朵整朵的，满满的一地油桐花，一阵风吹来便落红一片，像是被相思的情绪坠得不堪重负的女子一样。油桐树下，落花洁白，花絮飘飞，宛如飘雪，因此有五月雪的雅称。唐朝孟浩然的名句"夜来风雨声，花落知多少"，这花可以是桃花、李花、野花，但是年少时一直认为落的是"桐子花"。"知多少"就是太多太多，数也数不清。那个年代印象最深的却是，一夜风雨后，早晨出门上学，一路上看到的便是满满一地桐花，密密麻麻的、亮丽鲜活的桐子花。小小年纪，清晨求学，打着赤脚，在花朵上踩出一溜溜的脚板印，那是一种凄美，一种充满忧伤的美丽。

　　油桐在乡下是名贵的树，种子可榨油，叫桐油。秋冬之际，常见乡亲们从油桐树上摘下果子，放在晒谷坪上晒几个大太阳，桐子干后，送到榨油房，用牛拉动油坊里巨大的石碾磨，碾碎桐籽榨出桐油，然后，到家里把家具、农具用金黄的油刷一遍，于是满屋弥漫了淡淡的桐油清香。母亲说，一棵桐子树下可以捡一箩的桐籽，100斤桐籽可以榨40斤桐油，难怪古人说"千棕百桐、子孙不穷"。"穷人莫听富人哄，桐子树开花才下种""穷人莫听富人托，桐子树曝叶浸禾种"，朴素的民谣里蕴藏着朴素的生活哲理。

　　曾几何时，油桐在人们的心中异常显赫，始于隋唐，盛于晚清，桐油曾经是重要的生活物资，与盐有着同样的重要性，与油茶、核桃、乌桕并称我国四大木本油料植物。湖南连绵的山峦为桐树的生长提供了最佳环境，桐树给湖南最好的回报就是桐油。那时交通不便利，水运是最便捷实惠的运输方式。大山里的桐油沿三湘四水汇入洞庭湖。洞庭湖成为桐油的重要中转站，出三江口，过城陵矶，沿长江，通达全国，甚至远涉海外。

　　桐油的用途广泛，工业、日化，甚至是一味中药，婴儿拉肚子、感染风寒后，往手心点一滴桐油，把温暖的手掌放在婴儿的背心和肚脐上揉搓或抚摸，其疗效比吃药、打针还灵验呢。传统上桐油用来保护木器，制造油布、油纸等防水材料，调制油泥镶嵌缝隙，中医用来调和膏药等外用药。在民间主要是用于木制家具的油漆，木椅、木桌、木床皆离不开桐油。古建筑用桐油很多，故宫太和殿的金砖便是用桐油浸泡、打磨而成，呈现出一种特殊的润感。而在洞庭湖，桐油犹加金贵。洞庭湖的渔船下水之前，必须用桐油反复刷涂，一是保护木板防止水的腐蚀，二是木板之间咬合得更紧密，一滴水也无法侵入。可以说木船，没有桐油，甚至下不了水，入不了湖。孤寂地躺在湖边，如一条离开了水的鱼。乡下的老人最终栖息的棺材也离不开桐油。在湘北农村，棺材被称之为寿房或是料，其量词也有所不同，一具料、一具寿房。俚语云："六十有付板（指棺材），看你好大胆"。言下之意，人到老年，要准备好寿房，万一有个三长两短将措手不及。在世时做好棺木，称"寿房"或"寿器"，有添寿加福的寓意。制作棺材的木材最好用桐木，当然也用松木、柏木、楠木。人生一世图的是入土为安，这是乡间民俗。

南方雨水多，春雨绵绵，秋雨淫淫。一把油纸伞，是南方居民的常用之物。"晴带雨伞，饱带饥粮"道尽了乡民对生活的机智与敏锐。而在文人骚客眼中，"撑着油纸伞，独自彷徨在悠长又寂寥的雨巷，我希望逢着一个丁香一样结着愁怨的姑娘……"这是一幅美好浪漫的景象。这样的风景，在多年前的江南生活，随处可见，蒙蒙细雨中那一把把流动的风景——油纸伞，曾是江南生活中的一大特色。做伞，是手艺人们祖祖辈辈心手相传下来的工艺。手工油纸伞的制作过程，削伞骨、绕边线、裱纸、收伞、晒伞绘画、装伞柄、上桐油、钉布头、缠柄、穿内线等十几个步骤。所有步骤中最见功力的是削伞骨，一把纸伞有短骨和长骨，要把竹子一根根剖开削好，还要一根根钻洞，相当耗工。而刷油是做一把伞的灵魂，伞的防水性好不好，结实不结实，都与刷油紧密相关。油纸伞，三个字，油为第一，油纸伞刷的油是桐油，有防水、防腐的作用。在道家文化中，桐油被视为驱邪避凶之物将桐油刷在皮棉纸伞面，防雨好，结实，有韧性。

一把油纸伞承载着诗人寄情，乡人寄思，文人寄事，依仗的是匠人厚重的灵魂。好的油纸伞，经得住3000多次聚合散开，当中包含的每一道功夫，都饱含着手工艺人对生活的感悟，对匠心的尊重。在乡村，曾经一把红色的油纸伞是爱情的信物。接过了桐油红伞，就意味着亲事有了端倪，就是接下了这一生的诺言了。一场不期而至的爱情故事就在伞的一开一合之间飞扬。某某家送出去了一把桐油红伞，或者说，某某家接下了一把桐油红伞，在村庄里，是最暖心的新闻。因为一把桐油红伞，整个村庄生机勃勃。

时光变迁，桐油的功用，被现代化技术所取代，五彩斑斓的洋漆进入中国后，桐油的地位也被撼动。年轻人更喜欢多彩的洋漆，家具不再使用桐油。桐油的地位已日渐式微。翻看沈从文先生的著作，浓墨重彩地写了很多湘西的桐油、生漆、木材。尤其是桐油，在他笔下屡屡出现，如今已难寻觅到当初的繁华市场。物产的变革，折射出经济发展的历史性变迁，不得不感叹，沈先生笔下的桐油，随着科技发展和社会变迁，俨然成为书本上的怀旧物品。回味以前漫山桐花若飞雪的浪漫时刻，这成了读书人怀旧的一声长叹，也为洞庭湖的沧桑巨变写下一个注脚。

乡下还有一种泡桐树，亦是梧桐属，又被称作水桐树，易栽易活，生长迅速，枝叶却不够丰美。在我的老家后山坡上，有三棵泡桐树，平时无人问津，寂寞地生长，唯有花开时节，却成了少年的喜爱。摘下泡桐花吸吮里面的花蜜，淡淡的甜味，有一种清新自然的感觉。小女孩更喜欢梧桐花蒂，用线绳串起来，就是好玩的项链。每年春天，姥姥都会晾晒泡桐花蒂，串起来挂在墙外，成为村子里的一道风景。因为泡桐花也是很好的中药，其味苦，性寒，具有清肺利咽，解毒消肿的作用。用泡桐花治疗痄腮，是老家人皆知的单方，取新鲜泡桐花八钱，水煎，白糖一两冲服。小时候，我的表哥很容易咳嗽，扁桃体发炎，姥姥会用新鲜的泡桐花熬水，表哥每次都能药到病除。草木，原本就很神奇。

　　泡桐树在湖南乡下很常见，一年中最赏心悦目的时候便是清明时节，满树素雅紫花，花香微苦，也许是走出乡村的孩子一缕乡愁所系吧。桐花是清明"节气"之花，是自然时序的物候标记，三春之景到清明绚烂到极致，但同时盈虚有数、由盛转衰，桐花因此成为两种相反意趣的承载。《周书》称："清明之日桐始华"，高树繁花，浅紫柔白，深具清明节悲欣交集的气质，热烈而沉静。白居易在《寒食江畔》中写道："忽见紫桐花怅望，下邽明日是清明。"紫桐花，就是泡桐花。泡桐花广布山野，与大块绿色一起，中和盛春的脂粉气，让清明节气美得大气清朗。

　　然而，泡桐树又是不大让乡人尊重的，"泡"字有"虚而松软、不坚硬"之意，泡桐即取名于此。作为一种速生树，泡桐很难见到百年以上的老树，所谓"桐无老才"，泡桐木生长很快，木质却疏松，讲究的人家并不用它做家具。假如一个乡下孩子，长得又高又胖，便极有可能得到"泡桐"这样一个绰号，取笑他身材高大而不结实。有一部电影《十三棵泡桐》，讲的就是青春与迷惘。之所以用十三棵泡桐这个片名，一是男女主角约会的地方有十三棵泡桐，更因为泡桐这个树种虽难以成才，但非常有生命力。影片想借此喻示片中的孩子不一定成为什么栋梁之材，但非常有朝气和活力，这对于人生非常重要。"泡桐"就像这群年轻人："表皮光滑洁净，而内心是空的……虽然泡桐不能成材，那最可贵之处也许是它们还在生长……"十三棵泡桐，掀开了青春记忆簿的另外一面，虽然有些残酷，但是泡桐的叶子依然闪亮。

　　泡桐如今在园林里应用不多，城市里多的是四季常绿、芳香四溢的银杏、香樟、金桂等这些名贵的树种，只有在凄凉的山野里，零散地驻守着两三棵高大粗壮的泡桐树盛放着"清明之花"，彰显着"桐花万里路"的大气春景。

　　说到梧桐，一定会想到法国梧桐，法桐冠大荫浓，高大挺拔，又是落叶乔木，夏季遮阴，冬季纳阳，曾经一度受到国人青睐，成为中国城市行道树种。对于老岳阳人来说，说到梧桐就会想起洞庭路、竹荫街等整条街的法国梧桐，繁密阔大的叶子洒下浓绿的阴凉，偶尔漏下的一丝阳光，也变得清幽柔软。人们不太深究法国梧桐与梧桐的区别，其实法国梧桐不是梧桐，也不是来自法国，而是用美洲悬铃木和东方悬铃木作亲本，杂交成的二球悬铃木，因为是杂交，没有原产地。它们生得高大魁梧，碧叶青干，树荫婆娑，颇似"一株青玉立，千叶绿云委"。有一年去南京出差，参观中山陵的路上，看到柏油路两边整齐排列、遮天蔽日的是法国梧桐。相信很多在南京长大或玩耍过的孩子们，对于法国梧桐的深情怀恋更是浓厚。

在我的记忆中，作为行道树的法国梧桐，已经植根于家乡。一到夏季郁郁葱葱，两侧的树杈搭在一起，铺出一条幽静舒心的林荫路。太阳再强势也穿不过浓密的树叶，即使不屈不挠地透过来，也是星星点点的光斑打落在公路的砂砾、匆匆而过的行人、三三两两的汽车，即使是一只觅食的蚂蚁，它也三爬两爬就逃离了阳光的拿捏。即使下雨天，绵绵细雨也是飘不下来，只能层层叠叠聚在叶片上，凝结成水珠，一叶一叶地滑下来。记得当年，我在梧桐树荫下行走，阳光不时穿过枝叶间隙一闪一晃，记忆随同晃动的光线一片片映出。梧桐的浓郁又成为麻雀的栖身地，无数的麻雀在法国梧桐的枝杈间安家落户，娶妻生蛋。有时走在树下，竟有鸟蛋临空而降，打在头上，有些生疼也罢，却是一头的蛋浆，不知谁家的鸟蛋，鸟们又有多么痛苦？夏季的雷雨天气多，一阵雷鸣，树下到处是凌乱的鸟巢，还有丧生的鸟雀。法国梧桐，在我的记忆中犹新。后来，人们以法国梧桐爱飘絮、容易让人过敏为由而大量砍伐。古老的梧桐林荫道慢慢消失在城市的风景中。有的被遗弃在山野里，满布沧桑，在时光的边缘破败，独自凋谢。一街之树，一路之树，一城之树，法国梧桐，正在老去。

消逝的法国梧桐林荫道正在记忆中模糊……当然还有青桐、油桐、泡桐。

若干年后，何处觅"桐花半亩，静销一庭愁雨"。

■ 母亲的茶饮

母亲七十有三，每年总会来城里小住几天，来时一定会给我捎上一小包剪得碎碎的川芎。一进门，那股熟稔的香味就弥漫在我小小的居室，暖暖的，贴心。

川芎应该是一味中药，而且是用途较为广泛的药材。在我的家乡却是泡茶的好材料，饭后，尤其是吃上一顿大餐，大鱼大肉吃多了，肚子胀胀的，挺难受。母亲总会泡上一杯浓浓的川芎茶，而且一定要加一点点盐。一杯热热的茶下肚，真的有顺气消食化腻的感觉。这是母亲的母亲一代一代传下来的。外乡人却是喝不惯的，那股浓郁的味道完全是一股地地道道的中药味，不知为何到了我们的口中却成了上等饮品，喝得如此欢畅，落口逍遥。

刚调进城里工作，累了烦了，我常常在办公室给自己泡上一杯川芎茶。开始同事总会用迷惑的眼神偷偷地瞄我几眼，他们或许认为我有什么怪病，需要天天喝几杯中药，他们甚至有些可怜我，但又不好意思问我。却有一丝不解，很多人都知道茶解药性，吃中药时，医生就会叮嘱，少喝茶，多喝白开水，为何我又要与茶叶共饮？时间久了，他们才问个究竟，你这是喝的什么中药？

我一笑，这是茶——川芎茶，是老家的味道。他们疑惑的脸上似乎有些豁然开朗。但又有更多的不解。他们无法理解我与川芎所拥有的一种更微妙、更深切、更具情分的关系。回望离乡的行程，三十多年的风雨漂泊，多少酸甜苦辣，因为有这一枚小小的川芎，一路走来才显得如此温暖。闲来饮一杯，此物最相思！

在我的家乡，川芎确实是当茶泡的，谁也没有把它当成一味中药。川芎加茶叶是老祖宗留下来的饮品里的黄金搭档。民俗，是古代社会风情的"活化石"。临湘人爱喝川芎茶，五月端午把船划。这是临湘的一种民俗，尤以路北聂市及沿江靠湖一带为最。此茶俗在长江中游两岸，似只有岳阳等地才有。屈原被流放江南期间，晚年寓居此地，喝惯了这些茶，便把它们写入了诗中；还是岳阳一带人民，为纪念屈原而把其喜爱并写入诗中的香木加入茶中，久饮而成习的呢？似都可以作为《离骚》等作品作于此地或其附近的佐证。屈原作品中的香木"江离"，就是"川芎"。正是这个平凡的"川芎"多处闪现在屈原的不朽华章。

在古代川芎有一个更别致的名字——蘼芜。翻开《乐府诗集》，"上山采蘼芜，下山逢故夫。长跪问故夫，新人复何如？"细细读来，眼前浮起一个形单影只的弃妇形象，她纤细单薄，孤独落寞的身影，在夕阳里渐行渐远。上山采蘼芜，下山逢故夫，她心里有无限酸楚吧？蘼芜在我眼中蒙上一层悲剧色彩。但是这个名字只存在于古诗中寂寞无声，而在生活中，川芎才是它真正的名字。

故乡的茶道还是有讲究的，平时在家里一般喝的是普普通通的绿茶，清明谷雨时采摘，制作有些粗糙，多是洗水茶，味道要清淡得多。夏天喜欢喝山椒子茶，清凉消火。来客了，尤其是贵客，娘家屋里来了人，俗话说，娘亲舅大，一定得罪不得的。抑或是相亲的，未来的岳母和媳妇上门，看女婿。有时是多年的老战友、老同学，数年甚至数十年未谋面。一进门，一定得冲上一杯鸡蛋红枣红糖茶，稍坐片刻，如果饭还要个把时辰，还要抓上一把阴米泡茶里，饱饱肚。接着就是一杯芝麻豆子茶。主人的盛情款待后，酒足饭饱，不时会来几个惬意的嗝。此时，就该来一杯热热的川芎茶了。开水一定要滚烫，泡出的茶才香。不过，本地人还好，习惯了，你不泡还不行，不然主人心里有想法的。外地人却有些不习惯，但不会说什么，只是皱下眉，脸上闪过一丝困惑。于是还得绞上舌头，说一通拗口的普通话——"打死咯人"。向客人大说特说，这茶的妙处。没办法，怕人家兴禁忌，明明来做客，你却搞上一大杯中药汤。

我的家住在古镇的下街，父亲是一名铁匠，母亲是草帽编织工人。年少时，印象很深的是，晚饭后，母亲总会给父亲泡上一杯川芎茶，有一股怪怪的味道。年幼的我，总是捏着鼻子躲得远远的。有时，父亲也会逗逗我，拉着我的手，用双脚搂住我，非要我喝一口，我也会皱着眉头，怯怯地抿上一小口，然后躲到一边去吐了。有时也会尝试喝一口，其实，也没有什么苦味，只是怪怪的，过后，却有一种舒畅。父亲说，有一天，你爱上这茶，就长大了。乡下的老人常常会说上一句，小孩喝凉水，大人喝热茶。

记得自己主动喝第一杯热茶，应该是读初三的时候。学习累呀，竟然想一杯热茶。母亲给我泡上一杯热热的川芎茶，放在我桌上。看着冒着热气的茶，翠绿的茶叶，褐色的川芎片，在开水中上下翻腾，如云霞般绽放，溢出那如春雨般清润的阵阵幽香。浅浅地小啜一口，一股热气经口入肚，直贯全身。慢慢地，一杯茶下肚，头清了，身轻了，好像一股精气神盈满周身，书本上的字迹似乎格外醒目，一个个看起来意丰韵足，灵动可喜，连纸面也显出几分和静、体贴来。

我是真心喜欢上了这杯茶。

后来，有了安徽的红茶、西湖的龙井、云南的普洱、福建的乌龙，也有了茉莉花茶、菊花茶、枸杞茶，名目繁多，品种多样，但时光流逝，岁月变迁，无论如何，它们始终无法让我敞开心扉，像朋友一样接纳它们，对待它们。让我倾心的，依旧是一杯川芎茶。毫无疑问，故乡的川芎茶，已经在我的血脉里扎了根。

茶叶，是母亲亲手采摘的清明茶，用开水捞一捞，杀青，再用手搓揉几轮，茶汁淡了，却多了清香。放在屋里晾干，有时也会用铁锅慢慢地焙干。川芎是从乡下买的小籽土川芎，洗净泥沙，再放在太阳晒过半干。坐下歇息时，手却没有闲着，拿出川芎，剪得细细碎碎的，用玻璃瓶装好。每年母亲都会给我捎上几包。夜深人静时，一本书，再泡一杯茶，拈一撮茶叶，放上几粒川芎，再加一点点盐，在这熟稔的香味中，过去那些浸润着得与失、爱与恨的岁月，在水雾中忽隐忽现。

川芎是多年生草本植物。在乡下，多种在屋前屋后向阳的山坡或菜地，巴掌大的地方就足够了。第一次看到川芎，还闹了一个小小的笑话，在乡下的舅舅家，指着一堆叶子像胡萝卜的植物，大谈胡萝卜，结果舅舅对我说，这是川芎。我的脸一红，还好，没有外人，只是与几个表兄弟在一起。川芎的根茎较为发达，形成不规则的结节状，拳形团块，具有浓烈香气。初看到川芎时，并没有多少好感，因为它的外形十分粗糙，表面黄褐色或黄棕色，有很多的皱缩和隆起的轮节，像一个满脸沧桑的老人，有多少故事不为人所知。不起眼的川芎，却是香气浓郁，开始时味有点苦，甚至有点辛辣的感觉，舌头有一种麻麻的感觉，过后却有一种微甜。药书载，川芎常用于活血行气，祛风止痛，其辛温香燥，走而不守，既能行散，上行可达巅顶；又入血分，下行可达血海。昔人谓川芎为血中之气药，殆言其寓辛散、解郁、通达、止痛等功能。

川芎，确实是一味中药。它与一个叫孙思邈的老头有着千丝万缕的关系。相传唐朝初年，药王孙思邈在四川青城山采药，发现一种植物有活血通经、祛风止痛的作用，为其吟诗："青城天下幽，川西第一洞。仙鹤过往处，良药降苍穹。"后来这药就叫川芎。但在我的家乡，川芎为何当成茶喝，却已是无法探究了。在湖南岳阳的临湘县、岳阳县等不少乡镇至今保留着川芎泡茶喝的习惯。甚至在岳阳大大小小的茶楼，都有川芎茶，只是茶楼的川芎，多为药用川芎，切成一片片的，有硬币大小，如菊花状，好看，却没有乡下的小川芎，味正。

川芎与女人的关系十分密切，听说可以活血滋阴，成为女人养生药膳的佳品。我曾经闹过小小的笑话。有一次，母亲在家里煮鸡蛋，却不知为啥竟放了一些川芎，让香喷喷的鸡蛋平白多了点怪味。每年三月三，母亲一定会用地米菜煮鸡蛋。可这川芎煮鸡蛋，还是头一回。管他呢，有鸡蛋吃就行。可煮熟的鸡蛋却被母亲全给了我的二姐。我吵着闹着要吃，母亲说，二姐肚子痛，川芎煮鸡蛋是用来治病的。我说我的肚子也痛，却乐得母亲和二姐笑了一通。后来，我知道了二姐痛经，这是女人的病。川芎正因为活血祛瘀的功效，而成了女人的挚爱。川芎煮鸡蛋是更年期女人食疗的偏方。川芎与当归、熟地、白芍做成的"四物汤"，更是让女人青睐，不少女性从年轻时就开始服用四物汤，可以红颜不老，青春永驻。其实四川人，对川芎有一种紧密的情缘，据说全国绝大多数的川芎都出自这块富饶的土地，而且四川人还把川芎作为一种食材，有川芎鸭、川芎煮田螺、川芎白芷炖鱼头等菜，甚至还把其当作熬粥的原料，用川芎加桃仁、蚕蛹、粳米熬粥喝，这可能在全国是个唯一。我想，哪一天转到了四川，一定要好好地品尝这几种菜肴，再热热地喝上几大碗川芎桃仁粥。

■ 归乡的站牌

桑是归乡的站牌。

每一个漂泊在外的游子在远方都有他的一隅故乡:小桥流水,茅檐底下,炊烟袅袅,鸡犬相闻,有两三棵桑树掩映着古老宁静的村落……

桑在乡间实属平常植物,但平凡的"桑梓"却代表着故土家园,桑树显然已超越其他草木,就因为它让远行的天涯游子永远记住了故乡,牵扯着心底深沉的思念。桑,历经了千年风雨,岁岁繁华,青枝绿叶红桑葚,送别了一朝又一朝将相帝王,见证了一代又一代古老民族淳朴艰苦的生活,成为中国文化的一段简史。纪念,永远是一种牵挂,正是桑的春秋夏冬,成了人们对故乡美好的向往。桑在游子的心中已定格为一种家园意象。

其实桑叶不平凡。历史蹉回千年之前,桑的地位高贵而厚重,桑树在国人心中是圣树,生命树。桑成了生命创造者、延续者、蜕变者的象征。翻阅古史,《春秋谷梁传》记载的"天子亲耕,王后亲蚕",虽然只是简单的八个字,却将桑的地位显摆得淋漓尽致,万人之上的帝王要享先农、亲耕籍田,这是怎样的境界;即使皇后也要恭行享先蚕和采桑喂蚕。桑树的地位是多么的荣耀呀!事实上自周朝始,桑就昂首步入了国家祀典中,确立了"天子亲耕南郊,皇后亲蚕北郊"的祭祀格局。先秦时期,已是农桑遍野。农耕与蚕桑是中国古代社会赖以生存与发展的生产活动,甚至因为一块桑田,国家之间大动干戈,发生大规模的"争桑之战"。公元前519年,吴楚两国就因争夺边界桑田,导致了一场血雨腥风弥漫。一部《史记》,写尽天下事,也不忘记录桑的故事。一场战争足以说明蚕桑之利在当时经济上的重要地位。

细读《诗经》，三百多首吟唱洋洋大观，竟然多达二十多篇来自桑蚕丝织。丝绸的空灵，灵犀的轻点，流淌不尽诗情画意。在《诗经》里桑的倩影频繁出现，她是爱情的象征，也是女子美貌贤德的影像。轻轻一句"爰采唐矣？沬之乡矣。云谁之思？美孟姜矣。期我乎桑中，要我乎上宫，送我乎淇之上矣。"桑成为故事中的重要场景，美丽的孟姜主动邀请心上人到"桑中"幽会。诗句简洁，故事却不简单，幽会原本就很煽情，纠结着更深的思念与忧伤。闭眼一想，眼前恍若出现了那个提篮的孟姜，仿佛从两千年前的风尘岁月中颔首走来，魂不守舍的模样，如何不让那个故事背后的男儿不心痛三分。采桑，本来就是一个借口，不过是为了心仪的他跑出家门，痴想而已。是桑提供了思念的场所，桑又见证了多少风情万种的片段，只是桑不语。那时候，该是桑林遍地吧。桑林成了青年男女爱的乐园，无比向往的乐土。桑树，爱情的隐语，桑园是先人的伊甸园，是滋养爱情的一片好林子呀，背山面水，幽静温暖，采桑养蚕的女人或割麦割草的男人站在青青的桑树下，空气里弥漫着甜蜜的气息，让人眩晕，未来让人憧憬，也同样让人担忧。一片桑叶如一颗心状，粗钝锯齿的边缘就是爱情的隐喻。

我更喜欢乐府民歌中桑树的意象。"蚕生春三月，春桑正含绿。女儿采春桑，歌吹当春曲。""冶游采桑女，尽有芳春色。姿容应春媚，粉黛不加饰。"简洁明净的语言，描绘出轻快明艳，生机无限的阳春采桑图，江南女子的蚕桑劳动和春情展现得淋漓尽致，活色生香。窃认为最有名的，还是那个叫罗敷的采桑女，她有多美？耕者忘其犁，锄者忘其锄，这是怎样的意境。我想穿越时空，就做一个执锄的小农，站在田埂上，等待罗敷采桑归来。正是江南女子的艳丽滋润了桑树的韵致，绿更绿，红更红，情也更长。

"开轩面场圃，把酒话桑麻。"唐代那个叫孟浩然的诗人，虽然不及李白、杜甫的盛名，但他成功用酒与桑麻轻易地将故人的桃花源细笔勾出，淡，而不薄。也许是他开了先河，让桑这种植物由农家寻常树木变成一种田园生活的象征。桑梓之地，父母之邦，系生命之根，恭之，敬之，总也少不了桑蚕的一份情谊；一脉相承的桑麻之为，丝绸之衣，为生存所必需，总也离不了对故土的重重依偎。"桑梓"，这浸透亲情，含有生命滋味的词汇，是故乡的"代指"，更是乡愁的一种标识或旗语，在无声宣告着自古以来蚕丝丝绸与中华子民千丝万缕的联系。

桑树的伟大贡献在于它的绿叶。桑是丝绸的源头。简简单单的一片叶子与一只小小的蚕扯上千丝万缕的关系，便产生了令世界惊奇几千年都不老去的丝绸。桑叶养蚕，蚕作茧，茧抽丝，丝织出又薄又靓的绸缎，极尽天宝温柔，舒尽物华优雅，从此中华族人衣不再粗粝，住不再简陋，行不再风寒，正如雪会融化荒芜的冷酷，露可浸润干涸的死寂，丝绸的出现最早撬开了中国文明的大门，提升了中华子孙生存的品位，宣告了原始粗野的彻底沦陷。也就是这样一根小小的丝线，织出了长长的、宽宽的丝绸之路。这条路从古长安出发，经甘肃、新疆一直西去，经过中亚、西亚，最终抵达欧洲，横跨欧亚大陆，是当时世界经济的黄金线路，是世界贸易的大动脉。驼队叮当，马蹄声声，丝路，花雨，源源不断输出的是友谊、温暖，是文化、曙光。沿着丝绸之路一路走来，火药，造纸，印刷，指南针，把华夏的博大坦荡写进了世界无法磨灭的文明殿堂。只因为他们有丝绸一样春天般的心田，只因为他们心中始终充满阳光。无论时光如何老去，岁月如何沧桑，剪水穿花，裁虹叠香，桑闪烁着柔美的光华，始终充满着无法抗拒的力量。

桑赋予了蚕生命华丽蜕变的不竭动力。一片叶，一只虫，一根丝，改变了人类的生活，衣服遮羞、御寒、美观，让世界变得斑斓多彩。"蚕种须教觅四眠，买桑须买枝头鲜。蚕眠桑老红闺静，灯火三更作茧圆。"丝绸细腻舒适，璀璨夺目，几乎无人不爱。民间春蚕多生于阳春三月，那个时候，桑叶嫩绿，农家女儿提篮采摘桑叶，兴起之时乘兴长歌一曲，感春风拂面，看绿波荡漾，该是怎样恬淡舒心的田园生活啊！那采桑的女子，不施粉黛，清水出芙蓉，似春风，轻柔，似春雨，细腻婉约，似桑叶，柔嫩水灵，不正是乡村瘦山净水的风骨滋养出清澈灵动，赏心悦目，不事雕琢的女子。

曾几何时，穿着绫罗绸缎是一种富贵的象征，属于贵人和富人的专利，对于老百姓却是一种奢侈，一种渴望。"五亩之宅，树之以桑，五十者可以衣帛矣。"沧海桑田，男耕女织的艰辛和太平时节的丰衣足食，这只是孟子的理想。"昨日入城市，归来泪满襟。遍身罗绮者，不是养蚕人。"句句是泪，字字都是悲情。在底层的疾苦民众，有着不绝的忧虑和悲伤。

"绿遍山原白满川，子规声里雨如烟。乡村四月闲人少，才了蚕桑又插田"。一直记得小时候学过的这首诗，很喜欢，清新灵动。我与桑的缘分，亦是朴素真切。我的故乡在洞庭湖，20世纪六七十年代乡下有养蚕的习俗，乡村门前屋后皆种满了桑树。青翠桑林，繁枝茂叶。镇上的丝绸厂清晰可记，却踪迹全无，养蚕的九奶奶也早已老去，只是成匾成匾的蚕，几担几担的桑叶，沙沙的蚕食声，像春天的雨声，也像六月的风声，给我烙下了深深的影像，一幕幕，永不消逝。

九奶奶是我家邻居，一个小脚老太，盘发髻，眉眼细小，记忆中的九奶奶总是穿青灰色的大襟布衣。九奶奶一生尽心劳作最多之事，当数养蚕。养蚕以及和养蚕有关的活动，九奶奶均视为头等大事。养蚕是一个精细的活。清洁蚕室，洗晒蚕具，消毒增温……昼夜小心，精心呵护，九奶奶一双小脚，轻悄悄进了蚕室，戴一老花镜，屏声敛息，取下发髻上的一只鹅毛，轻轻的，把那些黑黝黝的蚕抚平，将嫩嫩的桑叶切成细丝，铺在竹匾里……对于养蚕，九奶奶是那样乐意，从不会抱怨，"遍身罗绮者，不是养蚕人"这样的愤懑，不会出现在九奶奶的身上。一辈子没有读过书，也不会写自己名字的九奶奶肚子里，藏了不知多少养蚕曲子和故事。洞庭之地，四季蚕事不断，乡村里流传着无数熟稔的谜语童谣，也多与蚕事相关。记忆犹新的"桑叶嫩，桑叶香，蚕儿吃，白又胖，吐银丝，细又长，织出绸缎做衣裳。"如今，我已人到中年，还可随口诵来，却不知现代都市生活的孩子又能背诵多少。念几句童谣，似乎又闻见那股暖烘烘、独特的茧子味道，恍惚间又见到头插一只鹅毛的九奶奶缓缓地走进蚕房……

童年的记忆中，桑叶永远只是配角，在南方，每一个少年都有过养蚕宝宝日子，虽然短暂却深深地刻在童年的梦里。读小学的时候，养蚕是我童年最佳的游戏，乐此不疲，每年总要找九奶奶要几颗蚕卵，或几个小蚕宝宝，放在自家的抽屉里，或放在柜子里饲养。放学回家，第一件事就是守在蚕宝宝边，看着蚕宝宝吃桑叶，听沙沙的吃桑声，看着蚕宝宝一天天长大，特别有成就感。如今，养蚕依旧是不少孩童的游戏，虚拟的电玩，也被自然的生灵所阻击。

养蚕成了童年时代的游戏，但最让人留恋的却是桑葚。鲁迅的百草园里就有一棵桑树，门两侧的楹联为"俯听蟋蟀鸣，仰视桑葚熟"。桑葚清甜可口，清香怡人。"桑舍幽幽掩碧丛，清风小径露芳容。参差红紫熟方好，一缕清甜心底溶。"桑葚，晶莹剔透，明丽可人，在枝头摇曳着万紫千红的美丽，入口，是清甜芳香的柔嫩。"恰是春风三月时，芳容依旧恋琼枝。情怀已酿深深紫，未品酸甜尽可知。"这般的桑葚竟是有了人的灵气。儿时乡村，桑葚是我爱吃的食物。隔壁汉爹的菜园就长着一棵粗壮的桑树，树冠如华盖。还是孩童时，是不愿等待它成熟的，每每青色褪去，刚被淡笔描上了一点微红的时候，就会和玩伴们一同采下，那酸酸甜甜的感觉至今难忘。此后再没有尝过。后来我离开了村庄，再后来，汉爹也从人间隐于泥土，而那株桑树竟不知何时消失在村庄的岁月，是自生自灭，还是他人盗伐，无人念起。在灯火阑珊的街头每每遇到桑葚便迫不及待地买来品尝，可是殊不知，一切都变了，时间变了，地点变了，就连那份简单恬淡，无邪天真的心境亦是变了，无论我吃了多少，也吃不出当年的滋味。那些在岁月中该丢失的，终究还是丢失了，只是不知，那些本该重逢的，又是否依旧会重逢？

桑叶也有药用价值，儿时乡村，总喜欢将各种草木花草制成花茶，闲暇时候泡来，便是诗情画意般的生活，菊花、金银花、茉莉花皆可入茶，桑叶也是其中一种，入药，亦制茶。药学巨典《本草纲目》中对桑叶作了至高无上的赞誉："桑，东方之神木也"。乡下的老中医说，桑叶可疏散风热；清肺；明目。只是喂蚕要嫩，入药宜老，传统中药讲究"经霜"。万物经霜一打，就蔫了，枯了。丝瓜的藤，葡萄的藤，都瘦成了国画里的枯笔。而经过寒霜历练的桑叶在枝头挂着，手一碰簌簌作响，却演绎成了中药的极致，所以中医处方多写"霜桑叶"或"冬桑叶"。将霜降这一天采摘的桑叶切碎，炒干，再加蜂蜜拌炒，就成了一味凉润补肺的好药——蜜炙桑叶，生药解表，蜜炙润燥。确实在很多老人的口中把干桑叶又叫"神仙叶"，可见桑叶的药力之神奇。感冒了，有个什么头疼脑热，抓一把干桑叶放到锅里煮沸，然后头上裹上一个毛巾，俯身把头向着桑叶水对准脸部蒸，直至水凉了为止。蒸个两三回，人就清爽了。无论冬夏大人小孩都适用。此外，桑叶和菊花也是绝配，搅和在一起泡水喝，眼睛肿痛立马消失。记忆中乡村很多的草木都可以酿酒，桑树亦不例外，桑葚酿出的美酒最是醇香浓厚，只是未尝过，如今怀想桑葚酒，却已遍寻不着，寂寞的村子里何人能动手酿制呢？喝着桑葚酒，喝得眉开眼笑，聊得海阔天空，总要谈起小时饲养蚕宝宝、摘桑葚的往事。隔着久远年代，回看千年前朦胧的云和月，品着千年后醇香的诗和酒，竟酽酽地醉了。

生活原本就是这般简单，几株草木，只要你有心便可以成为养生的物品或者治病的良药，若是你有那般细腻婉约的心思，它亦可成全你青梅煮酒，月下填词，泼墨弄笔的诗意。这就是桑的本质。细细数来，桑树一身是宝，叶饲蚕，果食用和酿酒，木材制器具，枝条编筐，树皮制纸，而且叶、果、枝、根、皮可供药用。春取桑枝、夏摘桑葚、秋打霜桑叶、冬刨桑白皮。它从古老的时代走来，陪伴我们走到今朝，无论是在真实的生活中，还是在诗词曲赋里，它早就不只是一株凡尘的草木了。

桑，真的能代表一种文化，是中国古老的文化，刻进了中华文明史册。我惊叹先人的伟大，破解了大自然的谜团，破解了桑、蚕、丝的奥秘，把桑的蚕食，茧的羽化，蜕变成如此圆融、温润、光滑、轻软、华美的呈现。日常生活也罢，诗词曲赋也罢，处处都是桑树的身影。有时不知是该感谢土地的神奇，还是该惊艳于古人的才情，桑树被赋予了情感，增添了诗情画意，它是远行的游子怅望的故土；它是边塞征夫对家中妻子的怀想，亦是妻子对远在天边，生死未知的丈夫的守望……

时光飞逝如电，令人触目惊心，而历史只不过是昨夜吊起的一桶井水，随意地冲洗着光阴。桑树遭遇的误解来自棉花的兴起。元代初年，棉布就开始作为夏税之首，一个时代一种见证，棉布已成为主要的纺织衣料。棉花的兴起，丝绸之路的荒废，人们依赖桑树养蚕满足穿衣的需求大大降低，桑树甚至在生活中可有可无，自然而然，人们对它的感情就淡化了，社会的进步总是以旧物的流逝为代价。岁月变迁，回首乡野，曾经遍布的桑树，已难见踪影，世俗的浮华，桑树早已化作了柴火，只有残存的模糊的记忆。那些曾经记忆里的东西，一点一滴地被时间抹去，生活中许多细碎的东西，终究要随着桑树的老去，或消失，或难以言语。哪一天，在山野，一趄身，一株桑树迎面相逢，犹如他乡遇故知，心头一热。"桑柘影斜春社散，家家扶得醉人归。"这种美丽醉人的桃花源夫复何求？

桑，是游子一路风尘中寻找乡愁的标志和符号，即便我们行至天涯海角，它依旧羽化成千结的茧，化作茶水，或是入了药，陪伴你我在红尘游走，抵达或许依旧遥远，但目击之处还是看到了故乡的彼岸。

■ 青蒿一握

原本是中国荒野的一株草木，只因为一个女人的轻轻一握，走上世界医学论坛的顶端，就让世界看到了她的神奇力量。青蒿素是传统中医药送给世界人民的礼物。人类应该永远记住这个不平凡的女人——屠呦呦——2015 年诺贝尔生理学或医学奖获得者。这是中国科学家在中国本土进行的科学研究而首次获诺贝尔奖，是中国医学界迄今为止获得的最高奖项，也是中医药成果获得的最高奖项。

这个至高无上的荣耀来自这株简单而质朴的草木——青蒿，一种叶子细小、开黄花、带有清香味的蒿尾植物。而正是简单的背后深藏着深厚的内涵，温暖了这个世界，让人类在病痛面前多了一份坚韧不屈。屠呦呦正是从这株小草中萃取了一种名叫青蒿素的物质——用于治疗疟疾的神药，挽救了非洲，改变了世界，拯救了人类。现代医学的昌明极大地促进了人类的福祉，彻底改变了人的生命轨迹。

青蒿，一种南方很常见的植物，郁郁葱葱地生长在荒山野外，外表朴实无华，却内蕴治病救人的非凡魔力。我时常感慨先人的睿智，华佗、李时珍、张仲景、扁鹊、葛洪、孙思邈……还有更多不为人知、隐匿民间的普通医者，他们不懈努力，悬壶济世、悬丝号脉，把草木的光芒从隐藏的背后挖掘出来，顽强地穿透历史的隧道，温暖世界，让后人享受到了大自然的力量。折耳根、车前草、何首乌、当归、黄芪……一株草木就是一味良药，一株草木就是一束光，驱病逐魔，济世救人。这就是大自然神奇的地方！中医是一个古老的传奇，博大精深，源远流长。青蒿也是其中的杰出代表。青蒿古名"菣"（qìn），意为"治疗疟疾之草"青蒿具有清热退蒸，清暑截疟，除湿杀虫的功效，其茎，其叶，其花，浓香、淡苦，蕴含丰富的艾蒿碱、苦味素，是大自然送给人类的一种廉价的抗疟疾药。李时珍的《本草纲目》介绍，蒿为草之高者，"常蒿色淡青，此蒿深青，如松桧之色。至深秋，余蒿并黄，此蒿犹青，其气芬芳"，因而得名。青蒿入药，始见于马王堆三号汉墓出土的帛书《五十二病方》——中国先秦医方书，公元前168年就有"煮青蒿"疗病的记载。《神农本草经》曰："草蒿，味苦寒，生川泽。"《本草新编》对青蒿的注解，更是详尽，"专解骨蒸劳热，尤能泄暑热之火，泄火热而不耗气血，用之以佐气血之药，大建奇功，可君可臣。"公元前340年，东晋名医、炼丹术家葛洪在《肘后备急方》留下了十五字："青蒿一握，以水二升渍，绞取汁，尽服之。"就是一副治疗疟疾寒热的方剂。而正是这"一握"，启发了屠呦呦，这是一个科学家超凡的智慧和襟怀呀。屠呦呦正是凭借对中药的不懈研究，努力挖掘青蒿深藏的秘密。心静自有成，坚持才成事。从英姿焕发的青年才女，到白发沧桑的老人，屠呦呦坚守了几十年光阴，终成正果。青蒿又成就了她。

初见到屠呦呦的名字，觉得这个名字很奇特。"呦呦"二字出自《诗经》："呦呦鹿鸣，食野之蒿。"宋代朱熹注称，"蒿即青蒿也"。名字是父亲起的，古色古香，寓意深远。也不知道屠爸的初衷是什么，但却让屠呦呦与青蒿结下了不解之缘。当时并没人预料到诗句中的那株野草会改变这个女孩的一生。她的名字与事业就这样巧合，也许是命运的安排，或许是冥冥中早已注定。如今，吟诵着《诗经》，想象着一个被诗意环绕的科学家的名字载誉全世界，民族自豪感、成就感、自信心等情愫就一股脑地奔涌在心田！隐约的书香里，有"呦呦"鹿鸣在历史深处荡气回肠。透过两千多年岁月，那只可爱的鹿呦呦叫着，闲适地吃着青蒿……

蒿的种类众多，艾蒿、藜蒿、茼蒿、白蒿、绿绒蒿，虽同为蒿类，又各自不同。蒿的生命力顽强而旺盛，在很多地方都能窥见它们的身影。蒿其实是一类很普通又很文艺的植物。它是端午时节悬挂的香草，是早春时节的牧草，是法式大餐的关键调味料，也是苦艾酒的核心成分。更是山野路旁、房前屋后的杂草，尤其是撂荒地，大片大片的蒿，聚集成群，浩浩荡荡。野蒿千名——蔌、苹、萧、蘋、萩、蘩、蒿、蒌、蔚……它以许多名称，活跃在古典诗词中。"彼采萧兮，一日之见，如三秋兮""于以采蘩？于沼于沚"……这些名目繁多的植物，都是蒿属植物。

青蒿同样有它的故事。

青蒿本是普通植物，民间又称臭蒿、苦蒿、黄花蒿，属菊科一年生草本植物。青蒿和菖蒲、薄荷一样，弥漫着苦涩的味道，丰富、内敛，具有灵性，充满让人心安的意味。在乡下，它们质朴而不张扬，淡定生长在荒野间，贫瘠也罢，丰沃也罢，一掌泥土，砾石尚在，一丛丛、一簇簇肆意生长，冒出葱翠欲滴的绿意，摇曳在轻软的风中，发出窸窣的天籁之音，笛声一样悠远。青蒿呀，如邻家娇羞的村姑，静静居于一隅，细细低语心事。

青蒿是一种凄苦的植物。苦涩的滋味，如同童年时代贫瘠而艰难的日子，浸润进我们的骨髓和血脉。青蒿和苦楝、苦藤、苦瓜一样，冠名苦字，凝聚了乡村所有的苦难和清贫。青蒿香味浓烈，却恬适安详，如同一个人丰富而干净的内心。普通野草从民间走进古籍，又从古籍走向世界，皆因其独特的芳香

一缕蒿香包裹了我们清贫而快乐的童年。儿时乡间的田边、路旁，青幽幽、绿油油的，到处都是青蒿，如稻子一样分蘖、扬花、抽穗、灌浆，在风中自由地成长……青蒿把乡村里流动的善良、隐忍和坚韧注入我们的筋骨和血脉里。记得小时候，家家户户都挂有用青蒿编成的草绳，用来驱蚊蝇。随手点燃，满场药香惠及众人。在穷苦年代，夏秋的晚上，农忙之余的乡人三三两两聚集在晒谷坪上，聊天，说者，津津有味，听者，聚精会神。顽童劣子，摇着小小的蒲扇扑打飞舞的萤火虫，或是坐在散发着香气的蒲垫上，看满天的星光，听母亲讲牛郎织女、嫦娥奔月的故事。听着听着，在蒿香中进入梦乡。到了秋天割一把青蒿晒干，放在厨房的角落里

做引火柴，特别好使，一点火星就能燃烧起大火，烧水、煮饭、炒菜，香气四溢，温暖着乡间的每一个日子。青蒿，成为田园生活的一种标识。

在我的记忆里，折耳根、车前草、何首乌……这些山间植物，寻来，弄净、晾干，都可以卖钱，青蒿亦然。犹记少年采割青蒿的日子。少时家贫，农人的孩子大都在暑期赚好自己的学费，那时候没有暑期工，更不可能外出打工赚钱，采中药是一条最佳途径了，割青蒿就是其中的主要赚钱来源。又到春归去，青蒿遍地生。青蒿春天发芽，夏天长得枝繁叶茂，泛滥得牛都不吃，正是收割的绝佳时节。青蒿即将开花的时刻是最佳的采摘期。到了秋天，药用价值变差，就只能当柴烧了。记忆中的日子格外清新。阳春三月，就留心青蒿的生长点，只待暑期一到，在清晨，手执父辈收割谷子的镰刀，将近人高的青蒿在太阳下放倒，青蒿扑地而伏，在阳光下暴晒两三天，打捆送到供销社药材站，学费就在青蒿的芬芳中聚集。初中、高中的学业在青蒿弥漫中走过，那段芬芳的日子永存。

其实在民间，青蒿早就在我们的乡间生活里观照着民生。那时乡里缺医少药，一些病痛总会寻求草木的慰藉。譬如，年少时喜欢打赤脚、光着脑袋淋雨，满山疯跑嬉戏，难免长疖子生疮，母亲就把青蒿捣烂，滗出汁水，涂在我们身上，不消时日得以痊愈。譬如，在田野里掏鸟窝却挨了马蜂蜇，立马薅些蒿叶的嫩尖，揉碎，捏出汁水，擦在患处，瘙痒顿消。清晰地记得有一个叫三鸡婆的小伙伴，天生的沙鼻子，动不动就流鼻血，嫣红一片，有些吓人，后来打听到了一个小偏方，就是采几片青蒿叶，揉碎，塞在鼻孔里，立竿见影，将鼻血止住，效果不错。如今不知人到中年的小伙伴，是否安康依然。如此星星点点的记忆，遍野的青蒿，浸染了童年时光。"万家年后炊烟起，白米青蒿社饭香"是对土家人"过社"的真实写照，他们将田园、溪边、山坡上的鲜嫩青蒿采撷回家，洗净剁碎，揉尽苦水，焙干，与野蒜、地米菜、腊豆干、腊肉等辅料掺和糯米蒸或焖制而成，其味鲜美，芳香扑鼻，这是土家人传统药膳中的一个常见品种，可惜我没有尝过。

年年泥暖生青时，青蒿，散漫肆意地生长着，用它们朴实无华的生命点缀着山野的四季。而今昌明的时代，看似卑微的青蒿，迎来了更美好的春天，但它们依旧朴实无华地摇曳着。花开千年的青蒿，还将继续馨香温暖着百姓寻常的日子。

"一岁一枯荣的青蒿，生，就是生出希望；死，就死出价值。"这是屠呦呦在卡洛斯卡学院演讲里面的一段话，也是一个伟大的医学家对生命真切而又深邃的理解。

草有药性，更有灵性。草与人类共生共荣，共命运。一枝青蒿，走向了世界；无数不知名的草，有待更多的人去善待，发现，挖掘。

耄耋之年的屠呦呦对于蒿草的钟情、酷爱，有她诗一般的语言为证：

我喜欢宁静。蒿叶一样的宁静。

我追求淡泊。蒿花一样的淡泊。

我向往正直。蒿茎一样的正直。

■ 草衣之暖

去乡下总能很随意地遇到一种叫麻的多年生草本植物，山谷、田间、地垄，甚至在村庄里的某个角落，或篱笆旁，一转身，一回头，它正张望着你，有意或是无意，正如走在质朴的田间小路上，不时有扯草的大婶、砍柴的大伯、洗衣的阿姐，还有放牛的顽童，熟稔地与我打招呼，一声小名，竟是格外亲切，这就是麻与我简单朴素的关系。麻在乡下，简约但不简单，平常也不平凡，说它是野草，它时时出入在乡亲的田间地头，与庄稼为伴；说它是庄稼，又在荒郊野外随处可见，<u>一丛丛</u>，一簇簇，生机勃勃，自生自灭，不怨不烦，不怒不争，风来不惊，雨来不恼，四季轮回，甘甘愿愿。春生苗，夏苗壮，秋丰硕，即使在寒冬枯成了残枝萎叶，也是谢尽春华秋实。

大地是最忠实的造物者，永远不会亏欠每个热爱它的孩子。每一片蓬勃生长的麻都有着天生的使命感，在日月变化中，等着造物者来开启它们的新生。千年前，倘若祖先没有发现它们"会呼吸的纤维"特性，或许它们只能随着时光，静静地被埋没在荒郊野外，不被人知。人类最早发现并使用的天然纤维是以植物为原料，类人猿时代人们以树皮遮体，最早应用纺织技术的天然纤维也是植物的皮——麻，远在石器时代，人们就栽培亚麻，抽出其纤维，用植物汁液的红黄绿，漂染成鲜艳的色彩，编织出美丽图纹的衣料，虽然粗糙，但温暖着先人。麻是人类时尚的先驱，麻点燃了人类服饰的光芒，麻与人类文明同行至今。在中国，约五千年前，也就是新石器时代的仰韶文化时期，产生了原始的农业和纺织业，开始用织成的麻布来做衣服。苎麻所织的布被称为夏布。夏布也就是夏天所用的布，这是我的肤浅理解。制麻，每年春夏秋季各采摘一次，经过打麻、挽麻团、挽麻芋子、牵线、穿扣、刷浆、织布、漂洗、整形、印染等工序纯手工纺织成布。新夏布硬而糙，须放在锅里适量加入碱水，进行煮洗，再用衣捣锤炼，噼里啪啦的棒声中，夏布柔软如水。《礼记》中的深衣即由苎麻所制。《乐府白纻歌》曰："质如轻云色如银，制以为袍余作巾。"中唐时"沤纻为缊袍""春衫裁白纻，朝帽挂乌纱。"麻是一种时尚。

透过时光凝望历史的深处，沿着麻长长的秸秆，溯着时光的隧道，逆麻而上，找寻麻的前世今生和繁华沧桑。早在几千年前，麻并不平常。先民种麻一为取麻纤维御寒，二为麻叶、麻籽果腹度日。细读《诗经》《楚辞》，寻觅潜伏着麻的踪影，字里行间随处可见，它的身影不屈不挠地闪耀着。麻在农耕社会对我们的先民可谓厥功至伟。《齐风·南山》："艺麻如之何？衡从其亩。"讲的是怎么样去种麻，平整土地，排列成行点播栽植。可见麻的种植已不是自生自没，而是被摆到了技术层面。道理很简单，这样能最大限度地利用水土阳光。《齐风·东门之枌》提及"不绩其麻，市也婆娑"，仿佛让我看到了一个青春飞扬的少女，蓄谋着一场千年的约会。而接纳爱情的空间，就是那一片密密的麻田吧。高大的麻叶勾肩搭背，让人对麻地有了悬念——悬念最终为产生爱情铺下了厚厚的注脚——爱情又是如此类似扯麻纱般纠结。麻，原来也是爱情的另类使者，沾染生鲜气息，让人想念。那个纷争的年代，西施曾只是乡间一个默无声息的浣纱女，"浣纱弄碧水，自与清波闲"（李白《西施》），命运的转机只在旦夕之间。"朝为越溪女，暮作吴宫妃。"（王维《西施咏》）。范蠡的一次偶然到访，惊破曾经多少年来平静如初的若耶溪水。一个平凡的村姑为了越国的命运，最终成为吴王夫差最宠爱的美人。正是这个浣纱的村姑助了越王勾践卧薪尝胆，一举灭吴。几千年的历史已悄然翻过，有关西施的印记也只是一个浣纱的村姑、一个沉鱼的丽影、一个效颦的事典、一个惑主的红颜。

唐代诗人孟浩然的"开轩面场圃，把酒话桑麻"，桑麻就是农活的代名词，可见麻在先民生活中的重要性，俨然与桑成为一对形影不离的兄弟，

云上的村庄

有一种混合的植物清香。陶渊明的《归园田居》，"相见无杂言，但道来桑麻长。我麻日已长，我土日已广"，二三闲人，盘腿而坐，闲聊农事家常，描绘了恬淡的乡居时光。桑是达官贵人的专享衣料，一片桑叶，一条蚕，演绎的是绸缎。而麻却是平民百姓赖以裹身的衣料。唐末，棉花作为舶来品从国外沿长江流域进入神州大地，棉纤维以其柔软舒适，且更加保暖的优良特质打败麻制品，一时成为富人的青睐之物，很快棉成为制衣的主材，棉花铺天盖地，麻不得不退出历史的舞台。退出，不代表消失，麻依旧不屈不挠地生活在大地上，即使从田间地头退出，就生长到田野山坡，不求富裕之地，仅索一口泥，可扎根而已，阳光明媚，风雨无阻。顶天立地，生命中充满着高贵的情操，永远向上奔向光明。其实在今天，麻依旧是制衣的重要材质，这一点足以证明麻在曾经的岁月是何等辉煌与荣耀。

"麻"是麻类作物的通名。麻是一个植物概念，它拥有一群孪生兄弟，如大麻、亚麻、苎麻、荨麻。大麻是一种毒品，与罂粟为友，我不认识大麻，或许即使相遇，因为陌生就擦肩而过了。荨麻遍生野外，随处可见，它是乡下一种普通的中草药，可以化瘀毒。亚麻是西方人制衣的主要面料，别称胡麻。但我要讲述是中国的苎麻。苎麻，为中国特产，被世界誉为"中国草，中国宝"。苎麻古时称"绉"，秦汉时期"绉"演变为"苎"了。苎麻在中国不仅仅是一种草本植物，更是一个时代的象征。早在几千年前的农耕时代，麻为我们的先人遮风挡雨，可谓厥功至伟。一直沿袭至今，麻依旧不折不挠地陪伴我们生活。在洞庭湖广阔的平原，棉花占据了生活的日常，但麻依旧不可或缺。打麻、绩麻、纺线、浆纱……织麻就是一个驯服苎麻的过程。麻线织成的花布，纤维细长，质轻气透，是最普通的布料，是农家人最喜欢的服饰与用品，贯穿了他们的一生。

我至今怀恋麻布的馨香。

苎麻点燃了我对外祖母的怀念。外祖母是村里织布的高手，多用麻类织物。棉花也用，但山里不产棉花，需要从游港河下游的岳州府买来。外祖母幼时裹足，一双脚如三寸金莲，裹得脚骨都折断了，那时我纳闷外祖母走路一扭一扭，似乎十分痛苦的样子。外祖母从小心灵手巧，十岁时就开始学习打麻、绩麻、纺线、浆纱，十二岁上机织布。一间阴暗的房子，一扇窄小的窗，窗外是青山，室内摆放着一架高大笨重的织布机——那台红椿木织机被岁月打磨成古铜色，外祖母正忙着纺麻织布。她脚踏踩板，腰系绷带，一手执竹挑捡着经线，一手喂着纬线，然后用木梭将纬线催紧，发出"吧嗒吧嗒"有节奏的声音。一排密密麻麻绷紧的经线已呈现出家布的雏形。一缕阳光透过窗棂映射在外祖母细弱的肩上。这个场景总是如此熟稔温馨。正是这样的劳作温暖了祖母一家人的平常生活，为我们撑起了一片明朗的天空，包括我的母亲和幼稚的我。

苎麻曾是乡村的希望。苎麻是有韧性又让人省心的植物。坡前梁后，房前屋后，滩头林地，总有一片一片的植物，绿绿地，密密地，站直了身子生长着，而且是身子挨着身子，那就是麻地。儿童藏身其间，捉迷藏，流连忘返。麻带给乡人许多美好和感动，温暖与幸福。麻很坚决地生长在叫作故乡的地方，故乡总是有意地生长出一片又一片的绿色，让远离绿色的人们产生一种叫作怀念的东西。

草木茂盛的乡野，雨水充沛，苎麻在温润中欢娱生长。才到农历四月，麻已初长成，密密丛丛，茂茂盛盛。一根根麻无名指般大小，一人多高，笔直挺立，绝无旁枝；麻叶如跃动的手掌，紧贴麻干，片片向上，迎着初夏的阳光，在风中翻舞，昭示着自己成熟的畅快和得意。父亲将麻一捆一捆扛回家。母亲总会把稍嫩一点的麻叶留着做猪菜。麻被扛回了家，就得开始破麻和脱麻，这些活多是女人干的。一捆捆麻放在院子里，给它浇上水，这样破麻的时候容易些。只见母亲或邻居婶婶、嫂嫂们搬上一根凳子在院子里，一手拿一根麻，一手拿削尖的筷子，用削尖的筷子轻轻用力向麻秆插去，而后迅速地划向麻秆的另一头，只听得长长的"嘶"的一声，麻的一边便被划破了。折断麻秆根部的一头，用右手的大拇指和食指把麻的皮与麻内的秆剥离开来，一匹一匹或长或短的皮就整齐地放在装有水的脚盆里。母亲她们一边谈笑，一边破麻、脱麻，小孩子是最爱凑热闹的，蹲在大人身边看大人们破麻、脱麻，或拿一根剥离皮的麻秆打闹，小小的院落充满欢声笑语。最让我印象深刻的是，母亲她们的划麻的动作和破麻的声音，动作既娴熟、潇洒，"嘶嘶"的划麻声此起彼伏，又是那样悦耳、动听，她们似乎不是在破麻，而像是一个个技艺高超的音乐家在弹奏优美的乐曲……

一匹一匹的麻在脚盆里泡上不久，变得酥软了，母亲用麻刀刮去麻外深绿色的皮，一绺一绺浅黄的麻线便被剥离出来，再晒上几天，晒干后，就成了一丝一丝的麻线。可用它织成麻布，缝制衣服和麻帐，可用它搓成细细的麻绳用于打鞋底。午后，做完农活的母亲就坐在院子的小巷搓麻绳。一把一把的麻线放在地上，而后挽起裤腿至膝盖以上的大腿处，一只手拧住两绺麻线在大腿上用手掌那么轻轻地来回一搓，如此反复，麻线便被搓成了一根根麻绳。此时午后的阳光透过枝繁叶茂的大树，在院子里洒下斑驳的树影，树上小鸟飞来叽叽喳喳，微风不时拂过小巷，屋檐上的天空碧蓝碧蓝的……

小时候我们姐弟几个，穿的都是母亲做的布鞋。母亲做的鞋结实、牢固、耐穿，而且柔软、舒服。母亲把旧衣服洗好晒干，再把它剪成一块块，将门板倒放在有太阳的地方，用早已在锅里熬好的米糊，将这些布一块一块地用米糊粘贴起来，一直粘贴完整个门板，一个夏天要粘贴好几个门板，放到太阳下晒干，再把它撕下卷起，放到衣橱里，这是做鞋的布帮。母亲在布帮上统一剪好我们每一个人的脚样，然后她用一条凳子放在面前，把剪好的布帮、鞋底样放在凳子上，用米糊将一块块布粘贴上去，粘到一定厚度，中间又隔一层布帮，然后上面再粘贴布料，到了最上面再用布帮封顶层，用剪刀修理好，一只鞋底才算粘好。

粘好鞋底，母亲用麻绳子纳鞋底。纳鞋底是最累人的事，纳成一双鞋底往往需要成百上千次穿针引线，那飞针走线时响着一种剥甘蔗的嗞嗞声，这是一种只有女人才能做出的声音。伴着这种声音，母亲脸上便洋溢着甜甜的笑容。母亲端坐在灯下纳鞋底，一盏如豆的油灯相映窗外的明月，母亲每穿几针，又用针尖在自己头发上抹一下，好像在头上揩油似的，针头穿进去似乎更省力。母亲潜存在心底的温柔和安详渐渐展示出来，她脸上虽挂着疲倦和淡然，心底却漾着殷殷的欢喜，时不时对坐在一旁的我们露出慈祥的微笑。一拉一抽间，躬腰挺背，一道黑黑的剪影投映在白晃晃的墙壁上，就是一场闪亮登场的独角皮影戏，激活我整个孤独寂寞的童年。

我们就是踩着母亲纳的布鞋走出了大山，走进了城市。岁月如穿梭，穿布鞋的时光已经渐渐远去，我想，现在不会有太多的女人会忆起苎麻的，这种牵扯女人幸福的宽叶植物。割麻、漂麻、晒麻、搓线、纳鞋底，每个动作都缠缠绕绕，让一个女孩的心智在缠绕间成熟。

麻仅仅用于搓麻线、纳鞋底，是对麻的亵渎。在乡下更多麻的是送到乡镇上的供销社，然后沿游港河漂到洞庭湖，一船船的麻线送到岳阳麻纺厂，制成一条条麻布口袋，又回到乡村，成为稻谷短暂的歇脚地。恍若一个轮回。那些散发着植物气息的麻袋，纵横经纬，将米、麦、谷物等装入其中，一只麻袋渐渐鼓起，饱满丰盈，又被运送到很远的地方，甚至漂洋过海，远走异国他乡。后来有了岳阳纺织厂，就是专门用麻制线，制衣服的大型国企。20世纪80年代，我有好几个伙伴被招工到岳纺，进了城，穿上了皮鞋，让我羡慕不已。只是后来才知道，他们多是在生产一线，从事浸麻，剥麻等工作。苎麻布的制作要由种麻、浸麻、剥麻、漂洗、绩麻、成线、绞团、梳麻、上浆、纺织等十多道手工工序组成，一道也不能少。单调和乏味的工序绝对考验每一个造物者的耐心和对麻的忠诚度。后来麻纺、岳纺相继破产，乡间的麻终于无人问津，流落民间，与野草为邻，俨然是一个隐者，逍遥在不为人知的丰腴膏泥，莹莹水泽。

麻，曾几何时是乡人温暖的代名词，岁月蹉跎，春秋几度，麻已沦落为乡下搓麻绳的材料。一部人类服饰史，其实就是一部感性化了的人类文化发展史。翻检服装的历史，葛、麻、桑、棉均成为不同时期的主角。葛始于春秋战国，到了秦汉之后葛布的地位下降被麻取代。桑叶与蚕的相融，诞生了一种叫丝绸的服装，至今居高位，难以进平常人家。《杜荀鹤诗·蚕妇》里记载："粉色全无饥色加，岂知人世存荣华，天天道我蚕辛苦，底事浑身着苎麻。"讲的就是贫苦劳动者——蚕妇虽然织出精美的丝绸，却只能穿低等的粗麻布衣服。改革开放时期，曾有一种叫的确良的服装风靡一时，它不是植物，它只是科技的结晶，冰冷的化工产品终究无人青睐，淡出衣服的世界。棉、麻、手织土布、粗织蚕丝……每一件物件都记载着历史。一花一世界，每个物质自有它存在的道理，都是伟大的造物者。几千年前，苎麻完成了从植物到面料的跳跃，变成麻布，融进了人的生活，曾风光无限，如今，却落寞无声。曾为翘楚，奈何斜阳，传承千年的麻布，还有多少人知道它的存在？历史总是令人唏嘘不已。工业革命给人类带来了前所未有的文明，却也破坏了千年工艺的传承，我们失去的是一方水土的记忆。

时隔千年，我只能怀想，在水一样流动的日子，穿着别致夏布的洞庭女子，摇着小船，哼着船歌，在湖上悠然而来，又悠然而去，那些蓝花青布的夏布服饰，将乡村一个又一个平凡的日子，打扮得平和清静，鲜艳动人。而蕴藏在平和、清静、鲜艳动人之中的，是怎样艰辛的劳动。

麻与华夏文化传统连接深厚。夏布更是世界纺织品里的活化石。苎麻虽是织物，也可药用，在中医的处方中，有补阴、安胎、治产前产后心烦等作用。听说秋天而生的麻子也是一种食物，只是我没有吃过，现在很难想象麻籽该是怎么个食法，我猜测不会那么有滋有味，不然不会被埋没在时光的尘埃。麻下得厨房，又上得厅堂，麻也是朝廷必备之物，古代官人的"乌纱帽"称作"麻冕"，它是统治阶级权力的象征。麻可作纸，质地坚韧、厚实。南宋词人刘克庄的"三麻九制笔如神"，在纸上游龙走凤应该是文人的一种快感。唐宋时期，朝廷的任命诏书，用的黄、白麻纸书写，上面密密麻麻，抑或疏朗简洁，临危受命，赈灾济贫，不知写过谁的名字？真的无从寻觅了。在夏布上刺绣、作画，更像一场穿越千年的相遇。麻衣成为普通百姓的代名词，麻衣相书足见一斑。臣本布衣，只是官人的一种自谦。在民间，麻更是魔力的化身。以麻器具驱鬼避邪，沿用至今。麻以洁白、洁净、阳刚、正气、古老成为一种百邪不侵的圣物和神圣祥瑞的载体。许多流传至今的信仰民俗，除了原始文化的传承，还不容置疑地带有汉代道教文化的浓烈色彩，与麻关系非同一般。道士的青衣法帽用麻布制成，汉代先人雕像的衣着也是麻布，长辈仙游的着装用麻衣，小辈祭奠故祖也着麻衣，赐人长寿的仙女还得叫"麻姑"。小时候家乡老人过世，孝子孝孙们用柔弱的麻，编成麻辫，系在肩上和腰间，再戴上白布做的孝帽，叫披麻戴孝，以示对死者的哀悼。也许活着一生劳碌，一身坚强，在人生的最后一程，相送的竟然是一束柔弱的麻。尽管它有时候斩不断，理还乱。在洞庭湖畔、汨罗江边、幕阜山下，乡人们现在依然以这样的形式送别亡者，想必，一个约定俗成的风俗中足以证明麻这种植物与人有何等密切的情愫。

麻是一种力量，一根麻绳，到底能承受多大的重量？在需要力量的乡村，麻在春夏季的绿色中丰满壮实，变成一种力量，那就是一根又一根的绳子。绳子把麻的力量扭麻花一样扭在一起，力量就在绳子不断缠绕的过程中，变得强大起来。麻，依然努力地生活在它们的世界。

一丝看似柔弱的麻，却隐藏着坚韧。

■ 豆豉是家的标志

　　大暑,湘北进入一年当中最晴热的夏天,田野里一大片恣肆汪洋的野草,它们在炙热的阳光下舞动蓬勃的茎叶,与鸟声、蝉声一起撑起原野中生命的奔跑。

　　守望的母亲耸了耸鼻翼,满是老茧的手轻轻扇了一下空气中隐含的花香。母亲平静地说,是时候了。母亲站在屋檐下向田野望了望。她的目光所到之处,一大片生机勃勃的黄豆在田野里等待收割。

　　这时,田间地头早熟的黄豆已饱胀着一串串豆荚在田野里摆动,言语不多的父亲顶着烈日割回一捆捆黄豆,放在地坪上,接受太阳的曝晒。猛烈的阳光拥抱着它们,势不可挡地挤进豆荚,让黄豆迫不及待地从豆荚中跳出来,我分明听到了地坪上"噼里啪啦"的响声。除掉豆秆豆叶豆荚,一粒粒圆润饱满的黄豆呈现在母亲的眼前。可以想见母亲的目光中一定闪烁着溢于言表的喜悦。

　　稍过时日,母亲就忙着做豆豉,这是家乡的一种风味美食。

　　母亲将洗净的黄豆,先用清水浸泡一个晚上,第二天中午,用铁锅大火煮。做豆豉时,豆子煮的软硬程度很有讲究,煮黄豆的时间要把握好,不能煮烂,烂了,豆豉不成形,一包渣;太硬,吃的时候会觉得没熟,甚至会有苦味。如何掌握,全凭经验。母亲说,熟能生巧。黄豆煮到刚过心,尽量不要让豆子破皮,这样做出来的豆豉才能颗颗色泽黑亮剔透。黄豆煮熟后,熄火,取出沥水晾干,放进竹盘并均匀地铺开。

　　黄豆在厨房开始飘香。用不着母亲吩咐,我们立马去寻找黄荆。割黄荆要在阳光最好的时刻。早上露水太浓,傍晚割,又伤了精髓。唯有正午时分的黄荆清清爽爽，没有一滴露水。我们很细心地砍回黄荆，此时，摊放在竹盘中的黄豆在阳光下晒得半干。母亲把竹盘搬进屋中，用黄荆的枝叶密密地盖住。黄荆的香与黄豆的香裹住母亲。

母亲也会给我们一丝犒劳。当我们扛着黄荆归来，母亲已盛好一碗香喷喷的黄豆，放一匙红糖。香呀！这个香已在我的脑海飘浮了四十多年，一直未散。

黄豆在黄荆的呵护下，慢慢地长出一层密密的、细细的绒毛，浅黄色。这是黄豆的发酵过程，先人说是"沤豆豉花"。发霉最为关键，最好是黄霉，白霉的豆豉不好吃，这便是豆豉制作的关键所在。一个星期左右，掀起早已枯萎的黄荆，黄豆发酵完成，浇上白酒，拌上盐、大蒜、橘皮、姜米、花椒、茴香、香叶、八角、干辣椒粉，一点点白糖调味，在太阳下晒干即可，此为干豆豉。也可以拌均匀后，放入早已洗净且在太阳下高温晒过的坛子，封盖，坛沿注入清水，放在院子里，日晒夜露，使其接受自然的精华，星光和月光，雾气和露水一定会溜进坛中，怪不得豆豉如此美味，这就是水豆豉。

一小把干豆豉，黑黑的，不上眼，却爽口。至今怀恋中学时光，住校寄宿，一瓶水豆豉，那是一个星期的佳肴。

一粒豆子"进化"成一粒豆豉，需要母亲十多天的细心等待，悉心呵护，才能完成它清香四溢的进化使命。真正腌好了的豆豉，一颗颗饱满挺立，酒红色的色泽，鲜亮、剔透、生动。打开坛盖时，一阵香气四溢——小小的黄豆里汲取了天地灵气，更多的还有亲情的浓缩与氤氲。

霉豆豉的制作过程是一个神秘的过程，这是我至今没弄明白的事情。乡下有酿酒、霉豆腐、熬谷糖等等风味小吃，是一代传一代的技艺，经由千年演化而来的民间智慧，是时间发酵出的美味，也是食材们涅槃新生的轮回，染着农人的汗水，饱吸着阳光的热情，寄托着人们美好的愿望，终成一种农人般朴素亲切的美味，温暖农家人的平常生活。

这是母亲的豆豉，外表黑不溜秋，貌不惊人，又土得掉渣的豆豉，却有着传奇的色彩。

我乡下的朋友李明关，典型的农家汉子，出外闯荡江湖多年，广州办过厂，又奔走他乡酿过酒。人在他乡，心在家乡。走得再远，心里常惦记着家乡那些地道的农家食品。于是突然回乡开始大规模生产八味豆豉。究其原委，是因为家乡的赓续传承。他出生在临湘市的偏远乡镇——詹桥镇，生于斯，长于斯，据说他家乡的八味豆豉至今有三百多年的历史。八味豆豉经过 10 多道传统工艺秘制而成，成品色泽油润光亮，体态颗粒完整。他的奶奶、母亲都是做豆豉的高手。有一次他神秘地跟我说，家乡的豆豉出自董小宛之手。董小宛虽为秦淮歌妓，不仅熟谙诗文书画、针线女红，且在美食上造诣很高，精晓食谱茶经，被封为中国古代六大美厨神之一。制作八味豆豉要精选上好的黄豆，九晒九洗，一颗颗剥掉外面的膜，再加入瓜、杏、姜、桂等各种细料以及酿豉的汁，精细地融合在一起，待豆豉成熟后，粒粒饱满、色泽浓艳、香气扑鼻，味道与众不同。一度被封为御用食品。

董小宛去世后，其表妹彭氏继承了制作技艺。几经辗转，彭氏举家迁入詹桥定居，花开花落，寒来暑往，数代人经历风雨，"八味豆豉"独特的制作秘方在詹桥一直传承至今。我无法去探究传说的真实程度，真也罢，假也罢，八味豆豉的美味却是实实在在的，令我迷恋终生。岁月流传，彭氏的事迹早已不可稽考。传说不管是真是假，都给豆豉蒙上了一层神秘的色彩。

其实詹桥地处湘北，系罗霄山山脉，有水系称微水。一个有山有水的地方，自然是一方佳境。水是豆豉的血液，黄豆是豆豉的肌肉，微生物是豆豉的骨骼。血肉骨构成了詹桥豆豉三百多年的精魂精髓，共同赋予豆豉独有的风味，孕育出香惊四野、乌亮醇香的豆豉。

一颗看似不起眼的黑豆，经过浸泡、蒸煮、冷却、制曲、发酵等工序，渐渐变成农家菜里的"黄金配角"——豆豉。它性格百搭，游走于各种食材中，跟荤素都能搭配，万物皆可，不管是蒸菜还是炒菜，一道菜只要加了豆豉，去腻添香，总会出彩，就是一盘好菜。我外婆偏爱豆豉，记忆中，她一边炒豆豉青椒，一边自言自语，做人啦，就该学学豆豉，黑不溜秋的吧，跟谁都合得来，没那么多闲事儿。

豆豉是我童年中最佳美食之一，一直延伸至今。标配吃法是炒蒜苗回锅肉，炒腊肉风味更佳。辣椒炒肉、清炒苦瓜、炒空心秆等诸多美食中，更是少不了豆豉的身影。用家乡的话说"转下味，少不得"。辣椒炒肉是一道美味的下饭菜，也是我一生的菜单。夹一颗豆豉入口，咸咸的，鲜鲜的，香香的，好吃得不得了，感觉豆豉胜过肉。就一碗白米饭，不疾不徐慢条斯理地嚼咂而食，简直就是一种无上的享受。豆豉蒸排骨是传统的经典美食，夹起一小块排骨，入口鲜嫩多汁，豉香浓郁，俘获了少年的味蕾。腊味合蒸也是我喜爱的下饭菜，让人称绝，自然少不了几粒豆豉的精彩配合。拿它炒藕丁萝卜丁呢，脆生生的，带一股豉香，下饭得很。

生活在物资匮乏的年代，猪肉可不是天天都有。母亲心痛我们缺乏营养，时不时咬牙割二两猪肉，放豆豉炒一盘香气四溢的回锅肉，那味道永生难忘。时光荏苒，母亲八十有三了，我也早已成了孩子的父亲，每次做回锅肉时，都会像母亲一样，放上一勺豆豉，感受那唇齿留香的感觉。那不仅是童年的回忆，也是对家乡割舍不断的亲情。

豆豉是家的标志，离家的儿女，简陋的包裹必定有母亲放进去的一瓶豆豉。它们随着儿女远行的足迹翻山蹚河，潜入到陌生的城市，慰藉孤独漂泊的灵魂。无论身处何方，"豉味"永远是难以忘怀的家乡记忆。一顿简单的家常便菜，添点豆豉，总合时宜。

吃一枚豆豉，味蕾沾满了乡村的气息、乡村的生活和乡村的记忆。一粒小小的豆豉，仿佛是一双出神入化的手，瞬间把小日子揉捏得芳香四溢。这一切我认为，得道于黄豆沛然而莫之能忘的香气，漾出温暖踏实的感觉。

如今，我已过天命之年，早已褪去浮躁和冲动，但儿时母亲的菜中那一粒粒光滑油黑、清香散粒的豆豉，却让我始终难以忘怀。

　　暮色四合，餐桌上正放着妻子炒好的几碟小菜，还有一盘回锅肉。放下书本，我夹起盘中一颗漆黑发亮的豆豉放入口中，细细咀嚼，它质地松软、豉味浓郁，那汁水流进肠胃，满腹都是淡淡的乡愁，童年的回忆又涌上心头……

　　乡愁，其实就是人间烟火的味道。豉香是乡愁的一根引线，细细长长……

■ 一树悬秋香

南方的花事络绎不绝，春繁盛，夏火热，即使秋风起，花期却未尽。

八月末，秋渐起。乡间有民谣，秋风起，红薯生，意思自然很明了——秋是收获的季节，稻黄粟熟，玉米鼓胀，高粱通红，一切皆是颗粒归仓。即使湖中的蟹，也应了秋——秋风起，蟹黄肥。此刻，杜英繁华已尽，花香且远，紫薇似乎还在依依不舍，像极了更年期的妇人，总想扯住青春的尾巴。栾树也开了，急促，先是黄澄澄一片，很快就是红彤彤的果，来得快，跑得快，像风一样的女子，奔跑在岁月的末端，结婚生子，把原本草木一年四季的人生，就在秋的日子演绎完成。也好，秋，本是一个喜气的时光。

桂花呢？丹桂飘香兀自而来，为质地硬朗的金秋添上一股柔软蕴藉之气。

推开秋的门窗，桂花是一日不见的初恋情人扑面而至呀！一个香字，怎么了得。秋是桂花盛开的舞台，也就是说桂花才是秋天的主角。对，主角总是从从容容登台入戏。不急，一树一树地开，一波一波地开，从远到近，从高到低，花小，但密集，其实更引人注意的却不是花，是香味。桂花的香，是一种带着甜味的香，甜蜜却不甜腻。暗香浮动。这份"暧昧"，未尝不是桂花最诱人的时刻。"凉蟾光满，桂子飘香远"，古老的诗歌呈现着秋分时节桂花的动人之美，迷人之媚。

桂树是南方一种普通的树种，乡间城边，尽是桂的身影，千姿百态。

岳阳因为洞庭湖一湖好水，更是滋润了桂树的一年四季。桂树虽不及樟树的繁密，但大街小巷多见桂树。大隐隐于市吧，都市僻巷，一待秋风至，一树桂花就香了一条街巷，香了一个小区。晨起，走在街角巷尾，有浓郁香气袭来，弥散在晨雾里，香了满头满脸。黄昏，抑或静坐马路一隅，看尘世喧嚣，听秋虫唧唧，染一襟幽香，有桂花如细雨，风吹得很轻，抑或无风，花落很细，一地铺着桂花的路面，季节的声音只在心间。甚至在办公室忙忙碌碌，忙中偷闲，伫立窗前，遥望，有一种香味忽远忽近，围绕聚集，充斥于鼻端，入心入身，瞬间的累就在花香中散去。呵，桂花开了。生活在花香四溢的城市多么幸福，这才是秋天真实而又温暖的味道。

南方的树就是好。北方的槐树、桦树、杨树、柞树和榛树，绿的时候像透着油性的翡翠，几场寒霜过后，又那么赤身裸体略显夸张地伫立在天地之间。而南方的树，一年四季春色盎然、蓬蓬勃勃。桂树正是深谙其道，树势强健，枝条挺拔紧密，立于风雨，守于酷暑，使冰天雪地，不改初衷，风骨独存，一树绿意给肃杀的冬，增添温暖。秋，丰收的代名词。稻菽飘香。秋天来了，寒冬不再遥远。此刻，桂花开了。桂花是盛放在秋天的花朵。我十分惊诧草木对季节的感知。我也感谢先祖的智慧，一年二十四个节气，惊蛰、芒种、霜降，唯有冬隐形于小雪大雪的背后，似乎是为草木安排的日志，依次进行，依次轮换，不争先，不恐后。时光静好，草木井然。

桂花不及紫薇的艳丽繁华，又不如栾树的花高高在上，桂花细小，如一粒粒粟米大小，四片厚瓣围着几丝细蕊，数十朵这样的小花，成丛成簇聚生于叶腋间，聚集于枝头，如一个小花棒。金色的叫金桂，白色的叫银桂。花细小但不掩大气，重点在它的香。桂花那个香呀，飘逸，悠长，没有杜英的浓艳，但丝丝缕缕，若有若无，飘飞远散，很细的一缕清幽，绵长，香中带一股甜甜的味道，怎么闻也不腻，不烦，不燥。觉其所在，永不招摇。它们与世无争，静静地开，悄悄地落……秋光落尽，花落尘埃，这一季开过，下一季犹自再来。

秋天的阳光温馨如春，一个人走在大街小巷，看街市繁华，却能享受一树桂花香的盛宴，亦可穿行城中公园——金鹗山，听玉佛寺的木鱼声声，孔子雕像面湖而立，一脸高深，那个既生亮何生瑜的周大将军，此刻都浸润在桂花香中，一切皆为宁静，也就不谈嫉妒的情绪了。

我喜欢这座城市，不只是因为忧乐情怀的千古名楼，厚重深邃的慈氏塔，浩瀚包容的大湖，还有质朴素净的草木，譬如桂树、香樟、杜英、油桐，譬如山茶、月季、黄栀子，它们装点着这个城市，靓丽着我们日常琐碎的生活。我们从容地与湖为邻，与山为伴，皆因草木的深情。

桂树深入一般寻常里巷，市井人家，这是它的布衣性格。桂树树质干净，甚至不招惹虫害。如此干净的树，干净的香，闲庭院落，植种一株，真的是家常的寻常精致，一如喝水，啃厚实的面饼，生活里的平常，持久常在不经意之中。江南古镇，老宅老树，多为桂树，只是树郁聚了江南太多的烟雨，铺满了旧时光的苍苔。岁月飘摇，宅院里的人事物事早已随花开花落，隐没于岁月的深处。

其实，在乡下，桂树更是备受敬重。农家院落除了桃李橘枣——那些能给人类带来口福的果树，多会种植两棵桂树，讲究的是"两桂当庭""双桂留芳"。桂寓意于贵，荣华富贵、子孙昌盛的象征。大富大贵，何尝不是乡间平民百姓的期望。三代才能出贵人，这是一棵桂树的守望。在乡村有不少叫桂花的女孩，定然是出生在桂花飘香之时，一个简朴的名字深藏父母对儿女的牵挂。20 世纪六七十年代，桂树一年四季的绿，远不及一棵大白菜的绿，那是一碟人间烟火，一日三餐少不得平常菜肴，清炒、酸渍、晒干。桂树的实用价值远不及一棵樟树、一棵杉树的厚重，那可是女儿的嫁妆，抑或老人千年屋的材质，而桂树的树干，不挺拔不笔直，往往不是太高大，再古老的树，也难以超过碗口粗。但桂树木质坚韧，树干纹路优美，深受村子里的汪木匠喜爱。年已花甲的汪木匠一生专注于雕刻各种佛像，一年四季就蹲在家中雕菩萨，观音、如来、弥勒佛……从不下田农作，似乎与农事绝缘。他雕刻的佛像栩栩如生，气韵生动，令人叫绝。原本朴拙的木头在工匠的手中展示出生命力。我惊讶乡下手艺人的天赋，试想，他如果出生在 20 世纪 80 年代，抑或是殷实人家，说不定就是一位画家。可惜，时势造人，他的命运就如田野间质朴的草木。

但是桂树自有它的妙处，乡下人怎能让一树芳香空自凋零呢？桂花糕、桂花酒、桂花糖、桂花茶，丰盈了乡间生活的芳菲。将桂花、纯藕粉加白糖冲调，就成了桂花藕粉，味美且开胃。取上等小枣，加糖煮，汤将尽时，加入桂花，即成健脾开胃的桂花蜜枣……

在桂花飘香的季节，做一道晶莹剔透、弥漫着桂花香味儿的水晶桂花糕，此时应该更应景。年少时，格外喜欢外婆做的桂花糕，又香又甜。只是外婆已远离我们，那一盘桂花糕成了童年遥远的记忆，如今喜欢上了父亲的桂花酒。我惊叹父亲对酿酒的挚爱，喜酒的父亲似乎什么草木都要浸透于一壶酒中方显味道。如杨梅酒、金缨子酒、樱桃酒，自然如此香艳的桂花难逃父亲的老花眼。一季桂花有三波，父亲选择第二波桂花盛开，正是金秋时节，摇一树桂花，选一壶二道酒，酒亦如花，头酒涩，二道酒才是精华。清冽的白酒被芬芳染成了琥珀色，桂花酒，飘香万里，让人闻香而往。想起南宋词人刘过的"欲买桂花同载酒，终不似，少年游"。原本很中年的心境，因为桂花美酒，也夫复何求。一杯一杯，真的要感激好花好树，人生若有一时深啜低诵，细细算来，许多皆是因为草木。

"何处桂花发，秋风昨夜香。"南宋诗人戴复古行走在潇湘之地，未见到桂花，却从秋风送来的香气中，感知到桂花开了，挥笔写下《长沙道上》，无比贴切。桂花与诗人如此执念，随手就可以在哪个朝代中捡出几首散发着浓郁的桂花香的诗词。譬如唐代王维的"人闲桂花落，夜静春山空"，写的是花落鸟鸣的幽雅情致。宋代李清照的"何须浅碧轻红色，自是花中第一流"，对桂花推崇备至，耐人寻味。清人张云敖的绝句《品桂》："西湖八月足清游，何处香通鼻观幽？满觉陇旁金粟遍，天风吹堕万山秋。"民间更有很多和桂花有关的神话故事，尤其是吴刚伐桂的故事，更在民间广泛流传。

去年去浙江大学参加文学培训，正是金秋，"满陇尽是桂花雨，一路芬芳入杭城"。我是裹一身桂香穿行于古城杭州的风光中。桂花是杭州的市花，满街桂树，遇见的是桂树，抬头是桂树，低头是桂树。何止在满觉陇，孤山、岳庙、刘庄、梅花坞……整个西湖边萦绕着醉人的芳香，甚至是湖中大小岛屿，也开满密密繁花的桂树。我杜英是岳阳的市树，却没有如此礼遇，只能躲在某个角落委曲求全。还好，杜英正在重新露脸于街头巷尾，夏天来了，一树芳香弥漫街头，还有艳红的叶闪亮你的眼。

秋天开花的树，通常是隐忍、幽娴、理性、蕴藉的。想一想桂树一年中绝大多数时光里默默无闻，开花就惊心动魄。惊心的不仅仅是花，还有时光。桂花一开，中秋节就到，十五的月亮自然是圆又亮，天气晴好，坐在桂花树下，闻着桂香，喝着桂花酿成的小酒，品尝桂花月饼，就有一种"明月醉清风，丹桂香满城"的诗情画意。

上怕端午，下怕中秋。这是母亲经常挂在口边的乡间俚语，讲的就是时光易逝。少不更事，尚不知其意。等到自己暮入中年，才知晓光阴似箭的冷锐。桂花开了，季节便迫不及待地往秋天的深处走去。桂花落，秋已深，那些挂在枝头的香气，渐渐散了，冬的寒意来了。

一年又过去了。

■ 一只锅的隐喻

1

冬至，拉开了寒冬的序幕，时光已是腊月 —— 一年中最后一个时节了，春节的气息伴随着雪与风的脚步迫不及待，仿佛一路踩着秋天的枯枝落叶，"哒哒"作响。此刻，你一定会想念一场雪，雪就真的如约而来，趁着夜色，义无反顾，拥着村落、田野、小径、菜园、枯荷，银装素裹下，美好得像是一幅画……

雪是年的灵魂。不下雪，过年的味道就淡然无味似的。

雪来了，年就来了。少年的我焦灼地闻到了年的香味，这是一年的企盼呀。"做糍粑，打谷糖，炸薯片，炒豌豆……"谷糖是少年的最爱，一个个圆圆的如苹果大小，外面还裹了层爆米花。将秋天晒制好的红薯干炒熟，抑或用菜油炸，金灿灿的红薯干也是过年最受欢迎的美味之一。母亲收藏了多时的豌豆花生，一年到头才能买的新衣新鞋，还有"噼里啪啦"的鞭炮是少年的最爱，终将如期而至。

意念一动，年就给了我一个暖融融的拥抱。

村庄里渐次升起的炊烟无处不在，香味像少年的我在每一个角落里欢呼奔跑，牛棚里打盹的老牛也惊醒了，它的眼神是多了一丝亮光，寒冬中的麻雀模仿少年的模样，四处串门，呼朋引伴，想享受人间的几许美味。我开始呷动嘴巴，回味每一道想象中的美食佳肴。桃林丰锅，跃上心头，格外清晰而又温暖。我相信只要是 20 世纪 70 年代之前出生的桃林人，一定记得这道菜，不但对它津津乐道，而且对它心生敬意！这只是湘北一道简而不单的菜，普通得不再普通了，但是在一个时代，却是一味美味佳肴，浸润着桃林百姓骨子里的记忆与情结。

我出生在 20 世纪 60 年代末，童年、少年和青年，始终环绕着这道菜的身影，一直到现在，伴随一生。应该说是这道菜影响着我的成长。那时节，能吃上一口丰锅，非客即节。过年过节，或者婚嫁丧娶。当然最隆重的是过年，弯弯曲曲的桃林河上上下下、村村落落就开始热闹了，家家户户杀猪、打豆腐，为的就是这一只锅。随便走进一个村庄，一家院落，繁华也罢，贫困也罢，都可以领略到年的鲜香与生动。仿佛一锅在手，细碎鲜活的日子便能过成一条绵延的河。

桃林丰锅其实简单，简单得人人能动手做。在乡下每一个成人都是做丰锅的大厨。一块猪肉，一盘豆腐，一篮白菜，一捆粉丝，刻意地堆积在一口大铁锅里。乡下的土灶，秋天山上捡拾来的柴火，大火烧开，小火炖煮。干柴烈火，遇上这些乡里的"土菜"，再加把秋天腌制的红辣椒，菜园子扯一把大蒜和香葱，桃林丰锅便堂堂正正地出台了，有红，有绿，有白，生动而又鲜香。鲜，有时候很锋利，像把刀子直戳进你心窝。

吴獬老爷是桃林河畔的名人，饱读诗书，奶奶说他是满肚子经书，听说当过县官，后弃官从文，育弟子数千，享誉百年。历史的吊诡，每每让人感到意外。我家与吴獬老爷隔河相望，他是我的偶像，对他一直心生敬意。少年的我们都是读着他的《一法通》长大的，一法通，万法通，盛传百年而不衰。充满了人生的哲学，简洁而又明了。吴獬老爷著书立说、立一家之言，生前虽无赫赫之功，身后却有不朽之名。他说"丰锅一餐毕，忘却天下珍。"可见丰锅菜在他心目中的地位。

桃林河从药菇山麓起源，流经文白、忠防，再到桃林畈这个小小的平原，后又七个弯，八个拐，经长塘、西塘、乌江、箕口、新墙，最后抵达洞庭湖。曾经是湘北地区路南片的交通要道，让桃林古镇成为人口、财富的汇聚之地，因水而兴。高高低低的民居沿河而建，码头石埠错落有致。白天，三两妇女临窗面水，咿呀些琐碎闲事；傍晚，几处船家橹声灯影。有河，有月，还有半支思乡的渔歌。一条河就是一部史书，记录了一方山水的风土人情，记录了这里千百年来的乡土厚重与鼎盛繁华。正是因为这条河，成就了桃林豆腐的水嫩鲜香。

过年，父亲必做一口丰锅菜，沿袭至今，绵延不断。丰锅菜始于何时，又究竟历经多少年，无从考究，但至今桃林河畔家家保存着这种原始饮食习俗。

腊月三十清早，天未亮父母就早早起了床，放一挂鞭炮，噼里啪啦，开门，清扫院落。一个早晨，整个村子就是在炮声中醒过来，我也是。大人望种田，小孩望过年。终于盼来了，所以醒得格外早，炮声一响，呼啦啦全都起床，再冷的天也不冷了。忙着帮父亲贴春联，刷米汤。识字后，还能帮父亲分清上下联。再后来，贴春联就是我的分内事了。灯笼对于门楣来说是最好的装饰，大红灯笼一挂，配上一句"飞雪迎春归"隆重而热烈，年就拉住了你的手，温暖如春。

贴完春联，父母亲就开始弄年夜饭，母亲指点江山，父亲依令行事。大年三十的早饭和午饭很简单地吃一点绿豆粉皮，或在灶膛边炕几块糍粑。我们则是当小工打边鼓。一早父亲就忙着杀鸡剖鱼。一年中难得吃一次鸡。鱼，一定要买大一点的，那时节只有白鲢，三五斤重，刺多，但却有年年有余的寓意。母亲提着竹篮子去菜园子摘青菜、大蒜叶。青菜是那种个头高、叶大、梗粗的土品种，不是现在的"上海青"之类的改良品种，菜是自家土地上"喝"粪水，"吃"土灰长成的鲜白菜。经了霜的白菜，脆甜醇厚。其实在农村，很多时候，这种青菜是用来喂猪的。做丰锅菜，一定要用这种菜，沁甜的。怪不得猪都爱吃，何况人。

青菜被大姐背到桃林河边去洗。一口泉水，冬暖夏凉，长流不息。此时，冒着腾腾的热气。洗衣洗菜，一点不冷手。人多的时候大家依次排队。

母亲则在厨房里忙着洗肉，自己喂了一年的土猪，食人间潲水，田地百草和蔬菜滋补而成的纯正土猪肉，肥瘦间嚼出香甜。也有我的功劳，那时周末，我经常随大姐去田园里寻猪菜。肉选排骨和五花肉，一大坨一大坨，码在锅底，大致三四两，再在上面放一层青菜，再放一层豆腐，粉丝，有时也放点干黄花菜，荤素搭配一锅煮。一层肉，一层豆腐，一层粉丝，一层青菜，依次加入，容纳万千，层次感分明。调味时只需加一点点盐和味精，温柔的火候会让所有味道在炖盅中融为一体，细腻的香气缓缓弥漫开来，香了一个村落，也香了我的记忆，永恒。

二十四，打扬尘，二十五，打豆腐，二十六，去割肉，二十七，去赶集，二十八，打糍粑，二十九，样样有……这是小时候最耳熟不过的一首童谣。桃林豆腐，由颗粒饱满的桃林黄豆配上清冽甘甜的五峰泉水，石磨磨制而成，色泽洁白，细腻润滑，鲜嫩可口。丰锅菜，因为桃林豆腐，才有了真正的"家乡味"，有了灵魂。粉丝是土生土长的红薯、黄豆、绿豆等原料加工而成。

二姐帮着烧火，灶膛里的火苗在锅底起舞。丰锅用木柴烧才有灵魂。先是热气升腾，慢慢地，一股香气弥漫开来。我和小妹则是东跑西看，当起了情报员，不时跑回家报告情况，谁家的兄弟姐妹回来了，谁家的鸡已经杀好了，谁家又开始炒菜了。乐此不疲，来回穿梭，其实心里却是挂念着家里的丰锅菜。

丰锅菜关键在一个"熬"字。丰锅菜不是炒菜，做法很简单，家常吃法，把几种家常菜蔬一起放进大铁锅或煮或炖，讲究的是慢慢煮，耐心和韧劲，成就了美味。桃林人过年多是吃年夜饭。一锅菜，从上午到下午，熬炖出来鲜香浓郁：白菜熬得立不起身，不喜欢的说是猪菜，而我们却吃几大碗。豆腐炖得挺不起腰，鲜嫩生动；粉条软得站不住脚，滑溜溜的，一嗦就下了喉。而肉和排骨更是咕嘟得松松垮垮。熬煮中各种菜相互沾光借味，杂而不乱，多却不琐碎。一种混搭，一种绝妙的碰撞。这种混杂着各种食材的丰锅，在高温的烹煮之下，食材之间散发出各自的味道，融合沁入，常常让人不忍放下碗筷。这是一道很斯文的清汤锅，不肥腻，无调味，有的人家甚至拒绝辣椒，吃的是肉与菜的火热与新鲜。

大年三十的年夜饭一般是在四点多钟开始，陆续就有炮声响起。乡里人讲究的是吃饭不落后。隔壁邻居总是相约一并开始，东家放完炮，西家又开始，村庄里渐次响起，这是一年中最热闹最温暖的时刻。在我的印象中，始终记不起年的冰雪有多厚，天气有多冷。所有的记忆中只有热闹与温暖。放完炮，关上门，一家人围在一起吃年饭，热热闹闹，和和气气，甜甜美美。桌上中间就是丰锅菜，再配上土鸡汤，鱼。再后来家里条件好，一定要摆十道菜，寓意十全十美，当然必不可少的丰锅菜。火烧上了，锅架上了，菜拼好了，酒摆好了，一家人围着锅，一边聊天，一边听锅内白菜豆腐与肉在翻滚唠叨。大家相对一笑，相约围炉，动箸开食。香味弥漫，传承赓续，一家人迎来别样的收获，也是一种最朴素的厚望。多么让人怀念啊！

一个鲜香无比的现场，是当时少年现在大叔们深刻的儿时记忆。从未有一个节日能如春节般牵动人心，它是团圆的，是热闹欢畅的，也是满满当当一桌子年饭将大家聚在一起的五味丰满。

我们兄弟姐妹五个，我排行老四，上有大哥大姐二姐，下有小妹。记得大哥招工到县城工作，后娶妻生子，嫂子家在忠防镇，与桃林镇毗邻，一个在河之上，一个居河之下，正如一条藤上的两只瓜。大哥大年三十赶场子，中午到岳父岳母家吃年饭，然后再沿桃林河步行上十里路回桃林赶夜饭。自然我们年夜饭要推迟到五点左右。此刻周边的鞭炮声四起，我们就有些心急了，母亲说，好饭不怕晚。其实就是等着全家团圆，一个也不能少。这才是年最动人的秘境。

日子就在灶台前移动着，立春，立夏、立秋、立冬，季节轮换，日月交替。时光远去，岁月已不再回头。随着我们渐渐长大，大姐、二姐、小妹先后出嫁了，我也外出求学工作，成家立业。原本一个七口之家，终于分成了六个小家三十五人。正是一口锅，在生活艰难之时，支撑着我们挺过一个又一个低谷，这些琐碎但温馨的记忆，弥足珍贵。有一种幸福叫父母在，家就在。年年春节，回家过年，最爱吃的是父亲做的丰锅菜，因为它早已霸占了胃，抢占了心，渗透进了血液，浸润了骨头。再后来，父母年事已高，他们又随我们进了县城，安居一隅。如今父母八十高寿，生活自理，时常煮一锅丰锅菜，慰劳我们的胃。这何尝不是一件幸事。母亲时常说，现在的日子好哩，比起那个时候，真的是天天过年哟。是的，如今过春节，最主要的不是吃，而是团圆，是相聚，是感情唱主角。陪陪父母，兄弟相聚，一炉火，一壶茶，一张桌，重温家人闲坐时光，灯火可亲的温暖。一口锅上桌，所有的美好，就藏在这一口丰锅里，滋味绵长。

家，又回到最初的样子。源自苦寒，向阳而生。

2

一口丰锅，究竟隐藏了多少秘密？

其实，在大地之上，每一种美食的背后一定有无数个传奇故事，每一道菜都有自己独特的生命历程。桃林丰锅也是如此。少年时，常常在夏夜乘凉或围炉烤火，听老人讲古，聊坊间逸话，自然而然会讲到丰锅。每一张嘴中都有一个版本，都有一种说法，在民间口耳相传，是与非，真与假，都已无妨。或许隐秘也是一种传奇。

譬如，桃林丰锅与李自成的故事。闯王李自成兵败，逃到湘北地区，在田野围炉煮丰锅，天寒地冻，身心却是暖的。李自成，一个为民族大义和天下苍生而战的英雄，在那个时刻却是何等悲壮。又譬如当年明朝开国皇帝朱元璋征战湖湘，过长江，饥饿中尝到桃林丰锅，称赞："味美，丰盛也。"他一生充满了坎坷与波折，从乞丐起步，最终登上了权力的巅峰，成为历史的佳话，一口锅让他赞不绝口。又譬如桃林名人方升，原本一介草民，苦读诗书，明成化进士，在朝为官到监察御史，为人正直，刚正不阿，常以丰锅为食，豆腐白菜，一清二白。又譬如湘军名将曾国藩为率兵战长江城陵矶，居守临湘，百姓送丰锅犒劳将士，也是一段佳话；又譬如吴獬老爷，晚清进士，曾任广西荔浦县七品芝麻官，辞官不做，回乡从教，却把桃林丰锅留在广西，一口锅成为荔浦人的念想……

悠悠千年，英雄安在？唯独一口锅始终悬挂在百姓的灶膛上，炊烟不断。

历史总是充满了未知和悬念。传说终归传说，关于丰锅，民间故事终究有着美化和虚构的成分，事实上，菜肴的形成经历了漫长的时代演变，桃林丰锅亦然。追根溯源，桃林丰锅这道菜品的由来，还得从千年前祖先南迁说起。

循着祖辈的味觉记忆，或许能揭开丰锅的隐秘。据说，临湘人的祖先是古长安人，一场安史之乱，打破他们的安宁，四方逃难，故土成了背影中的苍茫。漫漫南迁路，栖身之所一变再变，但味觉的记忆却难以割舍。在逃难的过程中，砍柴伐薪，摘茶采药，腹中饥饿，则在林间空地架一口石锅，围炉食之。一旦有敌情，封锅而逃，或许这就是"封锅"最早的来由吧。

越长江，终于得以喘气歇息，定居繁衍。一乡一俗，乡音渐变，习俗已改，但这一口锅却长留千年，南迁先祖的离愁别绪孕育了"煮"的技法，一道丰锅菜抑或是苦难的见证与记录。沧海桑田，不变的是生活在土地上的生灵对生命的渴望。每一道食物皆因一方水土的物产与人情共同塑造，丰锅之所以能让人念念不忘，正是因其承载着先祖千年来一路漂泊而累积的深深乡愁。

一口锅，藏着一个古镇的历史，酸甜苦辣，俯拾即是。

其实，丰锅的形成，更多的是因为一方山水的独特地理因素而成。行走湘北，山水相间，处处皆景。北有长江环绕，湖泊众多，如同一只只眼睛，镶嵌在大地之上。南有药菇山、五尖山，峰峰相连。山也清，水也秀，枝繁叶茂地长出稻子、油菜、花生，长出白菜、萝卜、南瓜，也长草长树。人，也是大地的庄稼，生根，发芽，抽枝，长叶，慢慢地长大。人以食为天。

先人在稻谷、大豆、白菜等这些农作物上做文章，变着花样打破原始材料的性状，大胆地混搭组合，这也正是丰锅的绝妙所在。一粒黄豆，到一块豆腐，在双手的揉搓中，一年又一年，一顿又一顿地重复制作中，讲述着历久弥新的故事。生活在大地上每个角落的人，都有着自己的智慧和生存的经验。我始终敬重着每一个在劳动中成长的人，他们才是土地的根脉。

一口丰锅，穿越千年，折射着先人躬耕劳作的侧影。

丰锅的实质就是火锅。据历史记载"火锅"的最早雏形是周代的"鼎"器，而战国时期的"陶罐"，才是真正意义上的"火锅"。翻阅《中国食物记》，才知晓在古代，对食物的烹饪讲求的是"脍"与"炙"，"脍"就是用水煮，"炙"就是用火烤，所谓"脍炙人口"由此而来。诗人苏轼曾写过"空庖煮寒菜，破灶烧湿苇。"就是对这一场景的生动再现。读史书《韩诗外传》，我们可以想象到古人聚会的热闹景象：将食物放入鼎中煮熟，"列鼎"而食，围炉畅饮，丰锅场景何其类似。白居易的"绿蚁新醅酒，红泥小火炉，晚来天欲雪，能饮一杯无。"一诗中可见一斑。将红泥火锅放在火炉上面，将自己喜欢吃的食物放入锅中。一边喝着"绿蚁新醅酒"，一边与友人吃着火锅，这种感觉既舒适又怡然自得。一个简简单单的日常生活，在诗人的笔下却是如此诗情画意，温馨惬意。宋代诗人陈藻曾写道："白秫新收酿得红，洗锅吹火煮油葱。"其意为用刚收获的白糯米酿酒，然后将锅刷洗干净点上炉火煮油葱。诗句里所描写的场景，其实也是吃火锅的一种方式。杜耒的《寒夜》"寒夜客来茶当酒，竹炉汤沸火初红。寻常一样窗前月，才有梅花便不同。"何尝不是一件雅事。

到后来，"封"也罢，"丰"也罢，顽强耕作的农人心中的祈盼是锅里的菜越来越丰富，田野的庄稼也越来越丰收。丰锅，是寒冷冬日里的精神信仰，更是艰苦岁月、不畏苦难、快乐生活的见证，更是对寒冷冬日的尊重。一口锅的背后演绎的是"和而不同"的传统锅食文化，这或许就是丰锅的秘密所在。

千百年来，桃林人爱丰锅，做丰锅，吃丰锅，相沿成俗，久盛不衰。吃丰锅已是桃林河畔一种淳朴且原始的饮食习俗，更是在外游子思乡的愁绪。宰杀家猪，将尚有余温的五花肉入锅，一堆人围着，一只丰锅抵所有。大杂烩，一锅煮，吃的是肉与菜的鲜香、清甜，喝的是荤素久煮升华的醇厚汤汁，其乐融融。

当然，时代在变，丰锅也在变。老味新生，生生不息。如今在城里独家独户，自成院落已是奢侈，逼仄的空间何以架灶烧柴呢？原始、粗犷的铁锅炖丰锅，已无可能。改良版的丰锅应运而生。不论时代如何演变，丰锅的官方标配少不得五花肉、豆腐、大白菜、粉丝。我经常在家做丰锅菜。尤其是寒冬初降，煮一盆丰锅菜抵挡严寒。首先，把五花肉整块煮，肉煮紧，油析出，切成厚厚宽宽的大肉片，半肥半瘦，再上锅炸至外焦里嫩，炒香，放辣椒、大蒜。豆腐是从菜市场买来的，再用煮了五花肉的汤压豆腐，高压锅将白豆腐块煮成蜂窝状，再加粉丝、白菜等合煮，最后将肉盖在配菜上，用电火锅盛着。窗外寒风呼啸，室内却是温暖如春，一锅上桌，闻到那股豆腐香、肉香、菜香交杂的美妙滋味，会心一笑。

一口锅已经成为桃林人的"味觉暗号"。围炉聚炊欢呼处，百味消融小釜中。邀三五好友，桌上一口丰锅，手上一杯谷酒，檐下一灯盏火，亲与情、温与暖就这样握进了掌心。千言万语，尽在一锅中。

腊月又到，瑞雪将至，急急地思念着回乡过年，袅袅炊烟，一口丰锅正蹲守在灶膛之上炖煮……

而乡下的农人却在思考大地的秘境，勤奋的农具也跃跃欲试，深入一亩三分地梳理草木生长的密码。